**王晋华**

中北大学社会科学学院外语系教授、硕士生导师，留美学者，对英美文化有深刻认识及独到见解，长期从事英美文学研究与翻译工作。主要译著有：《了不起的盖茨比》《月亮和六便士》《安妮日记》《鲁滨孙漂流记》《凯迪克童话书》《狄更生诗歌精选》《爱默生诗歌精选》《美国浪漫派诗歌名篇选读》等。

# 永别了，武器

〔美〕海明威　著
王晋华　译

吉林大学出版社

图书在版编目（C I P）数据

永别了，武器 /（美）海明威著；王晋华译 . —长
春：吉林大学出版社，2019.8
（读经典）
ISBN 978-7-5692-2764-2

Ⅰ . ①永… Ⅱ . ①海… ②王… Ⅲ . ①长篇小说—美
国—现代 Ⅳ . ① I712.45

中国版本图书馆 CIP 数据核字（2018）第 203019 号

**永别了，武器**
YONGBIELE，WUQI

著　　者：（美）海明威
译　　者：王晋华
策划编辑：魏丹丹
责任编辑：魏丹丹
责任校对：王默涵
开　　本：850mm × 1168mm　1/32
字　　数：256 千字
印　　张：10
版　　次：2019 年 8 月第 1 版
印　　次：2019 年 8 月第 1 次印刷

出版发行：吉林大学出版社
地　　址：长春市人民大街 4059 号（130021）
0431-89580028/29/21
http://www.jlup.com.cn
E-mail:jdcbs@jlu.edu.cn
印　　刷：万卷书坊印刷（天津）有限公司

ISBN 978-7-5692-2764-2　　定价：34.00 元

# 目　录

# 第一部

# 第一章

这一年的夏末，我们驻扎在临河的一个村子里。在村庄和与它遥遥相望的大山之间是一片平原。河床里的鹅卵石和圆石在阳光的照耀下，脱掉了水汽，泛着白色，它中间的河水清澈、湍急、水深处一片湛蓝。部队从我们住的屋前的大路上走过，他们扬起的尘土飘落在树的叶子上。连沿路树木的躯干也拂上了一层灰，这一年有些树木已经过早地开始凋零，我们望着部队沿路行进，踏起阵阵的尘土，望着在微风的吹拂下，叶片的飘落；部队开过之后，路上只剩一些落叶，显得空荡荡、白晃晃的。

平原上是茂密的庄稼地，还有一片一片的果园，平原的尽头是呈褐色的光秃秃的山峦。山里正在打仗，在夜晚我们能看到炮火的闪光。它们划过黑漆漆的夜空，像是夏日里的闪电，只是这些凉爽的夜晚并没有带给我们暴风雨将要来临的感觉。

有时候在黑暗中，我们能听到部队从我们的窗前经过，还有摩托牵引车拖着大炮发出的声响。夜间的公路上运输繁忙，许多骡子的肚子两侧都驮着弹药箱，灰色的卡车上满载着士兵，有的卡车上放着装备，都用帆布罩着，在慢慢地行驶。白天也有牵引车拖着重型大炮经过，绿树枝遮掩住长长的炮筒，牵引车身上也覆满带绿叶的树枝和藤条。越过河谷向北眺望，可以看到一片栗树林，在林子后面、河岸的这一边又有一座大山。这座山也在争夺之中，还没有被最终攻克。秋天雨季来临，栗树的叶子都已落光，枝条上显得光秃秃的，树干也被雨淋得黑黝黝的。葡萄园子也变得稀稀疏疏，藤条上的叶子早掉完了，整个原野都湿漉漉地浸在雨中，呈一片褐色，随着秋季的到来，万物都凋零了。河面上笼罩着雾气，大山里云雾缭绕，行驶的卡车溅起路上的泥浆，部队在泥泞中行进，雨水浸透了士兵身上的斗篷；肩头的来福枪也往下滴着水珠，每个人的腰带前面挂着两个子弹盒，那种灰色皮面的子弹盒，里面装满一袋袋口径6.5毫米的细长子弹，弹盒顶起他们肚子前面的斗篷，看上去像已怀胎六个月的人。

道路上间或有灰色的小汽车疾驰而过，通常有一个军官跟司机坐在前面，后排上坐着更多的军官。它们经过时甚至溅起比卡车更多的泥浆，偶尔会看到坐在后排、挤在两个将军中间的一位小个子军官，由于瘦小我们只能看到他帽子的顶端。如果是一辆开得特别快的小车驶过，那可能就是国王。国王住在乌迪内，他几乎天天要走这条路去前方视察，前线的战事简直糟透了。

在冬天到来的时候，更是下起了连绵的雨，雨水带来了霍乱的肆虐。不过，到后来疫情被控制住了，最终部队里只死了七千人。

# 第二章

第二年，部队打了不少的胜仗。位于河谷后面的大山和那片长着栗树林的山坡都被我们占领了，在南部那边较为平坦的高原上也频频传来捷报，我们于八月渡过了河，住到了戈里察[1]那儿的一幢房子里。这房子有个围着院墙的花园，园子里有个喷水池和不少枝繁叶茂的大树，房子的一侧有一棵很好看的紫藤。离我们一英里之外的山里还正进行着战斗。我们在的这个镇子很是怡人，我们住的这所房子也很好。河水就从我们的屋后流过，镇子几乎是完好无损地被我们夺了过来，只是它后面的大山还未能被拿下，不过，我又暗自庆幸，奥军并没有对这个小镇进行炮击，只是采取了一些很克制的军事行动，他们似乎是想在战后再回到这个镇子。镇上的人们还像往常那样生活着，小街上有医院、咖啡馆和炮兵部队，还有两家妓院，一个为士兵提供服务，另一个为军官提供服务。随着夏季的结束，迎来了凉爽的夜晚；后面大山里的枪炮声不时地传到镇子上，铁路桥上留下的炮弹的炸痕，河边先前打仗时被摧毁的隧道，都清晰可见；广场的周边都是树，又有一条长长的林荫路一直通向广场；再加上镇子上有姑娘，有国王间或坐着小车经过，能看到他下巴上留着山羊髯般的灰胡子，不高的身躯上长着一个长长的脖子；那些被炮弹炸去了一面墙的房屋会蓦然间向路人呈现出它的内部，花园里甚至在有的街道上到处是房屋被炸塌时散落下来的灰泥和瓦砾，还有在卡索[2]前线战事顺利推进的消

---

① 戈里察是意奥边境上的一个小镇，一战前原属于奥匈帝国，1916 年被意军攻克。

② 卡索高原位于意大利西北部，1917 年曾发生重要战役。

息，所有这一切，都使得今年的秋天不同于我们去年待在乡下的秋季。战局也改变了。

镇子后面山上的橡树林现在已经没有了。当夏天我们来到镇上时，这里还是绿绿的一片树林，可如今被炸得只剩下了树墩、断桩，连地皮都炸得到处是陷下去的大坑。秋末的一天，我步出屋外，当我来到以前是林地的这面山坡上时，我看到一大片云彩飘到了大山这边。云来得很快，刹那间太阳被遮挡得只剩下了淡淡的黄色，眼前的一切都变得灰蒙蒙的，天空被罩住，云层从山顶上降了下来，突然将我也置于它的中间，原来这云里裹挟着雪。雪片在风中斜着飘落下来，覆盖了光秃秃的土地，高出地面的树桩凸显了出来，大炮身上也披上了雪花，在雪地中，已有人踏出了几条通向战壕后面茅厕的小径。

后来我回到镇上，来到为军官开设的妓院，在那里我一边跟一个朋友喝着一瓶阿斯蒂[①]，一边注视着窗外鹅毛般的雪花缓缓地落下，我们都知道今年的战事结束了。位于河水上游的那座山还没有拿下；在河那边的大山更是没有一座被攻下来的。这都得等到来年再说了。我的朋友看见牧师从食堂出来走到街上，在雪水中小心地举着步，就砰砰地敲着窗子，想引起他的注意。牧师抬起头来。他看到是我们，便笑了笑。我的朋友招手让他进来。牧师摇了摇头，继续朝前走了。那晚在食堂我们吃的是意大利细面条，每个人吃得都很快，很专心，先是用叉子把面条挑起来，直到它高高地离开了盘子，然后再把它放低塞进嘴里，或者是不断地用叉子叉起来往嘴里吸，我们也从用干草盖着的加仑酒瓶里斟酒喝；这个长颈酒瓶被置在一个金属架上，当你用食指把它长长的瓶颈按下来时，那带着丹宁酸味的红色美酒，便流进同一只手拿着的杯子里。在喝过酒之后，大尉开始逗弄起牧师来。

牧师很年轻，他腼腆，容易脸红，穿着和我们一样的军服，只是

---

① 阿斯蒂为意大利西北部一古城，出产一种白葡萄酒。

在他灰制服胸前左面的口袋上，多了一个用深红色丝绒缝制的十字架。为了能让我完全听懂，不至于漏掉了任何东西或是留下什么疑虑，上尉操起一口洋泾浜意大利语。

“今天牧师玩姑娘了。”大尉一边说，一边看着牧师和我。牧师不太自然地笑了笑，脸唰地一下红了，不住地摇着他的脑袋。这个大尉常常开牧师的玩笑。

“不是吗？”大尉问，“今天我看见牧师和女孩儿们混在一起。”

“我没有。”牧师说。对这调笑，旁边的军官们来了兴致。

“牧师不玩女孩儿，”大尉继续道，“牧师从来也不玩弄女孩儿。”他对着我说，一边拿过我的杯子，斟上了酒，虽然他的眼睛一直在望着我，可也没有漏掉我身边的牧师。

“牧师每天晚上都是一对五。”桌上的人都笑了起来。“你明白吗？牧师每晚都是一对五。”大尉做了个手势，大声笑了起来。牧师全当玩笑接受下来，没有吭声。

“教皇希望奥地利人赢得这场战争，”少校说，“教皇喜欢法兰兹·约瑟夫①，打仗的钱都是从他那里来的。我是一个无神论者。”

“你读过《黑猪》吗？”中尉问，“我送你一本吧，正是这本书动摇了我的信仰。”

“那是一部十分肮脏龌龊的书，”牧师说，“你并不是真的喜欢它。”

“非常有价值的一部作品，”中尉说，“它是讲那些牧师们的。你会喜欢的。”他对着我说。我冲着牧师笑了笑，牧师在烛光的另一边也跟我笑了笑。“你不要读这本书。”牧师对我说。

“完了我送你一本。”中尉说。

“所有爱思考的人都是无神论者，”少校说，“不过，我并不相信共济会②。”

---

① 法兰兹·约瑟夫(1830—1916)，1848—1916年为奥匈帝国的皇帝。

② 共济会是一个秘密团体，天主教严禁教友参加这一组织。

"我相信共济会，"中尉说，"这是一个神圣的组织。"这时有人进来，门打开时我看到了外面飘舞的雪花。

"雪下得太大了，今年我们不会再发动进攻了。"我说。

"当然不会了，"少校说，"趁这个时候，你应该休假。你应该去罗马，那不勒斯或是西西里转转——"

"他该去阿马斐（位于意大利西南部海岸，是著名的旅游胜地）看看，"中尉说，"我将给我阿马斐的家人写信。他们会像对儿子那样对你的。"

"他该去巴勒莫（意大利西西里岛的首府）。"

"不，他该到卡普里（意大利那不勒斯附近的一个迷人的小岛）。"

"我倒想让你去阿布鲁奇（意大利中东部的一个地区），去看看我住在卡普拉柯达的家人。"牧师说。

"别听牧师说他的家乡阿布鲁斯。那里的雪比咱们这里下得还大。他不想去看那里的乡巴佬。让他到文化和文明的中心去。"

"他该去见识见识更好的姑娘们。我会给你一些那不勒斯姑娘们的地址。她们都是些非常漂亮的姑娘——还有她们的母亲。哈！哈！哈！"大尉说着伸开了他的手，他大拇指朝上，其他的几个手指也摊开着，就像表演手影戏那样。墙上出现了他手的影子。大尉又说起了他的洋泾浜意大利语。"你走的时候像这个，"他指着他的大拇指说，"回来的时候像这个。"他摸了摸他的小拇指。大家都笑了起来。

"你们瞧。"大尉说，再一次伸开了他的手指。烛光将他手的影子又一次投射到了墙上，他从竖起的大拇指开始，依次说着大拇指和其他四个手指的名称，"Soto - tenente（大拇指），tenente（食指），capitano（中指），maggiore（无名指），tenente - colonello（小拇指）。你走的时候是 Soto - tenente！回来的时候是 tenente - colonello！[1]"大

---

① 这些意大利语含有军衔的意思，它们的含义依次是少尉，中尉，上尉，少校和中校。

伙儿都笑了。大尉擅长于做这种手指头的游戏。他看着牧师,大声地喊:“每天晚上,牧师都是一对五。”人们又是一阵笑声。

“你应该马上去休假。”少校说。

“我很想跟你一块去,领着你转转。”中尉说。

“你回来的时候,给我捎回一台留声机吧。”

“带回些好的歌剧唱片。”

“买些卡鲁索[①]的碟。”

“别买他的,他只会吼叫。”

“难道你不希望能像他那样吼吗?”

“他吼叫。我说他只会吼叫!”

“我真的想让你去阿布鲁奇,”牧师在人们的喧嚷声中跟我说,“那是个狩猎的好地方。你会喜欢那里的人的,尽管天气很冷,可却晴朗、干燥。你可以和我的家人一起住。我父亲是个有名的猎手。”

“我们走吧,”大尉说,“去妓院,赶在它关门之前。”

“晚安。”我跟牧师说。

“晚安。”他说。

---

① 卡鲁索(1873—1921),意大利著名男高音歌唱家。

# 第三章

等我休完假再回到前线时,我们的部队还驻扎在这个镇子上。乡村周围又增添了许多门大炮。春天悄然而至。田野披上了绿衣,葡萄藤上顶出小小的绿芽,沿街的树木长出细小的嫩叶,微风从海面上吹来。我看见镇子依傍的小山和城堡被群山环绕,形成一个杯状,再远处是更高的山峰,在它们褐色的山坡上点缀着少许的绿色。在镇子里,也运来了更多的炮,还新建了几家医院,在街道上你时而能碰到英国男人和英国女人,又有一些房屋被炮火击中。天气很暖和,风和日丽的春天真的来了,我沿着绿荫遮掩的街巷走着,给墙上反射过来的阳光烘得暖暖的,到了驻地,我发现我们仍然住在原来的那所房子里,房屋还是我休假前的样子,一点儿也没有变。房门开着,一个士兵在屋外阳光下的一条凳子上坐着,一辆救护车停在侧门口,我进到屋里,便闻到一种大理石地板和医院的味道。除了春天的到来,一切都还是我离开时的样子。我往里面的那个大房间瞧了瞧,看见少校坐在他的办公桌前,他对面的窗户开着,阳光照了进来。少校没有看到我,我一时不知道是该进去报到,还是先上楼去洗漱一下。我决定先上楼。

我和利纳尔迪中尉住的那间屋面朝院子。屋里开着窗户,我的床上铺着毯子,东西都挂在墙上,防毒面具装在一个长方形的马口铁罐里,钢盔还挂在原来的钉子上。床脚放着我的皮箱,上面搁着我涂了油擦得铮亮的冬靴。挂在两张床铺之间墙上的,是我的那支奥地利狙击步枪,它蓝色枪管的口径呈八角形状,枪托是漂亮的黑胡桃木,装有护颊板。跟狙击步枪配套用的望远镜,我记得是锁在箱子里的。中尉利纳尔迪正在另一张床上睡觉,他听到我进屋的声音醒了,从床上坐了起来。

“Ciaou[1]!”他说,“假度得怎么样?”

“棒极了。”

我们相互握了握手,他搂着我的脖子,亲了一下。

“你太脏了,”他说,“快去洗一下吧。你都去哪里啦,干什么啦?快快把一切都告诉我。”

“我去了不少的地方。米兰,佛罗伦萨,罗马,那不勒斯,维拉·圣乔凡尼,墨西拿,陶米纳——”

“你好像是在背诵列车时刻表。有艳遇和美事吗?”

“当然有。”

“在哪里?”

“在米兰,佛罗伦萨,罗马,那不勒斯——”

“够了。快告诉我哪一个是最好的。”

“最好的是在米兰。”

“那是因为米兰是你的第一站。你在什么地方遇到的她?是在米兰的科瓦咖啡馆吗?你们去哪里啦?你对她的感觉如何?告诉我你们之间的一切。你们一起过夜了,是吗?”

“是的。”

“那算不了什么。现在我们这里也有漂亮姑娘了。新来的妞儿,以前都从未到过前线。”

“太好了。”

“你不相信?今天下午,我俩就去看看。在城里,有许多漂亮的英国女孩儿。我现在爱上巴克利小姐了。我带你一起见见她。我将来也许会娶巴克利小姐为妻的。”

“我得先洗洗,到少校那里报个到。现在大家还是无事可做吗?”

“自从你走后,除了有些冻伤、冻疮、黄疸、淋病、肺炎以及硬、

---

① 意大利语:你好。

软疳外，就再没有什么大的伤病员需要料理。每周都有人被碎石砸伤。有几个还被砸得很严重。下个星期，战斗又要打响了。或许又要开始了。人们都这么说。你觉得我该不该娶巴克利小姐——当然是在战争结束以后。"

"当然应该啦。"我说着把脸盆里倒满了水。

"今晚就告诉你我的一切，"利纳尔迪说，"眼下我得接着睡觉，把精神养足，好漂漂亮亮地去见巴克利小姐。"

我脱下外套和衬衣，用盆里的冷水洗了起来。我一边用毛巾擦着身上，一边看着屋子里，看着窗外，看着合着眼睛睡在床上的利纳尔迪。利纳尔迪长得很好看，年龄跟我差不多，是阿马尔菲人。他喜欢他外科大夫的这个职业，我们是好朋友。在我看着他的时候，他睁开了眼睛。

"你有钱吗?"

"有。"

"借我五十里拉好吗?"

我擦干了手，从挂在墙上的上衣内侧口袋里掏出皮夹子。利纳尔迪接过钞票，折了一下，躺着将它装进了裤子口袋里。他笑着说："我必须给巴克利小姐留下个好印象，让她觉得我是个阔绰的男子汉。你是我最要好的朋友，我经济上的保护人。"

"去你的。"我说。

那天晚上在食堂吃饭时，我挨牧师坐着，当他听说我没有去阿布鲁奇时，他非常失望，心里顿时觉得有些不好受。他早就跟他父亲打了招呼，说我要去他们家，他的家人为我做了准备。我自己和他一样不好受，我不明白我为什么竟没有去他们家。我本来是想着去的，我试图向他说明有的时候意外的事情总是一件接着一件地到来，最后他明白了，知道我原本是真的打算要去的，这件事似乎就这样过去了。那晚我喝了不少的酒，后来又喝了咖啡和施特烈嘉酒（一种带橘子味的甜酒），我带着醉意跟他一再地解释，我们如何每每不去做那些我们想做的事情；我们总是如此行事的。

在众人争论的时候，我们俩聊着天。我是想着要去阿布鲁奇的。我以前从没去过道路冻得像铁一样硬的地方，那里的天气干冷干冷的，落下来的雪也是干干的粉状，雪地上到处留有野兔的踪迹，农夫们一见到你，就脱帽喊老爷，那里是打猎的好地方。我没去这样的地方，而是去了烟雾弥漫的咖啡馆，在那儿度过了一个又一个晚上，直到喝得天旋地转，需要看着墙壁，旋转才能停止。深夜醉醺醺地躺在床上，想着人生不过如此，醒来时有种奇异的激奋感，你不知道跟你睡在一起的人是谁，在黑暗中，世界变得如此不真实，如此令人兴奋，让你又会变得稀里糊涂，毫不在乎，认为这就是一切的一切，对什么也不再在乎。可突然之间，你又会变得非常在乎，有时候早晨从睡梦中醒来，你就是这样一种心情，夜晚曾有的幻觉全都一下子消失，一切都变得尖锐、生硬且清晰，有时还会为所付的账单跟店主争执起来。当然，也有感到愉悦、温馨和甜蜜的时候，感到早饭和午餐的可口。有时一点儿也高兴不起来，就急切地想要走到外面的街道上去，不过，到头来总又是另一天的开始，然后，是另一个夜晚的到来。我想讲讲有关夜晚的事，讲讲夜晚和白天的不同，如果白天不是很晴朗且又很冷的话，还不如夜晚来得美好，可我又说不出来，就像现在我讲不出来一样。不过，只要你经历了它，你就会懂得。牧师没有经历，但他也明白我真的想着是要去阿布鲁奇的，只是没有去成，我们仍然是好朋友，有许多类似的情趣，尽管我们之间也有不同。他总是知道我不知晓的事情，知道我了解了又总是忘记的事情。不过，我当时并不晓得这一点，只是在后来，我才明白了这一点。大家都待在食堂里，没有散去，晚饭虽然吃完了，可人们的谈论还在继续着。我和牧师停止了我们之间的谈话，大尉又在冲着牧师喊："牧师不快活。没有女孩儿陪，牧师不快活。"

"我很快活。"牧师说。

"牧师不快活。牧师想叫奥地利人打赢这场战争。"大尉说。其他人都在听着。牧师在摇着他的头。

“不,不是的。”牧师说。

“牧师希望我们永远不要进攻。难道你不是永远不想让我们进攻吗?”

“不是。只要是打仗,我想我们必须进攻的。”

“必须进攻。应该进攻!”

牧师点着头。

“别再逗他了,”少校说,“他人挺好的。”

“他对此也无能为力。”大尉说。大家一起站起来,离开了食堂。

# 第四章

早晨,我被隔壁花园里的炮声吵醒了,我看到阳光已从窗户上照进来,便下了床。我来到窗子那里往外瞧。外面沙砾铺就的小路上湿漉漉的,青草上沾着露珠。迫击炮响了两次,每一次冲过来的强烈气浪都震动了窗子,掀起了我睡衣的前襟,我看不到这些炮,可很明显这些炮弹就是从我们头顶上飞过去的。把炮架在我们住的附近,真让人讨厌,不过,感到欣慰的是,好在这些炮的口径都不大。在我朝花园里望着的时候,我听到一辆卡车在路上打火开动的声音。我穿好衣服下楼,在厨房里喝了一杯咖啡,然后出来往车棚走。

在长长的棚子下面,并排停着十辆车。它们是那种车顶很重,车头短小的救护车,都被漆成了灰色,形状像家具搬运车。机械师们正在修理停在院子里的一辆。还有三辆停在山上的包扎所。

"敌人轰炸过我们的炮兵阵地吗?"我问其中的一个机械师。

"没有,中尉先生。我们的炮有那座小山掩蔽着。"

"车辆的情况怎么样?"

"还好。这辆车坏了,别的车都能开。"他停下手里的活,朝我笑了笑,"你休过假了吗?"

"是的。"

他把手在工作服上擦了擦,咧着嘴笑着问我:"玩得尽兴吗?"其他人也都咧着嘴笑了。

"尽兴,"我说,"这辆车怎么啦?"

"不好修理了。不是这毛病,就是那毛病。"

"现在是哪儿出了问题?"

“得换钢圈了。”

这辆车看上去灰头土脸的，它的引擎打开了，零件散放在工作台上，我留下他们继续干活，自己去到车棚，查看那里的每一辆车。这些车还算干净，有几辆是刚刚洗过的，剩下的上面蒙着灰尘。我仔细检查着车子的轮胎，看看有没有划痕（切口）或是被石子割破的地方。看起来这些车子的状况都不错。显然，有没有我在这里负责，情况和结果都是一样的。我原先以为救护车的维护和保养，救护站能否搞到物资，能否从包扎所把伤病员转移出来，把他们从大山里拉回到医疗后送站，然后把他们分别送往他们档案上所指定的医院，所有这一切的顺利进行，在很大程度上要靠我个人。可很显然，这里有我还是没我，都并不重要。

“搞到零部件有困难吗？”我问那个中士机械师。

“没有，中尉先生。”

“现在的油库在哪里？”

“还在原来的地方。”

“好。”说完我又回到住地，去食堂喝了一碗咖啡。咖啡呈淡淡的灰色，里面加了炼乳，甜甜的。窗户外面，是一个明媚的春晨。鼻子里隐隐觉得有点儿干燥，预示着这天会慢慢地热起来。那一天，我去了山里的几个救护站，到傍晚时才回到镇上。

在我休假离开的这段时间，整个情况似乎都好于我在的时候。我听说进攻又要开始了。我们所在的这个师将要进攻位于河流上游的一个地方，少校要我在进攻开始以后负责师里的这些个救护站。部队将在河流上游较狭隘的峡谷中组织进攻，从那里强行渡河，并在对面的山坡上快速地推进。我们的车要抵达的救护站必须紧靠着河边，而且隐蔽得要好。它们的位置当然是由步兵来选择，不过，还需要我们来具体地实施。这能给你一种真正当兵的（虚假的）感觉。

我风尘仆仆地赶回来，浑身脏兮兮的，于是上楼进我的房间去洗。利纳尔迪坐在床上，看着一本《雨果英语语法》[1]。他已穿好了衣服，蹬上黑亮的靴子，头发也梳得光溜溜的。

“太好了。”他一看见我就说，“跟我一块去看看巴克利小姐。”

“我不去。”

“不行。我要你一起去，这样可以加深巴克利小姐对我的好感。”

“好吧。等我洗完了。”

“快去洗，把自己整理得好一点儿。”

在我洗完脸梳了梳头后，我们两人就准备动身。

“等一下，”利纳尔迪说，“或许，我们俩先该喝上一杯。”他说着打开箱子，拿出一瓶酒来。

“不喝施特烈嘉酒。”我说。

“不是施特烈嘉。是格拉帕（意大利出产的一种葡萄渣白兰地）。”

“好的。”

他倒了两杯，我们伸出食指碰碰杯。格拉帕酒劲很大。

“再喝一杯？”

“好的。”我说。我们又喝了第二杯，随后，利纳尔迪放回了酒瓶，我们俩下了楼。在镇子上走起来有点儿热，好在太阳已经偏西，天气总的来说还是挺怡人的。英国人的医院开在一座战前由德国人建造的别墅里。巴克利小姐正好在花园里。有个护士跟她在一起。透过掩翳着的树木，我们看到了她们白色的护士服，于是径直朝她们走了过去。利纳尔迪向她们行了个礼。我也行了个礼，不过行得较为随意。

“你好，”巴克利小姐说，“你不是意大利人，对吗？”

“噢，我不是。”

利纳尔迪在和另一个护士聊天。他们不断地发出笑声。

---

① 雨果语言学院设在伦敦，编有外国语速成法丛书，附设有外语函授班。

"这有多么奇怪——你加入了意大利的军队。"

"准确地说,我加入的不是军队。只是一支救护队。"

"不过,我还是觉得奇怪。你为什么要这么做呢?"

"我也不知道,"我说,"我们并不是对每件事情都能给出解释的。"

"哦,是吗?我成长的环境和所受的教育都让我认为,这一点是可以做到的。"

"如果真像你说的那样,当然好了。"

"我们非得用这样的方式来继续我们的谈话吗?"

"不必的。"我说。

"换种方式会轻松一些,不是吗?"

"这棍子是做什么的?"我问。巴克利小姐个子很高。她穿着一身在我看似乎是护士的衣服,她有一头丰美的金发,黄褐色的皮肤,一双灰色的眼睛。我觉得她非常漂亮。她手里拿着一根细细的藤棍,外面包了一层皮子,像是孩子们玩的马鞭。

"这棍子是一个小伙子的,他去年阵亡了。"

"很抱歉,我提到了让你伤心的事情。"

"他是一个很好的年轻人。我们就要准备结婚了,结果他在索姆(位于法国北部)牺牲了。"

"那一仗打得很惨烈。"

"你也参加了那次战役?"

"没有。"

"人们给我讲了那场战役,"她说,"它和我们在这里打的仗完全不一样。他们给我拿来了这根藤棍。是他母亲送我的。他们送回了他的遗物和这根棍子。"

"你们订婚很久了吗?"

"八年了。我们俩是一起长大的。"

"你们为什么不早点儿结婚呢?"

"我也不知道,"她说,"我当初真是傻,没有跟他结婚。我本来是可以嫁给他的。可我当时觉得那样可能会对他不好。”

“我明白。”

“你长这么大,爱过一个女孩儿吗?”

“没有。”我说。

我们坐在了一条凳子上,我看着她。

“你的头发很美。”我说。

“你喜欢我的头发?”

“非常喜欢。”

“在他刚阵亡时,我几乎剪掉了它。”

“不要。”

“我想,我该为他做点儿什么。你知道我对那件事并不太在意,我本可以把一切都给他的。如果我早知道是这样一个结果的话,他一定可以从我这里拿走他想要的任何东西。我可以嫁给他,或者为他做任何事情。现在我全明白了。可当时他想要去打仗,我却不理解。”

我没有吭声。

“我当时不懂这些事情,我以为,给了他反倒会害了他,我担心他会承受不了,当然,后来他死了,一切就这样结束了。”

“我不知道。”

“噢,是的,”她说,“一切都结束了。”

我们望着利纳尔迪在跟另一个护士聊天。

“那个护士的名字叫什么?”

“弗格森。海伦·弗格森。你的朋友是个医生,对吗?”

“是的。他非常棒。”

“那就太好了。这样靠近前线,你几乎很难发现你周围还会有好人。我们已经很靠近前线了,是吗?”

“非常靠近了。”

“这里作前线,显得很滑稽,”她说,“不过,这个地方风景秀美。部队准备进攻吗?”

“是的。”

“那么,我们就要忙起来了。现在,我们什么事也没有。”

“你做护士很久了吗?”

“在我不到十六岁时就开始做了。他一参军我就当了护士。我记得我曾天真地想,他也许有一天会来到我在的医院。因为一处刀伤,我设想,他头上缠着绷带。或者是肩膀上中了子弹。很英勇地挂了彩。”

“那是一场很壮烈的战役。”我说。

“是的,”她说,“经过那一场大战,人们简直认不出法国的模样了。如果能认得出来,仗也就不会打得那么惨了。他没有负刀伤。他们把他炸成了碎片。”

我没有说话。

“你觉得战争会这样一直打下去吗?”

“不会。”

“什么会让它停下来呢?”

“总有个地方会垮的。”

“我们将会垮掉。在法国垮掉。像索姆那样的大仗,再打上几次,怎么能够不垮呢。”

“在这里,垮不了。”我说。

“你认为不会?”

“不会。去年夏天,他们在这里打得很漂亮。”

“他们也可能垮掉,”她说,“任何人都有垮掉的可能。”

“德国军队也一样。”

“不,”她说,“我认为他们不会。”

我们来到了利纳尔迪和弗格森小姐这一边。

“你喜欢意大利吗?”利纳尔迪用英语问弗格森小姐。

“很喜欢。”

“我没听懂。”利纳尔迪摇着头。

“Abbastanza bene[①]。”我翻译说。他仍然在摇头。

“这不好。你喜欢英格兰吗?”

“不太喜欢。我是苏格兰人,你知道。”

利纳尔迪一脸茫然地看着我。

“她是苏格兰人,所以跟英格兰相比,她更爱苏格兰。”我用意大利语说。

“可苏格兰也是英格兰呀。”

“还算不上是。”弗格森小姐用意大利语说。

“真的不是吗?”

“永远不是。我们不喜欢英国人。”

“不喜欢英国人? 不喜欢巴克利小姐?”

“噢,那不一样。你不能把什么都这样机械地去理解。”

又过了一会儿,我们道了晚安,离开了医院。在回家的路上利纳尔迪说:“巴克利小姐喜欢的是你,不是我。明眼人都能看得出来。不过,那个小个子的苏格兰姑娘看上去也不错。”

“是的,”我说,我对她并没有留意,“你喜欢她吗?”

“不喜欢。”利纳尔迪说。

---

① 意大利语:非常喜欢。

# 第五章

第二天下午，我又去看望巴克利小姐。见她不在花园里，我便朝医院的侧门、平时救护车接送伤病员的那个门走去。在里面，我碰到了护士长，她说巴克利小姐正在上班——“现在是战争时期，这你也知道。”

我说我知道。

“你是美国人加入了意大利军队？”她问。

“是的，小姐。”

“你怎么会参加了意大利的军队？你为什么不加入我们的军队？”

“我不知道，”我说，“我现在加入可以吗？”

“现在恐怕不行。告诉我，你为什么要参加意大利军队。”

“我当时在意大利，”我说，“我讲意大利语。”

“噢，”她说，“我正在学意大利语。这是一种很美的语言。”

“有人说，能在两个星期里学会意大利语。”

“噢，我可没曾想过在两个星期内学会它。到现在，我已经学了几个月了。如果你还想见到她，你可以在七点钟以后来。那时她就下班了。只是你不要带一大帮意大利人来。”

“冲他们美好的语言，也不要吗？”

“不要。冲他们好看的军装也不行。”

“再见。”我说。

“回头见，中尉①。”

“回头见②。”我向她敬了个礼，走了出来。跟外国人敬意大利

①② 这两处的原文都是意大利语。

军礼,你会觉得很尴尬。意大利人的军礼似乎永远就只适于在其本国人之间使用。

那一天天气很热。在来这里之前,我曾驱车到了河流上游的普拉瓦桥头堡。这是我们准备要发动进攻的地点。在去年我们还无法攻入到河对岸的纵深处,因为那时从山口通向浮桥只有一条公路,其中几乎有一英里的地段就在敌人机关枪和炮火的控制之下。而且这路比较狭窄,不能把进攻所需的物资都运上去,奥军可以把这里变成一个屠宰场。不过,意大利军队目前已经越过了这条河,深入到奥军河对岸一英里半的区域。这是一处险要之地,奥军本不应该让意军占领了这一地带。我想这也许是双方妥协的一个结果,因为奥军仍然占据着河下游的一个桥头堡。奥军的战壕就在对面的山坡上,离意军防线只有几码远。这里曾经有个小镇,现已成为废墟。只剩下一个残垣断壁的火车站和一座被炸坏的桥梁,由于就在敌人的眼皮子底下,也不能再被修复和使用。

我沿着狭窄的公路朝着河流的方向行驶,到了河岸后,把车子停在了小山脚下的包扎所,走过有山脊做掩护的浮桥,穿过了被炸毁小镇里和山坡边上的战壕。士兵都在掩体内。那里架着一排排的火箭炮,万一电话线被切断,还可以用它们向炮火阵地发出求助的信号。前沿阵地很安静,又热又脏。我瞭望铁丝网那边奥军的阵地。没有看到一个人。我跟我认识的一个大尉在掩体内喝了一杯,从桥上又返了回来。

一条较宽的新公路即将竣工,这条公路将会盘绕着越过大山,然后曲折地通往桥那里。道路一完工,进攻就会开始。在下山的时候这条公路要穿过一片树林,为此修了许多急转弯。战略安排上是要这条新公路走辎重车,一切货物都在新公路上运,返回的空车和运伤员的救护车走这条狭窄的旧路。包扎所设在奥军那边紧靠着小山的河岸旁,担架队员得把伤员从浮桥上抬回这边来。在进攻开始以后,就会照此行事。就我估计,这条新公路最后一英里左右的较为平坦的路面,有可能受到奥军炮火持续的攻击。这看起来似乎会很糟糕的。不过,我却找到了一处在驶出这段危险路段后救护车可以避开炮火停靠的地方,在那里等着把伤员从浮桥那边抬过来。我本想开到新路上去,可它还没有彻底修好。它看上去挺宽,修得又好又高级,从山上的林木中间望过去,那一处处的弯道能给你留下很深的印象。救护车上装有高质量的金属刹车片,再说,下山时又不载人。我沿着那条窄路往回开。

两个宪兵拦住了我的车。一颗炮弹落在了公路上,在我们等着的时候,又有几颗落在了前面的路段。这些都是七十七毫米口径的炮弹,发射过来时空气中发出嗖嗖的响声,接着是一道闪光和响亮的爆炸声,随后灰色的烟雾就从公路上飘了过来。那两个宪兵挥手让我们前行。在走到炮弹落下的地方时,我小心避开地面上的坑洼,同时闻到一股浓烈的炸药味儿和炸起的土、石以及燧火石的味道。我开车回到戈里察我们的住地,然后,就像我前面提到的,去看望了巴克利小姐,不巧她正在上班。

晚饭时我吃得很快,吃完就赶去英国人开设医院的那座别墅。这座别墅真的很大,很漂亮,里面种植了许多名贵的树木。巴克利小姐正坐在花园里的长凳上。弗格森小姐和她在一起。她们看到我似乎很高兴,不一会儿弗格森小姐就找了个理由离开了。

“我留下你们两个人在这儿吧,”她说,“没有我,你们两个会谈得更融洽。”

“不要走,海伦。”巴克利小姐说。

“我真的有事。我得去写几封信。”

“再见。”我说。

“再见,亨利先生。”

“信中可不要写什么会让审查官恼火的话。”

“不必担心。我只写我们所工作生活的这个地方有多么美丽,意大利军人是多么勇敢。”

“那样写,你会受到嘉奖的。”

“那敢情好。再见,凯瑟琳。”

"我一会儿就去找你。"巴克利小姐说。弗格森小姐消失在了黑暗中。

"这姑娘人挺好的。"我说。

"噢,是的。她这个人真的不错。她是一名护士。"

"难道你不是吗?"

"噢,我不是。我是那种人们称作自愿救护队的队员。尽管我们工作非常努力,可还是没人相信我们。"

"为什么不相信?"

"在无事可做时,他们不相信我们。可一旦忙起来,他们也就相信我们了。"

"这两者有区别吗?"

"有。护士就像医生一样。需要较长的时间才能获得资格。而自愿救护队队员走的则是捷径。"

"哦,我明白了。"

"意大利人不愿意让妇女们太靠近前线。所以,我们在这儿的行为很特别。我们都不走出这所医院的大门。"

"不过,我是可以来这里的。"

"噢,是的。我们又不是修女。"

"让我们不要再谈战争了,好吗?"

"那可很难。到处都在打仗,想避都避不开的话题。"

"不管怎么说,让我们丢开它。"

"好的。"

我们在黑暗中彼此望着对方。我觉得她很美,我握住了她的手。她让我握着,没有动,我将我的手臂从她的胳膊下面伸过去。

"不要。"她说。我的胳膊停住了。

"为什么不?"

"不要。"

"我要,"我说,"来吧。"黑暗中我把身子探了过去吻她,突然,我脸上感到一阵火辣辣的刺痛。她狠狠地扇了我一记耳光。她的手击中了我的鼻子和眼睛,我的眼泪不由得淌了出来。

“对不起,真的对不起。”她说。我觉得我略微占了一点儿上风。

“你是对的。”

“真的很抱歉,”她说,“我只是忍受不了不当班护士被人调情的这一套。我并不想伤害你。我打疼你了,是吗?”

她在黑暗中看着我。我虽然生气,可信心更足了,就像下棋的人,一下子看清了后面的棋路。

“你做得很对,”我说,“我一点儿也不介意。”

“你一定很痛。”

“你知道,我一直过着一种有趣的生活。我甚至从来都不讲英语。而你这位英国姑娘却是如此漂亮。”我看着她说。

“你不必说这些好听的话。我说了我真的很抱歉。我们俩很谈得来。”

“是的,”我说,“我俩已经不谈战争了。”

她大声地笑了起来。这是我第一次听到她的笑声。我注视着她的脸。

“你很讨女孩子喜欢。”她说。

“不,我不是。”

“你是。你挺让人喜欢的。如果你不介意,我都想吻你啦。”

我看着她的眼睛,像先前那样,我抱住了她,亲吻起她来。我紧紧地搂着她,热烈地吻她,想弄开她的嘴唇;可它却闭得更紧了。我的气还没有消,在我搂着她的当儿,她突然战栗了起来。我把她紧紧地贴在我的胸口上,我能感觉到她的心跳,她的芳唇像花蕾一样绽开了,她的头颅向后仰着,枕在了我的手上,临了,她伏在我的肩膀上哭了起来。

“噢,亲爱的,”她说,“你会好好地对我,是吗?”

真是见鬼,我心里说。我摩挲着她的头发,轻轻地拍着她的肩膀。她还在啜泣着。

"你会对我好,是吗?"她抬起眼睛来看着我,"因为我们要过的,将会是一种奇异的生活。"

过了一会儿,我陪她走到医院的门口,在她进去后,我就往我的住地走。回来后我上了楼。利纳尔迪正躺在床上。他看着我问:

"你跟巴克利小姐进行得怎么样了?"

"我们是朋友啦。"

"瞧你那副兴奋的样子,就像一条发情的小狗。"

我没有听懂后面的那个词。

"就像什么?"

他把意思解释了一下。

"你呢,"我说,"你才是一只快乐得意的小狗,要——"

"打住,"利纳尔迪说,"再过一会儿,我俩就该相互骂起来了。"他大声地笑着。

"晚安。"我说。

"晚安,小狗亲。"

我把枕头朝他那边的蜡烛掷了过去,摸着黑上了床。

利纳尔迪捡起蜡烛,点亮了它,继续读他的书。

# 第六章

我到下面的各个救护站走了两天。等我回到住地的时候，天已经很晚了，所以一直等到第二天的傍晚，我才去看巴克利小姐。巴克利小姐不在花园里，我只好在医院的办公室里等她下来。他们用作办公室的这间屋子，沿墙壁有一排油漆过的木头柱子，上面嵌着许多半身的大理石雕像。在办公室正对的大厅里，也有几排这样的雕塑。它们都是大理石的质地，样子看上去都很相似。雕刻这玩意儿似乎总是让人觉得乏味——不过，那些铜像看上去倒蛮像回事的。可那些大理石的半身塑像就像是立在坟地里的那一种。不过，在比萨（意大利中西部古城）那里有一块墓地，它里面的雕塑，还是不错的。可热那亚（位于意大利西北部的海滨城市）那里的大理石就很糟糕了。现在做了医院的这座别墅以前是一位非常有钱的德国人的，这些大理石雕像一定花了他不少的钱，我不知道是谁雕刻的它们，也不知道这位雕刻家为此挣了多少钱。我也不清楚，这些塑像雕的是他们家族的人呢，还是别的什么人；不过，就风格上来看，它们无疑都是古典主义的。对它们，你可能真的说不出什么来。

我坐在一把椅子上，手里拿着军帽。即便在戈里察，上方也要求我们出来时要戴钢盔，可戴上它不但不舒服，而且在一个市民还没被疏散走的镇子里，未免让人觉得滑稽。在我们去到山里的救护站时，我戴着钢盔，也携带着英国防毒面具。部队正在逐级地开始配备防毒面具。这些防毒面具非常有效。上方也要求我们携带自动手枪；甚至医生和卫生官员也不例外。我现在坐在椅子上，就觉得后腰挂着的手枪正抵着椅背。如果你不在明眼处佩戴着你的枪械,你便有可能被拘捕。利纳尔迪身上带着一个枪套,里面塞上了卫生纸。我带着一把真枪,在试靶之前我还真美滋滋地觉得自己像个枪手呢。这是一把口径7.65毫米的阿斯特拉短筒手枪,在你发射时,这枪跳得厉害,根本击不中目标。我用它不断地练习,瞄准时,把枪瞄得朝下一些,努力控制住这短筒手枪在射击时的抖动,后来我练到了在二十步开外射击时,子弹大约只偏离目标一码。再后来我觉得把手枪总带在身上有些滑稽,可不久这种感觉也就淡了,于是,就毫不在乎地任它抵着我的腰背在后面晃悠,只是在碰到说英语的人们时,隐隐约约地觉得有些不好意思。我坐在椅子上,一个勤务兵坐在他的桌子后面不以为然地看着我,而我则只望着大理石地板,嵌有大理石头像的木柱和墙上的壁画,就这样等着巴克利小姐下来。壁画很不错。任何已开始剥落和褪色的壁画看上去都是不错的。

看见凯瑟琳·巴克利从大厅那边过来,我站了起来。在她朝我这儿走过来时她的个子似乎显得并不高,却非常可爱。

“晚上好,亨利先生。”凯瑟琳说。

“你好。”我说。坐在桌子后面的勤务兵在听我们说话。

“我们在这里坐,还是去花园?”

“我们到外面吧。外面更凉爽。”

我跟在凯瑟琳的后面往外走,勤务兵盯着我们的背影。待走到沙砾车道上时,她问我:“你这几天去哪里啦?”

“去下面的救护站了。”

“你不能捎来个字条,告诉我一下吗?”

“不行,”我说,“这么做不太好。我原想着很快就回来了。”

“你应该告诉我一声,亲爱的。”

我们离开了车道,走到了树底下。我握住了她的手,停下来吻她。

“我们有可以去的地方吗?”

“没有,”她说,“我们只能在这里散步。你走了不短的时间。”

“今天是第三天。可我现在不是已经回来了吗?”

她看着我说,“你是真的爱我吗?”

“是的。”

“你真的说过你爱我,对吗?”

“对,”我在这里说了谎,“我爱你。”我以前没有对她说过这话。

“你叫我凯瑟琳,是吗?”

“是的,我叫你凯瑟琳。”我们走上一条小径,停在了一棵树下。

“你说,‘我已经回来,晚上来看凯瑟琳了。’”

“我已经回来,晚上来看凯瑟琳了。”

“哦,亲爱的,你已经回来了,不是吗?”

“是的,回来了。”

“我是这样地爱你,几乎有点儿失态了。你不会真的一走了之吧?”

“不会。我总会回来的。”

“哦,我太爱你了。把你的手再放在那里。”

“它一直在那里的。”我把她的身体转过来,以便在亲吻她时,能看清她的脸,我看到她的两眼紧闭着。我吻着她闭合的眼睛。我想她或许真是爱得有点儿痴迷了。如果真是这样,那也没有什么不好的。我并不在乎我正在陷入的这一情境。因为这总比每晚去到为军官们开设的妓院里好得多,在那里,有成群的姑娘趴在你身上,把你的帽子朝后戴起,作为一种跟你亲密的表示,时而她们会跑上楼去,跟别的军官们调情做爱。我知道我现在并没有爱上凯瑟琳·巴克利,也根本没想着要去爱她。这就是场游戏,像打桥牌一样,你只叫牌而不出牌。像打桥牌,你得装作你是正在赌钱,或者是赌其他什么东西。根本没有人会提及赌的是什么。这对我来说,没有什么不合适的。

“我希望我们有个地方可以去。”我说。我正体味着男性长时间站着谈情说爱的那股难受劲儿。

“没有地方可去。”她说。她从爱的痴迷中醒了过来。

“我们俩可以在这里坐一小会儿。”

我们坐在了一条石头凳子上，我握住了凯瑟琳·巴克利的手。可她不愿意让我用胳膊去搂她。

“你是不是累了？”她问。

“没有。”

她望着地上的青草。

“我们在玩一场糟糕的游戏，不是吗？”

“什么游戏？”

“你不要装着好像什么也不知道好吗？”

“我不是有意的。”

“你是个好小伙，”她说，“你尽力想把这游戏玩得好一点儿。但是，这毕竟是场糟糕的游戏。”

“你总是晓得人们脑子里在想什么吗？”

“也不全是这样。可你在想什么，我是知道的。你不必装出你爱我的样子。我们晚上的幽会到此结束了。你还有什么想要说的吗？”

“可是我真的爱你。”

“在我们之间还没有这种必要的时候，请你不要撒谎。我刚才的言行可能有点儿过头了，现在好了。你看，我没有歇斯底里，头脑也没有发昏。只是有的时候，会稍有点儿失态。”

我握紧了她的手，“凯瑟琳，亲爱的。”

“你现在叫我‘凯瑟琳’，听起来蛮有趣的。这名字你每次叫起来都不太一样。不过，你这个人不错。不管怎么说，你是个好男孩儿。”

“我们部队上的牧师也是这么说我的。”

“是的，你这个人挺好。你还会来看我吗？”

“当然。”

“你不必说你爱我。这一切暂时都结束了。”她站起来，伸出了她的手。“再见。”

我想要吻她。

“不，”她说，“我太累了。”

“那么，你吻我。”我说。

“我真的是太累了，亲爱的。”

“吻我嘛。”

“你真的很想要吗？”

“是的。”

在我俩亲吻的中间，她突然抽出了身子。“不要了。再见，亲爱的。”我们一起走到医院的门口，我看着她进了门廊。我喜欢看她移动的身影。看着她走到大厅的尽头。临了，我也转身离去。那晚天气很热，山里炮火隆隆。我望着圣嘉伯烈山（位于戈里察的东南面）上炮火的闪光。

我在罗萨别墅前停住了脚。屋里的百叶窗都已拉了起来，可里面仍然很热闹。有人在唱歌。我回到家里。在脱衣服时，利纳尔迪走了进来。

“啊呀！”他说，“看样子进展不太顺利。小乖乖碰到麻烦啦。”

“你去哪里啦？”

“在罗萨别墅。受益良多，小乖乖。我们大家都唱歌了。你去哪里啦？”

“去英国姑娘那儿了。”

“感谢上帝，我幸亏没有跟那位英国姑娘搅在一起。”

# 第七章

第二天下午,我从山上第一救护站回来,把救护车停在了后送站的门口,等着伤病员按他们的病例分类后,把他们送往不同的医院。这段路一直是我开着车,所以我坐在车子里,由司机把病例送进去。那天天气很热,天空一片湛蓝,公路上照得白晃晃的,弥漫着尘土。我坐在菲亚特驾驶室的高座上,什么也不想。一个团的士兵行进在公路上,我望着他们走过。他们热得都在出汗。有些戴着钢盔,大多是把钢盔吊挂在他们后面的背包上。许多钢盔都太大了,戴上它,把耳朵几乎也遮住了。军官们都戴着钢盔;他们的钢盔做得合适。这是巴西利卡塔旅一半的兵力。我从他们红白相间的领标上,识别出了他们。在大部队过去好久以后,过来了散兵——那些掉了队的士兵。他们个个满脸的汗水和尘土,一副疲惫不堪的样子。有些看上去情况更糟。一个士兵一瘸一拐地走在这群散兵的最后面。他停下来,坐在了路边。我从车上下来,走上前去。

"你怎么啦?"

他抬头望着我,然后站了起来。

"我这就继续走。"

"出什么问题啦?"

"该死的战争。"

"你的腿怎么啦?"

"不是腿。是我的疝气发作了。"

"为什么不搭乘一辆运输车?"我问,"为什么不去医院?"

"他们不让我去。中尉说我是故意弄丢了疝带。"

"让我看看。"

"它滑出来了。"

"在哪一边?"

"这边。"

我摸到了。

"你咳一声。"我说。

"我怕咳嗽会让它肿得更大。它已经比今天早晨大了一倍。"

"坐下吧,"我说,"我一拿到这些伤员的病例就带你上路,把你送到你们的医务官那里。"

"他会说我是有意这么做的。"

"他们不能把你怎么样,"我说,"这又不是伤。你以前就有疝气病,是吗?"

"可是我丢了疝带。"

"他们会把你送到医院的。"

"我能留在你这里吗,中尉?"

"不行,我没有你的病例。"

司机拿着我救护车上伤员的病例走了出来。

"有四个是送 105 医院。两个送 132 医院。"这两家医院都在河的对岸。

"你开吧。"我说。我把发疝气的这位士兵扶到了车上,和我们一起坐在了前排。

"你说英语?"他问。

"是的。"

"你怎么看这该死的战争?"

"糟透了。"

"我说也是糟透了。耶稣基督啊,真是糟透了。"

"你在美国待过?"

"没错。在匹兹堡待过。我知道你是美国人。"

"难道我的意大利语还说得不够好吗?"

“反正我知道你是美国人。”

“又一个美国人。”司机看着这位得疝气病的人,用意大利语说。

“中尉,你真的非要把我送回到那个团吗?”

“是的。”

“大尉军医早就知道我有疝气。我扔掉了疝气带,就是为了让病情恶化,那样我就不必再去前线了。”

“我明白。”

“你就不能把我送到一个别的什么地方吗?”

“如果紧靠着前线,我可以送你到一个急救站。可是在这里,你得有病例才行。”

“如果我回去,他们就会给我做手术,然后让我一直待在前线。”

我考虑了一会儿。

“你也不想老在前线,对吗?”他问。

“不想。”

“耶稣基督啊,这难道不是一场该死的战争吗?”

“你听着,”我说,“你下车,到路边摔上一跤,把你的头上撞个大包,在我送了伤员回来时拉上你,送你去个医院。在路边停一下,奥尔多。”我们停在了路边。我扶他下了车。

“我就在这儿等,中尉。”他说。

“再见。”我说。我们继续前行,在超过那个团的士兵又行驶了大约一英里后,来到桥上,下面的河水夹杂着融雪,在桥墩之间浑浊、湍急地流淌。过了河,我们沿着公路穿过一片平原,把伤员们分别送到了那两所医院。在回来的路上因为是空车,我们开得很快,想着去接那位来自匹兹堡的士兵。我们先是看到了那个团,因为炎热走得更慢了,接着是那些散兵。然后,我们看到了一辆马拉的救护车停在路边。有两个人正在把得疝气病的士兵抬进车里。他们回来找他了。他跟我无奈地摇了摇头,他的钢盔从头上脱落下来，前额上正流着血，鼻子也擦去了一层皮，他的头发上和出血处都沾满了尘土。

“看我头上的大包，中尉！”他大声喊，“毫无办法。他们回来找我了。”

我回到住地已经是五点钟了，我到我们洗车的地方，在那里冲了个澡。完了回到家里写报告，我穿着裤子和一件汗衫，坐在开着的窗户前。进攻将在两天后开始，那时我将带救护车队去往普拉瓦。我已经很久没有给美国的家人写信了，我也知道我应该写，可一拖再拖，到现在我几乎都不知道该如何动笔了。我真的没有什么可写。我寄了几张战区明信片过去，除了“我现在挺好”的话，什么都没写。对此，美国的亲友想必不会有什么不满意。这些战区明信片在美国很受欢迎；它们显得新奇而神秘。我们这里就是一个既新奇又神秘的战争地带，不过，比起过去跟奥军的几次作战，我想这里的条件虽然严酷，战事进行得还是井然有序。奥军生来就是为拿破仑打胜仗的，不管是哪个拿破仑。我希望我们也有个拿破仑，可我们没有，我们有的是大腹便便、非常有钱的卡多尔纳大将军①，还有蓄着山羊胡子有一个细长脖子的小个子意大利国王维多里奥·埃马努埃莱。在他们的右边是奥斯塔公爵。或许是他长得太帅了，成不了将军，可看上去像个堂堂的男子汉。许多人都想让他当国王。他长得也像个国王。他是国王的叔叔，指挥着第三军团。我们是第二军团。第三军团里有一些英国人的炮队。在米兰我就碰到过两个这样的炮兵。他们人都不错，我们度过了一个非常快乐的晚上。他们两个又高又壮，腼腆，害羞，能随遇而安。我多希望能和他们在一个部队。那样的话，一切都会简单得多了。不过，那样我也许早就没命了。在救护队死不了。哦，也难说，甚至在救护队也是有危险的。开救护车的英国司机不是也有死掉的吗？哦，我知道我是不会送命的。我不会死在这场战

① 路易吉·卡多尔纳（1850—1928），意军司令官，在伊松佐战役中指挥盲目。

争中。这场战争完全与我无关。就像电影里的战争一样，它似乎不会威胁到我的生命。不过，我还是祈求上帝，好让战争快快结束。或许，今年夏天便会结束。奥军也许会垮掉。在以往的战争中他们总是一打就垮的。这场战争会怎么样？大家都说，法国人完蛋了。利纳尔迪说法国军队里发生了兵变，部队在往巴黎进发。我问他后来发生了什么，他说："噢，他们被阻止了。"我想去奥地利不打仗的地方。我想去黑森林（位于德国南部）。我想去哈尔兹山（位于德国中部地区）。可哈尔兹山在什么地方？他们正在喀尔巴阡山作战。我并不想去那里。不过，那里也许挺不错的。如果不打仗，我就能去西班牙。现在，太阳就要落山了，天气变得凉快起来。晚饭后我将去看凯瑟琳·巴克利。我希望她现在就在我这儿。我希望我和她一块儿待在米兰。我们在科瓦美餐一顿，然后在炎热的黄昏，沿着曼佐尼大道散步，走过桥，再掉过头一直顺着运河走，跟凯瑟琳·巴克利双双进到旅馆。也许她会的。也许她会假装把我当作她的那个已阵亡的男朋友，我们从前门进去，门房会脱帽致意，我会在柜台那里停一下，拿上房门的钥匙，她站在电梯那儿等我，临了，我们一起进了电梯，电梯缓缓上行，每到一层都咯吱咯吱地响个不停，到了我们住的那一层，侍童会为我们打开门，站在那里候着，凯瑟琳和我从电梯里走出来，我们顺着楼廊走，我把钥匙插进锁孔，打开门进去，拿起电话，让他们给送上来一瓶在银桶的冰块里冰着的卡普里白葡萄酒，你能听到冰块碰撞桶壁的声音从走廊里传来，然后听到侍童的叩门声，我会告诉他就放在门外好了。因为天热我们在屋里已经脱掉了衣服，窗户开着，能望见外面的燕子在屋顶上飞，天黑以后你走到窗前，会看到有小小的蝙蝠在房屋上面飞着觅食，几乎是在贴着树梢飞，我们喝着卡普里酒，屋门反锁着，天热，晚上只搭一个被单，在米兰炎热的晚上，我们一整夜亲热，搂抱在一起。我们的关系就该发展成那样才对。我要快点儿吃完饭，去看望凯瑟琳·巴克利。

饭厅里，大家都在热烈地谈论，我喝了酒，因为如果今晚我不喝一点儿，不和牧师谈谈爱尔兰大主教[1]，那我跟大家就不像是兄弟了。爱尔兰大主教似乎是个高尚的人，受过不少的冤屈，而我作为一个美国人对他所受的冤屈也是有份的，尽管这事我从未听说过，我还是装出了解的样子。牧师对主教受迫害的原因做了很详尽的解释，说到底似乎都是误会造成的，我听了以后，如果再说自己完全不晓得，会显得不礼貌的。我觉得大主教起了一个好听的名字，他来自明尼苏达州，这本身就是个不错的名字：明尼苏达州爱尔兰，威斯康星州爱尔兰，密执安州爱尔兰。这名字之所以好，是因为它听起来像 Island[2]。不，不是这样的。没有这么简单。是的，神父。真的，神父。也许是这样，神父。不，不是这样，神父。哦，或许真的是这样。你比我懂的多，神父。牧师是个好人，可他比较乏味。军官们人不怎么的，而且还乏味。国王人好，可也乏味。酒不是什么好东西，可喝着挺带劲。酒去掉你牙齿上的珐琅，又把它们黏在你的上颚。

“牧师曾被关起来过，”罗卡说，“因为人们发现在他名下有一些年息三厘的债券。当然，那还是他在法国的时候。他们在这儿无法逮捕他。他完全否认他有年息三厘的债券。这是在贝济耶（法国南部的一个镇）发生的事。那个时候，我正好在那里，在报纸上读到了这条消息，去到监狱，要求见见牧师。显然，他偷了那些债券。”

“你说的话，我一句也不相信。”利纳尔迪说。

“你爱信不信，”罗卡说，“我是讲给我们这位牧师听的。很有教育意义啊。他是一位牧师；他懂得怎么去欣赏我的话。”

牧师笑着说：“请继续，我听着呢。”

“当然，有些债券是无从查寻了，可他拥有那些年息三厘的债券和一些地方债券，究竟是哪一种我也记不清楚了。为此，我去了监狱，下面就是故事最为精彩的部分了，我站在牢房外面，像是忏

---

① 美国天主教教士约翰·爱尔兰（1838—1918），在 1888 年升任大主教。

② 原文 Island（岛屿），与 Ireland（爱尔兰）发音相近。

悔似的跟他说：‘祝福我吧，神父，因为你犯罪了。’”

在座的人都大笑起来。

“他是怎么说的？”牧师问。罗卡没有接牧师的话茬，继续向我解释着这个笑话。“你听出来它的可笑之处了吗？”如果你能领会了，这似乎是个很有趣的笑话。人们给我倒上更多的酒，我讲起一个英国士兵被逼着洗浴的事情。少校讲了十一个士兵和一个匈牙利下士的故事。我又喝了一些酒，讲了一个骑士捡到便士的故事。少校说意大利有个类似的故事，讲的是一个公爵夫人，她整晚整晚地睡不着觉。这个时候，牧师离开了，接着我又讲了一个旅行推销员的故事，这位推销员说他在早晨五点、北风劲吹的时候，来到马赛。少校说他听说我很能喝酒。我不承认。他说，我肯定能喝，我们可以当着酒神巴克斯的身体起誓，来看看我到底能不能喝。别抬出巴克斯，我说。不要巴克斯。不，要巴克斯，他说。我提出要和菲力波·文森柴·巴锡比喝酒。巴锡说不行，这不是公平的比赛了，因为他已经喝下了相当于我两倍的量。我说，他这是撒谎，什么巴克斯不巴克斯的，什么菲力波·文森柴·巴锡还是巴锡·菲力波·文森柴，整个晚上他就没有沾过一滴酒，不管他的名字是怎么叫的。他说我的名字究竟是叫 Frederico Enrico 还是叫 Enrico Frederico（本书主人公弗雷德里克·亨利意大利语姓名的读法）？我说，让能者胜出，巴克斯除外，少校用大杯端上来红酒，宣布比赛开始。比到一半，我不想再喝了。我记起来我一会儿还要去医院。

“巴锡赢了，”我说，“他比我能喝。我得走了。”

“他真的有事，”利纳尔迪说，“他有个约会。我知道的。”

“我得走了。”

“哪天晚上我们再比，”巴锡说，“等哪一天晚上你觉得自己状态好的时候。”巴锡拍了拍我的肩膀；桌子上的蜡烛还在燃着。所有的军官们都很开心。“再见，先生们。”我说。

利纳尔迪跟我一块出来。我俩在门外站了一会儿。他说：“你喝醉了，今晚最好不要去了。”

“我没有喝醉，里宁。真的没有。”

“你最好口里嚼上点儿咖啡。”

“用不着。”

“我去给你拿点儿。你在这里来回走走。”再出来时他带来一把烤咖啡豆。“嘴里咀嚼点儿这个，宝贝，上帝保佑你。”

“巴克斯。”我说。

“我跟你往前走走。”

“我一点儿也没事。”

我们俩一起穿过镇子，我嘴里嚼着咖啡豆。到了通往英国别墅的车道门口时，利纳尔迪跟我道了别。

“再见，”我说，“你为什么不一起进来待上一会儿呢？”

他摇了摇头。“不，”他说，“我喜欢更简单一些的快乐。”

“谢谢你的咖啡豆。”

“没什么，宝贝。没什么。”

我开始沿着车道往前走。道路两边松柏树的轮廓清晰，鲜明。我回头看了看，见利纳尔迪还站在那里望着我这边，我向他招了招手。

我坐在医院的接待厅里，等着凯瑟琳·巴克利下来。有人穿过大厅走过来。

我站了起来，可来人不是凯瑟琳。而是弗格森小姐。

“你好，”她说，“凯瑟琳让我来告诉你，她很抱歉，今晚不能出来见你了。”

“真遗憾。但愿她的身体无恙。”

“她有点儿不舒服。”

“你愿意帮我转达我对她的挂念吗？”

“当然愿意。”

“你觉得我明天来看她行吗？”

“我觉得行。”

“谢谢你，”我说，“再见。”

我出了医院的大门，突然感到一阵孤寂和空虚。我原本并没有把来看凯瑟琳当回事，我略微有些醉意，几乎忘记了来这里，可是，当我在医院里未能见到她时，我又感到了孤独和空虚。

# 第八章

第二天下午,我们听说进攻将在当晚河流的上游展开,我们要带四辆救护车抵达那里。谁也不清楚具体的情况,尽管人人说起来时都是一副肯定、胸有成竹的样子。我坐在第一辆车里,当我们行驶到英国人医院的大门口时,我告诉司机停一停。其余的车子也跟着停下了。我下了车,让后面的三辆车继续前行,我告诉他们要是到了去科尔芒斯的岔路口时我还没追上来,他们就在那里等候。我快步走上车道,来到医院的接待室,请他们帮我找一下巴克利小姐。

"她正在上班。"

"我能见她吗? 就一小会儿。"

他们派了个勤务兵去看,凯瑟琳跟着勤务兵一起来了。

"我路过这里,进来看看你好点儿没有。他们说你在当班,我请求他们让我见见你。"

"我很好,"她说,"我想我昨天可能是有点儿中暑了。"

"我现在就得走。"

"我出去送送你。"

"你真的没事吗?"我到了外面问。

"真的没事,亲爱的。你今晚过来吗?"

"今晚来不了。我现在正要去普拉瓦河上游参加一场战斗。"

"一场战斗?"

"我想不会是什么大仗的。"

"你会回来的吧?"

"明天回来。"

她从脖子上解下来一样东西，放到了我手上。“这是个圣安东尼头像[①]，”她说，“明晚过来。”

“你不是天主教徒吧？”

“不是。不过，他们都说戴圣安东尼像顶管用。”

“我会为你保管好的。再见。”

“不，”她说，“不要说再见。”

“好吧。”

“你要好好地当心自己。不，你不能在这里吻我。不行。”

“好吧。”

我回过头，看见她还站在台阶上。她向我挥手，我给了她一个飞吻。她再次挥手时，我已走出了车道，来到了我停车的地方，爬上了救护车的座子，车子开动了。圣安东尼像放在一个白色的小铁盒子里。我打开盒子，把圣像倒在手掌心里。

“是圣安东尼的像吗？”司机问。

“是的。”

“我也有一个。”他右手离开方向盘，解开上衣的纽扣，把它从衬衣里面拽了出来。

“你看见了吗？”

我把圣像放回到盒子里，再把那条细细的金链子倒了出来，然后把它们一起装入我上衣的内口袋。

“你不戴上它吗？”

“不。”

“你最好还是戴上它吧。它就是用来戴的。”

“好吧。”我说。我解开金链上的扣子，把它戴到了脖子上，然后扣上了链扣。圣像吊在了我穿着制服的胸前，我解开上衣和衬衣的领扣，把它塞进了衬衣里面。在行驶中，我能感觉到装在小铁盒里的圣像抵着我的前胸。后来，我便忘掉了它。在我负伤后，我

---

① 圣安东尼（公元3—4世纪），埃及隐士，长期过着禁欲生活，并创办了第一所修道院，是基督教修道主义的创始人。

就没有再见过它。也许是当我被送到包扎所时，有人从我身上拿走了它。

过了桥后，我们的车子开得飞快，不久，我们便看到了另外那几辆救护车在前面扬起的灰尘。公路曲曲折折的，行驶在我们前面的那三辆车显得很小，车轮卷起的尘土弥漫在林木之间。我们追上并超过了他们，临了，拐上了一条通往山上的公路。如果你在第一辆车里，结队行驶不失为一件乐事。我靠在座位上，望着窗外乡下的风光。我们走在紧傍着河岸的山脚下，随着公路的升高，我们看到了北面远处的高山，峰顶上仍然覆盖着积雪。我回头看，见那三辆车在我们后面爬行，隔在它们之间的是滚滚的飞尘。我们经过了一支长长的骡队，骡子身上都驮着物资，在骡子旁边走着赶骡人，都戴着红色的非斯帽①，他们是意大利狙击手。

超过了骡队，前面的公路上空荡荡的，我们沿着山路盘升了一阵子，然后驶过一道山脊向下进入一条河谷。道路两边都种着树，透过公路右边树木的枝叶，我望见了那条河，清澈的河水不深，却流得湍急。河面很低，有沙洲和卵石裸露着。在它们之间是河水潺潺，有时候在河水流经鹅卵石的地方，经阳光一照，宛若一条光带铺展在那里。在靠近河岸的地方，我看见有几个深潭，像天空一样的湛蓝。在河面上有一些石拱桥，大路就是从这些石拱桥那里分出了一条条的小道，我们经过了用石头砌成的农舍，园子里有梨树的枝条探出南面的院墙，田野里也垒着低低的石头墙。车子在河谷里行进了很长的时间，然后转了一个弯，又开始盘山了。山路陡峭，我们盘绕着过了一片栗树林，终于进入了一道较为平坦的山脊。透过林木往下看，在很远的下面，浴着阳光的河水把敌我双方的军队隔在了两边。我们顺着新近在山脊顶部修建的那条坎坷不平的军用公路行驶，道路的北面耸立着两道山脉，雪线以下是青、黑色，雪线以上是阳光灿烂。当我们再沿着山脊往上走了一段后，

① 一种没有帽檐的有黑穗的毡帽。

我们看到了第三道山脉，海拔很高的雪山，白皑皑的一片，间或也有凹进去的褶皱。随后看到在这些高大的山峰后面，还有层层叠叠的高山峻岭，影影绰绰的，你几乎都不敢说你是真的看到了它们。这就是奥地利人的山，我们的山不能与他们的相媲美。前面靠公路的右边有一个圆形的拐弯，从那里望下去，能看到公路穿过林子向下面蜿蜒。路上又出现了部队，拉着山炮的卡车和骡子，在下山的路上，沿着峭壁，我能看到在很远的下面的那条河，沿河的铁轨和枕木，还有那座上面铺设着铁路的旧桥，以及对岸山脚下那个已经炸成废墟、我们将要攻占的小镇。

待我们下了山驶入沿河的那条主干道时，天已经快黑了。

# 第九章

道路上很拥挤，路两边以及头顶上都有玉米秆和稻草席搭成的屏障，走在里面，就像进到了马戏团或是一个土著村子的入口处。我们慢慢地行驶在这两边、上面都有草席围挡的通道里，出了通道后是原来用作火车站、四围没有遮挡的一片空地。这段路面低于河堤，顺着这条低洼公路的边沿，在高出的堤堰里挖了不少的洞穴，有步兵们藏在里面。此时太阳快要落山了，沿着堤堰行驶，我们看到有奥军的侦察气球飘浮在河对岸背阳的山坡上方。我们把车子停在了砖厂那边。一些砖窑和一些挖的较大的洞子被改造成了包扎所。这儿有三位医生我认识。在跟少校的谈话中，我得知在进攻开始、我们的车子拉上伤员后，我们要通过那条掩蔽的公路，把伤员们运回到有山脊作屏障的主干道，那里设有一个救护站，另有车辆把伤员们运走。少校希望这条路千万不要堵塞。这是唯一的一条通道。这条路之所以被遮掩起来，是因为它在河对岸奥军的视野范围之内。在砖厂这里，有河的堤岸为我们阻挡住敌方步枪和机关枪的子弹。在河面上有一座被炸毁的桥梁。轰炸一开始，意军打算再搭一座桥，一些部队将从上游的河湾处水浅的地方涉水过去。少校个子不高，留着两边向上翘起的小胡子。他曾在利比亚打过仗，戴着两条证明受过伤的条章。他说如果战事顺利，他将跟上面为我申请嘉奖。我说希望仗打得顺利，并对他的一番好意表示感谢。我问他有没有一个较大一些的掩体，让司机们可以待在里面。他派了一个士兵领着我去看。我跟着那个士兵找到了一个不错的掩体。司机们看了都挺满意的，我把他们留在了那里。少校请我跟他和另外两个军官喝一杯。我们喝着朗姆酒,彼此感到很融洽。外面天色渐渐地黑下来。我问什么时候开始进攻,他们说天一黑就开始。我回到司机们那里。他们正坐在洞里聊天,一见我进去都不吭声了。我给了他们每人一包烟,马其顿牌香烟,烟卷包装得松松垮垮的,在抽它们之前,得先把纸烟的两头拧紧了才行。马内拉打着了打火机,都给大家点上了烟。这个打火机的形状像个引擎冷却器。我把我听到的告诉了他们。

“在来的路上,我们怎么没看到那个救护站?”帕西尼问。

“它还在我们那个拐弯口的前面。”

“这条路将会很难走的。”马内拉说。

“他们将把我们炸得血肉横飞。”

“很有可能。”

“有吃的吗,中尉?进攻一开始,我们就没工夫吃饭了。”

“我现在就去问。”我说。

“你是要我们待在这里,还是可以出去走走?”

“最好是待在这里。”

我又去到少校的掩蔽壕里,他说战地厨房很快就到了,司机们可以过来领饭。他可以借给他们饭盒,如果他们没有的话。我说想必他们都有的。我回去告诉司机,饭一来我就给他们拿回来。马内拉希望饭能在轰炸之前送来。当我在的时候,他们都不作声。他们是机械师,都厌恶战争。

我出去查看了一下车辆,摸了摸情况,回来后跟四个司机一块儿坐在了掩体内。我们都坐在地上,背靠着墙,抽着烟。掩体里的土又干燥又暖和,我用肩抵着墙半躺着,放松着身体。

“谁会去进攻?”加沃齐问。

“意大利狙击兵。”

“只有意大利狙击兵吗?”

“我想是的。”

“这儿没有足够的军队,来发动一次真正的进攻。”

“或许,这只是佯攻,为了吸引敌人的注意力,真正的进攻不在这里。”

“进攻的人知道这一情况吗?”

“我认为他们不知道。”

“他们当然不知道啦,”马内拉说,“如果他们知道了,他们还会去进攻吗?”

“是的,他们会的,”帕西尼说,“狙击兵都是些蠢货。”

“他们都很勇敢,而且守纪律。”我说。

“他们都有很宽的胸围,都很健康。可他们仍然都是些蠢货。”

“掷弹兵个子都高。”马内拉说。这是个玩笑。大家都笑了起来。

“那一次你在场吗,中尉?士兵都不出击,他们在每十个士兵中间,对第十个执行枪决。”

“不在。”

“这是真的。他们让士兵们排成行,每数完十个士兵,就把第十个拉去枪毙。是宪兵队执行的枪决。”

“宪兵队。”帕西尼说,往地上啐了一口,“那些掷弹兵个个都在六英尺以上。可他们就是不肯出击。”

“如果每个人都不进攻,战争就会结束了。”马内拉说。

“那些掷弹兵们可不是这么想的。他们是因为害怕。军官们都有很好的出身。”

“有些军官在独自冲锋陷阵。”

“一位中士枪决了两个不进攻的军官。”

“有些部队还是出击了。”

“在枪决的时候,那些参与了进攻的部队没有排成行。”

“有个被宪兵队枪决的士兵跟我是一个镇子上的,”帕西尼说,“他块头大,个子高,人也很精明,是个掷弹兵。老是待在罗马。总是跟女孩儿混在一起。和宪兵们在一起。”他说着笑了起来,“现在好了,在他家门口外,总站着一个枪上上着刺刀的卫兵,没有人可以到他家里去看他的父母和他的姐妹们,他的父亲还被剥夺了公民权,甚至不能参加投票选举了。他的家人都失去了法律的保护。任何人都可以拿走他们家的财产。”

“如果不株连到他们的家人,恐怕就没有人会去冲锋了。”

“会有的。阿尔卑斯山部队就会去冲锋的。那些志愿兵,还有一些狙击兵也会的。”

“狙击兵也有临阵脱逃的。只是现在他们在极力忘掉这件事了。”

“你不应该让我们这样谈论下去,中尉。军队万岁(原文这里是意大利语)。”帕西尼不无讥嘲地说。

“我知道你们在怎么谈论战争,”我说,“不过,只要你们把车开好,说的——”

“——说的话不要让其他军官听到。”马内拉补充完整了我的句子。

“我相信,我们应该让战争结束,”我说,“如果只是一方停止战斗,战争不会结束。如果只是我们停下来不打了,那情况会更糟。”

“情况不可能会更糟,”帕西尼用恭敬的口气说,“再也没有什么比战争更糟糕的了。”

“战败会更糟。”

“我不这么认为,”帕西尼仍然是一副恭敬的口气,“战败怎么啦?战败,你就可以回家了。”

“他们会紧跟在你的后面到来。占了你的家。糟蹋你的姐妹。”

“我不信,”帕西尼说,“他们不可能对每一个人都这么做。让每个人都保卫他自己的家。让他们的姐妹们留在家里。”

“他们会绞死你。他们会逼你再次当兵。不是救护车队,而是参加步兵。”

“他们不可能绞死每一个人。”

“一个入侵的外族不可能把你造就成为士兵，”马内拉说，“战斗一打响，你就会逃的。”

“就像捷克人那样[①]。”

“我想你一点儿也不了解被外族征服后会怎么样，所以你认为它并不糟。”

“中尉，”帕西尼说，“我们知道你允许我们这么谈论。说实话，世界上再也没有什么会比战争更糟糕的了。开救护车的我们甚至不可能认识到它的糟糕程度。当人们意识到战争有多糟时，他们已经制止不了它了，因为他们已经疯了。有些人对战争从来没有这种认识。有些人是害怕他们的长官。正是这些长官们制造了这场战争。”

“我也知道战争不好，但我们还是得把它打完的。”

“战争没有完结的时候。战争没有一个终止。”

“有的。”

帕西尼摇着他的脑袋。

“战争是不可能靠胜利来赢得的。即使我们打下了圣嘉伯烈山，那又怎么样？即使我们攻下了卡索、蒙法尔科内和里雅斯特（意奥边境上的两个重镇），那又怎么样？到那时候，我们又会在哪里？难道你们今天没有看到那远方的层层叠叠的群山吗？你们认为我们能把它们都占领了吗？只有奥军停战了，才有这种可能。有一方必须首先停战。为什么不可以是我们先停止战斗呢？如果奥军开进到了意大利的腹地来，他们便会感到厌倦，会一走了之的。他们有自己的国家。可事与愿违，仗一直在打。”

“你可以当一位演说家啦。”

“我们思考。我们阅读。我们不是农民。我们是机械师。不过，即便是农民，他们也有理智，不会去相信战争。人人都厌恶战争。”

---

① 第一次大战初期，奥匈帝国的捷克军团临阵不肯作战，相继投降俄军。

“让一个愚蠢的、永远不能明白任何事理的阶级控制了一个国家。这就是之所以有了这场战争的原因。”

“他们也从中挣到了钱。”

“他们中的大多数都没有挣到，”帕西尼说，“他们太蠢了。他们发动战争，没有任何目的，只是因为愚蠢。”

“我们不要再说了，”马内拉说，“即便对中尉来说，我们也谈得太多了。”

“他喜欢听我们讲，”帕西尼说，“我们会改变他的。”

“可是，现在我们必须住嘴了。”马内拉说。

“我们可以吃饭了吗，中尉？”加沃齐问。

“我去看看。”我说。戈尔迪尼站起身，跟我一起走了出来。

“我能做点儿什么吗，中尉？我能帮帮你吗？”戈尔迪尼是这四个机械师中说话最少的一个。“如果你愿意，跟我来吧，”我说，“我们去看看饭怎么样了。”

外面漆黑一片，在山上有探照灯长长的光柱来回地晃着。在那条战线，有这种安装在军用卡车上的大型探照灯，有时你走在夜间的公路上也许会碰到，就在靠近前线的地方，军用卡车稍稍停得离开路边，一个军官指挥着灯光，其他的士兵都吓得在哆嗦。我们穿过砖厂，来到了包扎总站。在总站的入口处上面有绿枝搭成的一个屏障，夜风吹着白天晒干的树叶发着沙沙的声响。里面有灯光。少校正坐在一个箱子上打电话。一名军医上尉说进攻提前了一个小时。他给我倒了一杯科涅克白兰地。我望着那些木板桌，那些在灯光下闪烁着的医疗器械、脸盆和盖着的药瓶。戈尔迪尼站在我身后。少校打完电话站了起来。

“现在，进攻就要开始了，”少校说，“又推迟到了原来的时间。”

我望着外面，天黑乎乎的，奥军的探照灯在后山上来回地照着。有一小会儿很安静，接着，在我们身后的所有大炮都开始了炮击。

"萨伏伊王室①的部队。"少校说。

"有汤吗？少校。"我说。他没有听清。我重复了一遍。

"汤还没有送上来。"

一颗很大的炮弹飞过来，在外面的砖厂炸开了。又是一颗炸了过来，在猛烈的爆炸声中，你也能听到砖瓦和泥土炸起来落下的声音。

"有什么东西吃吗？"

"有一点儿干面包。"少校说。

"你有什么，我们就吃点儿什么吧。"

少校跟一个勤务兵说了几句，勤务兵到后面去了一会儿，回来时端来一铁盆煮熟的冷通心粉。我把它递给了戈尔迪尼。

"你有干酪吗？"

少校有些不太情愿地跟勤务兵说了一声，勤务兵又到后面的洞里，拿来一块白奶酪的四分之一。

"非常感谢。"我说。

"你们现在最好不要出去。"

听到有什么东西放在了外面的门口。其中一个抬东西的人往里面瞅着。

"把人抬进来吧，"少校说，"你是怎么回事？难道你想让我们出去把人抬进来？"

那两个抬担架的人一个抬着伤员的腋下，一个抬着腿，走了进来。

"撕开他的外衣。"少校说。

他手里拿着一把镊子，镊子头上夹着一块纱布。那两个上尉军医脱掉了他们的外套。"请离开这里。"少校对那两个抬担架的人说。

"我们走。"我跟戈尔迪尼说。

---

① 萨伏伊王室，1861—1946年间统治意大利的王室。

“你们最好再等等，等到炮击结束。”少校扭过头来说。

“他们等着吃呢。”我说。

“随你的便吧。”

我们出来跑过了砖厂。前面一颗炮弹炸在了河岸边上。接着又有一颗，我们没有听见，直到一股气浪突然冲了过来。我俩赶忙卧倒，伴着闪光、爆炸的震响和袭来的火药味儿，我们听到炮弹碎片的嘶鸣和房屋倒塌的轰隆声。戈尔迪尼爬起来，朝着掩体跑去。我跟在他后面，手里端着干酪，它光光的表面已经覆上了一层砖灰。在掩体内，我们的三个司机正靠墙坐着抽烟。

“饭来了，你们这些爱国者们。”我说。

“我们的车怎么样？”马内拉问。

“没事。”

“吓着你了吧，中尉？”

“你说的没错。”我说。

我拿出小刀把它打开，擦了擦刀刃，刮掉了奶酪上面的那层脏物。戈尔迪尼把盛着通心粉的铁盆递给了我。

“你开始吃吧，中尉。”

“不，”我说，“把盆放在地上。大伙儿一块儿吃。”

“连叉子都没有。”

“凑合吃吧。”我用英语说。

我把干酪切成小片，放在通心粉上面。

“大家坐下吃吧。”我说。他们坐下了，在等我先动手。我把五个手指头放进通心粉里，捞起来一团面。

“再举得高一点儿，中尉。”

我把通心粉差不多举到了肩膀的高度，让手中的面和盆里的面条分离开来。再把它放低到嘴边，吸进去咬断，咀嚼着，然后，吃上一片奶酪，再喝上一口酒。这酒有股铁锈的味道。临了，我把水壶递给了帕西尼。

“这酒有股铁锈的味儿，”他说，“酒在壶里放的时间太长了。

而且一直就在车上扔着。”

大家都在吃，他们的下巴都离得盆子不远，脑袋稍向后仰起，把抓起来的面条全部吸进到嘴里。我又吸进一口面条，吃了一些干奶酪，用酒冲了冲嗓子。外面有什么东西落了下来，震撼了大地。

“这要不是四二〇大炮，就是迫击炮弹。”加沃齐说。

“山里面没有四二〇。”我说。

“奥军有斯科达大炮[①]。我见过它们炸下的大坑。”

“是三〇五。”

我们继续吃着。外面传来喀喀声，好像火车引擎开动的声音，随后一声爆炸，再次震撼了大地。

“这个掩体不够深。”帕西尼说。

“那是一门大迫击炮的炮弹。”

“是的，长官。”

我吃完了我的那份干奶酪，又喝下了一口酒。在其他响声中间，我又听到了喀喀声，接着是“嚓—嚓—嚓”的声音——然后是一道闪光，就像熔炉的门突然打开，跟着轰隆一声巨响，开始呈白色，后来是红色，接着一阵疾风扑面而来。我拼力想要呼吸，却出不上气来，我觉得自己从身体的躯壳中冲了出来，我飘啊，飘啊，在风中极力要挣脱出自己的身体，我知道我死了，也知道认为自己刚刚死去，本身就是个错误。我飘啊，飘啊，可不是向前，而是感觉自己又滑翔回了原处。我又能呼吸了，我回到了自己的躯体中。地上被炸裂开来，在稍稍离开我头部的地方，有一根炸断的木梁。在我晕晕沉沉的头脑中，我听到有人在哭。我想是有人在喊叫。我想动，可怎么也动不了。我听到河对岸跟河的上、下游传来的机关枪和步枪的射击声，以及河水中巨大的泼溅声，我看见有照明弹射上了天空，炸开后，呈一片白光在上面飘浮，随即有火箭弹也升上

① 斯科达是捷克一家兵工厂的名字，当时的捷克属于奥匈帝国。

了天，还听见了炮弹的爆炸声，所有这一切都发生在刹那间，临了，我听到离我不远有人在呻吟"我的妈呀！我的妈呀！"我使劲地扭动我的身体，终于从重物中抽出了我的双腿，我转过身来，摸到了他。是帕西尼，在我触到他的时候，他尖声叫着。他的腿朝着我的方向，在明暗之间我看到他膝盖以上的腿都被炸烂了。一条腿已经没有了，另一条仅仅是由肌腱和裤腿连着，炸剩的那一截在抽搐、战栗，好像已经失去与身体的连接。他嘴咬着胳膊，呻吟着，"我的妈呀，我的妈呀，"后来，转而说，"天主保佑你，马利亚。天主保佑你，马利亚（这里原文是意大利语）。噢，耶稣，打死我吧，耶稣打死我吧我的妈呀我的妈呀噢最纯洁最可爱的玛利亚打死我吧。结束这痛苦吧。结束这痛苦吧。结束吧。哦耶稣可爱的玛利亚帮我结束这痛苦吧。噢噢噢噢，"声音哽咽起来，"妈呀我的妈呀。"随后，他安静下来，嘴仍然咬着胳膊，炸残的那截腿仍在抽搐。

"担架兵！（这里的原文是意大利语）"我把两手呈杯状撑在嘴边大声地喊。"担架兵！"我想要挪近到帕西尼身边，给他的腿绑上一个止血带，可我动不了。我又试了一次，这一次腿稍稍地挪动了一点儿。我用胳膊和胳膊肘使劲，向后爬了爬。帕西尼现在已经安静了。我坐在他旁边，先是解开我的外衣，想撕下我衬衣的后摆。我用牙齿咬住衬衣的边角，使劲地往下撕，可撕不动。后来，我想到了他的绑腿。我穿的是羊毛袜，而帕西尼裹的是绑腿。所有的司机都是打着绑腿的，只是帕西尼只剩下了一条腿。在缠开他的绑腿时，我发现已没有必要给他试着敷上止血带了，因为他已经死了。我确认了一下，他是死了。还有另外三个司机也需要找找。在我坐直了身体时，脑子里突然有什么东西狠狠地动了一下，就像有重物压在了洋娃娃的眼睛上，我的眼球后面仿佛被什么东西击中。我的两条腿感觉热乎乎、湿乎乎的，我的鞋子里面也是湿湿的，暖暖的。我知道我被炮弹击中了，我俯下身子，伸手摸向膝盖。我的膝盖不在那里了，我的手陷了进去，我的膝盖原来错位到了小腿上。我把手上的血在衬衣上擦了擦，另一个照明弹缓缓地从空中降下来，我看见了我的腿，吓坏了。噢，上帝，我说，快让我离开这里。然而，我知道我们还有三个人在这里。一共是四个司机。帕西尼死了。还有三个。有人从我的腋下抬起了我，另一个人抬着我的腿。

“还有三个人，”我说，“死了一个。”

“我是马内拉。我们去找担架，可没找着。你怎么样，中尉？”

“戈尔迪尼和加沃齐在哪儿？”

“戈尔迪尼在急救站接受包扎。加沃齐正抬着你的腿呢。抱住我的脖子，中尉。你感觉伤得重吗？”

“伤在腿部。戈尔迪尼怎么样？”

“他没什么事。击中我们掩体的是颗大迫击炮弹。”

“帕西尼死了。”

“是的，他死了。”

一颗炮弹落在附近，他们两人一下子卧倒，我摔在了地上。“对不起，中尉，”马内拉说，“搂着我的脖子。”

“看你们再把我扔到地上。”

“那是因为我们害怕。”

“你俩没有受伤？”

“我俩只是擦破了点儿皮。”

“戈尔迪尼还能开车吗？”

“恐怕不行。”

在到达急救站之前，他们俩又摔了我一次。

“狗娘养的。”我说。

“对不起，中尉，”马内拉说，“我们再不会摔着你了。”

在急救站的外面，黑暗中有许多像我这样的人在地上躺着。他们把伤员抬进去，又把一些伤员抬出来。在抬伤员进出、门帘撩起的瞬间，我能看见包扎站的灯光泻了出来。死了的就分开搁在一边。正在工作的医生们都高高地挽着袖子，浑身是血，像屠夫一样。这里没有足够的担架。有些伤员疼得大声地嚷嚷，可大多数的伤员很安静。夜风吹着包扎站入口上方遮阴的枝条沙沙地响，夜晚渐渐地变冷了。不时地有担架员进来，放下担架，抬出伤者便离去了。我一到包扎所，马内拉就叫出来一位中士军医，他给我的两条腿做了包扎。他说我的伤口里进去了许多灰尘，所以没有流太多的血。医生们会尽可能快地给我做处理。说完他又进到了里面。马内拉说，戈尔迪尼不能开车了，他肩膀上的骨头被炸断了，头部也受伤了。他当时没感觉到有多么糟，但现在他的肩膀已经不能动了。他正坐在一垛砖墙旁边。马内拉和加沃齐每人拉了一车伤员走了。他俩还可以开车。英国人开来了三辆救护车，每辆车配有两个人。其中的一个司机朝我走过来，他是戈尔迪尼帮我叫来的，戈尔迪尼看上去面色苍白，病恹恹的样子。那个英国人向我俯下了身子。

"你伤得重吗?"他问。他个子很高，戴着一副钢边眼镜。

"伤在腿部了。"

"希望不至于太严重。想抽支烟吗?"

"谢谢。"

"听人说，你损失了两名司机。"

"是的。一个死了，还有就是带你过来的那一位。"

"运气太糟了。你愿意让我们把你的车子接管过来吗?"

"这正是我想要请你们做的。"

"我们会好好照料这两辆车，把它们送回那所别墅医院。206医院是吗?"

"是的。"

"那是一处风景迷人的地方。我在那里见过你。他们告诉我，你是美国人。"

"是的。"

"我是英国人。"

"不会吧!"

"没错，我是英国人。你以为我是意大利人吗？在我们的一个部队里有意大利士兵。”

“你能把车开走，这太好啦。”我说。

“我们会小心照料好这几辆车的，”他站直了身子，“你的这位伙计很焦急地想让我过来看看你。”他拍了拍戈尔迪尼的肩膀。戈尔迪尼瑟缩了一下，笑了。这位英国人突然用流利、标准的意大利语说：“好了，现在一切都安排好了。我见到了你们的中尉。我们接管过来了这两辆车。你们无须再担心了。”他停了停又说，“我一定要做点儿什么，让你早点儿离开这里。我去找下医务人员。我们将带你一起回去。”

他朝着包扎站那边走，在躺着的伤病员中间小心地举着步。我看见用作门帘的毯子掀起来一下，屋里的灯光泻了出来，他走了进去。

“他会照顾好你的，中尉。”戈尔迪尼说。

“你怎么样，弗兰格？”

“我没事。”他在我旁边坐了下来。不一会儿，我看见包扎站前门的帘子又撩了起来，出来两个担架员，他们俩后面跟着那个高个子英国人。他把两个担架员领到了我这边。

“这位中尉是个美国人。”他用意大利语说。

“我宁愿等一等，”我说，“有的人伤得比我重。我等等没事的。”

“来，来吧，”他说，“不要硬充英雄了。”接着，他又用意大利语说：“小心一点儿抬他的腿。他的腿伤得很重，很疼。他是威尔逊总统的亲儿子。”他们把我抬起来，进了包扎站。屋子里所有的台子上都在做着手术。小个子少校不悦地看着我们。他突然认出了我，挥动了一下手里的镊子。

“你好吗？”

“好！①”

① 这两句的原文是意大利语。

“是我带他进来的，”高个子英国人用意大利语说，“他是美国大使唯一的儿子。他可以待在这里，等着你腾出手来为他包扎。完了，我会把他作为我的第一批伤员送到医院。”他朝我俯下身子说，“我去找他们的副官给你做病历，这样我们很快就能离开这里。”他弓着腰走过低矮的门廊，到了外面。少校正在从伤者身上取下镊子，把它们扔进盆子里。我的眼睛随着他的手移动着。现在，他在给伤员包扎了。随后，担架员把人从手术台上抬了下来。

“让我来给这位美国中尉做处理吧。”一位大尉军医说。他们把我抬上了桌子。桌面硬硬的，挺光滑。随之有许多强烈的味道进入我的鼻孔，各种化学药剂还有鲜血的甜甜的味道。他们脱下我的裤子，那位大尉军医开始一边查看一边向中士副官口述着：“右腿和左腿上部，左右膝盖以及右脚部有多处擦伤。伤重的地方是在右膝和右脚部。头皮上有裂口（他用手摸着——疼吗？——基督啊，是疼！），头骨可能有断裂。是值班时负的伤。这就可以使你免于因自残而被送上军事法庭。”他说，“你要喝杯白兰地吗？你是怎么负的伤？你当时想干什么来着？是要自杀吗？注射防破伤风疫苗，在两条腿上都画个十字记号。谢谢你。我将把伤口给你清理一下，洗干净，包扎起来。你血液的凝血功能很好。”

副官从他记录的病历上抬起头来，“是什么导致你负伤的？”

那个大尉军医说：“是什么击中了你？”

我闭合着眼睛说：“一颗迫击炮弹。”

大尉弄得我痛得厉害，好像撕裂了我的肌肉组织——“你能肯定吗？”

我极力躺着不动，在刀子切割着我的肌肉时，我感到了剜心的疼痛。“我想是的。”

大尉军医——（对他发现的东西很感兴趣）说：“这些是敌人迫击炮弹的碎片。你要是愿意，我可以给你再查查看，不过，没有必要了。我将把留在你身上的弹片都做上记号——很疼，是吗？噢，这比起你以后要受的痛苦，这点儿痛算不了什么。真正的痛还没有开始呢。递给他一杯白兰地。你受到的惊吓暂时麻痹了你的神经;不过,情况总体不错,只要不被感染,你就没有什么可担心的了。你的头怎么样?"

"仁慈的耶稣啊!"我说。

"那么,最好不要喝太多的白兰地。如果你的脑部有骨折,你当然不希望它发炎了。现在感觉怎么样?"

汗水一下子淌了出来。

"仁慈的耶稣啊!"我说。

"我猜想你的头部是出现骨折了。我这就给你包扎一下,不要来回晃动你的脑袋。"他包扎的时候,手的动作非常快,包扎得又紧又牢靠。"好了,祝你好运,法兰西万岁(原文这里是法语)。"

"他是美国人。"另外一个大尉军医说。

"我好像听你说过他是法国人。他说法语的,"大尉说,"我以前见过他。我一直以为他是个法国人。"他喝了半杯科涅克白兰地。"再抬上来一个重伤员,再拿一些防破伤风疫苗来。"大尉跟我挥了挥手。有人抬起了我,过门口时门帘扫在了我的脸上。到了外面,那位中士副官蹲在我躺着的地方,很温和地问我:"姓氏?中名?教名?军衔?出生地?级别?部队番号?"末了又说,"对你头部的伤我很同情,中尉。希望你很快能好起来。我现在就用英国人的救护车送你走。"

"我很好,"我说,"非常感谢。"少校前面所说的那种痛开始发作,这让我对眼前的一切都失去了兴趣,觉得一切都与我无关了。过了一会儿,救护车开了过来,他们把我放上担架,在担架抬到救护车身的高度时,他们将它推了进去。在我旁边还有一副担架,上面的人整个头部都包裹着,只露出一个蜡像般的鼻子。他困难地呼吸着。又抬上来几副担架,挂在了我们上方的吊索上。那位来自英国的高个子司机走上前来,往里面瞧了瞧。"我会当心驾驶的,"他说,"我希望你不会感到太颠簸。"我感觉到汽车引擎的发动,感觉到他爬上了前面的座位,接着是松开刹车,踩下离合器,车开动了。我静静地躺着，任凭痛苦肆虐。

在救护车一路爬坡的时候，交通比较拥挤，车行驶得很慢，有时不得不停下来，有时还得倒车转弯，在这样走了一段时间后，车子终于开得快了起来。我觉得有什么在往下滴答。一开始滴得很慢，很有节奏，临了，就滴滴答答地往下流了。我冲着司机喊。司机停下车子，从他座位后面的窗洞望了过来。

“怎么回事？”

“在我上方的那个人在流血。”

“我们离山顶不远了。我一个人抬不出来这副担架。”他开动了车子。血在不断地往下流。在黑暗中，我看不清楚血是从上面帆布的哪个地方流出的。我试着侧着身子躺，让血不要流在我的身上。流到我衬衣底下的血，让我觉得热乎乎黏糊糊的。可我身上却觉得冷，我的腿又在痛，这使我感到恶心。又过了一会儿，从上面担架流下来的血少了，又像刚开始那样在滴了，我听到并感觉到上面的帆布在动，担架上的人终于比较舒服地安顿下来了。

“他怎么啦？”那个英国人回过头来问。“我们就要到了。”

“他已经死了，我想。”我说。

血滴得越来越慢了，仿佛是日落后的冰柱上滴下来的融水。在山上的夜晚，躺在车子里，感到阵阵的寒意。到了山顶救护站，他们把那副担架抬下来，又抬上去了另一副，之后，我们继续前行。

# 第十章

在战地医院的病房里，他们告诉我说，下午有个人要来看我。天气很热，屋子里有许多的苍蝇。我的护理员把纸裁成条，把纸条捆在一根棍子上，做了个掸子，帮我赶走苍蝇。我看见它们都落到了天花板上。当护理员困了睡着了，不再理它们，它们就飞了下来，我赶它们赶得乏了，终于把手遮在脸上，自己也睡着了。天气越来越热，在我醒了时觉得腿上很痒。我叫醒了护理员，他给我的绷带上倒了一些矿泉水。床单弄湿了，倒觉得挺凉爽的。病房里醒了的人就隔着床铺聊天。下午的病房显得比较安静。每天早晨有三个男护士和一名医生来巡视病房，他们把病人扶下床，送到包扎室去换药，在这边给病人包扎的同时，那边就把床铺整理好了。每次换药，都会伴着疼痛。那时候我还不知道病人躺在床上，护士照样可以整理床铺。护理员给我的绷带上敷完了水，弄湿了床单，凉凉的，很宜人，我正在告诉他我脚板底下的一个地方很痒，让他给我挠挠，一位医生带进来了利纳尔迪。他快步走上前来，俯下身子吻了我。我看见他戴着手套。

“你好吗，宝贝？你感觉怎么样？我给你带来这——”他手里拎着一瓶科涅克白兰地让我看。护理员搬过来一把椅子，利纳尔迪坐在了床前。“告诉你一个好消息。你要得到嘉奖了。他们要授予你一枚银质奖章，不过，到最后也许他们只能申请下来个铜的。”

“为什么给我？”

“因为你负了重伤。他们说只要你能证明自己做了什么英勇的行为，你便能得到银质奖章。否则的话，就只能得到铜的了。告诉我究竟发生了什么。你做出什么勇敢的行为了吗?”

“没有,”我说,“在我们正吃着奶酪的时候,我被炸得飞了起来。”

“严肃点儿。在炸前或是炸后,你一定是做了什么勇敢的事情。仔细想想。”

“我没有。”

“你没有背过其他受伤的同志? 戈尔迪尼说你背了好几个伤员,但急救站的少校军医说这不可能。只有他在提议书上签了字,你才有可能受奖。”

“我没有背过任何人。我自己被炸得已经不能动了。”

“那也没有关系。”利纳尔迪说。

他脱下了手套。

“我认为,我们能为你申请到一枚银质奖章。你不是曾拒绝在别的伤员前面得到医疗救助吗?”

“可并没有很坚决地坚持。”

“那并不重要。瞧瞧你伤得多么严重。再看看你平时总是要求上前线的勇敢行动。何况,这次进攻又很成功。”

“他们打过河去了吗?”

“仗打得非常顺利。他们俘虏了近一千名敌人的士兵。消息刊登在公报上,你没有看公报吗?”

“没有。”

“我下次给你带来一份。这是非常成功的一次奇袭。”

“其他方面的情况怎么样?”

“都非常棒。我们大家都很好。每个人都为你感到骄傲。确切地告诉我所发生的一切。我敢肯定你会得到银质奖章的。快一点儿告诉我。告诉我一切。”他停下来思考着,“也许,你还会得到一枚英国勋章的。当时有个英国人也在那里。我去找找他,看看他能不能推荐你一下。他应该能做点儿什么的。你伤口疼得厉害吗? 来喝一杯吧。护理员,去拿个瓶塞起子。哦,你真该看看我是怎么给人切除三米小肠的，我的医术可说是今非昔比了。这可是给《柳叶刀》杂志投稿的好素材。你完了给我翻译一下，让我把它投到《柳叶刀》。我每天都在进步。可怜的宝贝，你自己觉得怎么样？这起子拿到哪儿去了？你这么坚强，这么安静，几乎叫我忘记你在受苦了。”他在床边拍打着他的手套。

“起子拿来啦，中尉。”护理员说。

“把瓶子打开。拿来一个杯子。喝吧，宝贝。你的头怎么样啦？我看过你的病历。脑部没有骨折。急救站的那个少校军医是个蠢货。要是叫我给你看，我绝不会让你受罪的。我不会让任何人受罪的。我知道怎么做能减轻病人的痛苦。我的手术做得越来越精湛，越来越好了。你一定要原谅我这么能叨叨，宝贝。看到你负了这么重的伤，我很难过。来，喝了它。哦，这就对了。这酒花了我十五里拉。品质应该是不错的。五星级的。在我从你这里出去后，我就去找那位英国人，他会为你搞到一枚英国勋章。”

“像我这种情况，他们不会授予的。”

“你太谦虚了。我会派联络官过去找他。他可以搞定那个英国人。”

“你见过巴克利小姐了吗？”

“我会把她带到这里来。我现在就走，带她来这里。”

“先不要走，”我说，“跟我说说戈里察的情况。那些姑娘们怎么样啦？”

“还有什么姑娘们。有两个星期了，这些姑娘就没有换过。我不再去那里了。真丢人。她们哪里还是姑娘；她们都是老熟人，老战友了。”

“你真的再也没去过？”

“我去只是看看有没有新来的。我顺路进去过。她们都在问你。她们待的时间太长，跟我们都变成朋友了，这种感觉很不好。”

“或许是现在的女孩子都不愿意来前线啦。”

“当然，她们愿意来。姑娘们也多得是。只是我们的管理太差了。他们把姑娘们都留给后方躲在防空洞里的人们享用了。”

“可怜的利纳尔迪，”我说，“一直待在前线，却没有新来的姑娘。”

利纳尔迪给自己又倒上了一杯科涅克。

“我觉得这酒不会伤害到你的身体。你喝吧。”

我喝下了那杯科涅克白兰地，觉得酒一下肚，就暖遍了全身。利纳尔迪又倒上了一杯。他现在安静下来了。他举起了酒杯。“为了你英勇负伤，为了银质奖章，干杯。告诉我，宝贝，在这么热的天气里，你总躺在这里，不会觉得难受、难熬吗？”

“有时候会的。”

“我不敢想象我像你一样躺在这里。那我会发疯的。”

“你是发疯了。”

“我真希望你回来。现在，没有人晚上回来给我讲他跟女孩子们的浪漫故事。没有人让我拿来开玩笑。没有人借给我钱。也没有了跟我同睡一屋的兄弟。你为什么要让自己负了伤呢？”

“你可以开牧师的玩笑呀。”

“那个牧师吗，不是我要开他的玩笑，是大尉。我喜欢牧师。如果必须要有个牧师的话，我还是愿意让他来做我们的牧师。他要来看你了。早就准备上了。”

“我喜欢他。”

“噢，这我知道。有时候我觉得你跟他有点儿那个。你懂得的。”

“不，你不懂。”

“可是，有的时候我懂。就像安科纳旅第一团的番号一样，有点儿那个劲儿。”

“噢，你真可恶。”

他站了起来，戴上了手套。

“噢，我喜欢逗你，宝贝。尽管你有牧师，还有你的英国女孩儿，其实从本质上来说，你还是很像我。”

“不，我不像你。”

“是的，我俩很相似。你其实是一个意大利人。肚子里除了火和烟，什么也没有。你只是假装自己是个美国人。我们俩是兄弟，是相互热爱的兄弟。”

“我不在，照顾好你自己。”我说。

“我会把巴克利小姐给你找来。没有我，你俩在一块儿会更好。你会变得更纯洁，更甜蜜的。”

“噢，你真该死。”

“我会把她给你找来的。你那又可爱又酷的女神。英国女神。我的天啊，像这样的女人，男人们除了顶礼膜拜，还能做什么呀？除了这点儿好处，英国女人还有别的用吗？”

“你这无知的、说话损人的意大利佬。”

“一个什么？”

“一个无知的意大利佬。”

“意大利佬。你才是个冷面的……意大利佬。”

“你无知。你愚蠢。”我看见这个词惹恼了他，就继续如法炮制。“你闭目塞听，没有人生经验，幼稚，愚蠢。”

“我是这样的吗？让我来说说你的这些好女人们。你的这些女神们。这里只有一点儿差别，能把一个一向贞洁的好女孩儿和一个女人区分开。跟女孩儿，她会痛。这就是我所知道的。”他用手套拍打着床边，“你永远不会知道，这姑娘是喜欢还是不喜欢做这种事。”

“不要生气嘛。”

“我没有生气。我说这些，宝贝，只是为了你好。免得你给自己招来麻烦。”

“只有这一点不同吗？”

“是的。但是，有成千上万的像你这样的傻瓜不明白这一点。”

“谢谢你告诉了我。”

"我们俩不要吵架,宝贝。我非常爱你。可是你也不要犯傻。"

"不会。我会像你一样明智的。"

"不要生气,宝贝。来,我们笑一下。喝了这杯酒。我真的该走了。"

"你真是我的铁哥们。"

"现在,你明白了吧。我俩在骨子里是一样的。我们是战争中的患难兄弟。跟我吻别吧。"

"你怎么伤感起来了?"

"不是。我只是觉得我们的情谊更深了。"

我感觉到他呼出的热气扑面而来。"再见。我会很快再来看你的。"他的热气散去了。"如果你不愿意,我就不吻你了。我会给你找来你的英国姑娘。再见,宝贝。科涅克白兰地放在床底下了。赶快好起来。"

利纳尔迪走了。

# 第十一章

牧师来了的时候，天已经快要黑了。在这之前，他们端来了汤，之后又撤走了碗。我躺在床上，看着这一排排的病床，看着窗户外面在傍晚的微风中摇曳的树梢。风儿从窗子上吹了进来，随着夜晚的临近，风也变得凉爽了。苍蝇都飞到天花板上和用电线吊着的灯泡上去了。病房里的灯只是在有伤员送进来或是有什么事情时，才会打开。从黄昏以后就摸黑待在屋子里，一直这样到晚上睡觉，让我有一种回到儿时的感觉。就像是晚饭后被大人们早早地打发到床上去睡。护理员从两边都是床铺的通廊中间走过来，停下了。有一个人跟着他。一瞧原来是牧师。他站在那里，瘦小的个子，棕色的面庞，一副难为情的样子。

“你好吗？”他问。他把带来的一些小包放在了靠床的地板上。

“挺好，神父。”

他坐在了先前为利纳尔迪搬来的椅子上，他眼睛望着窗外，神情仍显得局促。我注意到他的面容非常憔悴。

“我只能待一小会儿，”他说，“天色不早了。”

“不晚的。咱们的食堂还好吗？”

他笑了。“我仍然是大家开玩笑的对象，”他的声音里显出了疲惫。“感谢上帝，他们都好。”

“看你挺好的，我很高兴，”他说，“我希望你的伤已不再痛了。”他似乎很疲惫，我以前很少见过他这个样子的。

“不再痛了。”

“食堂里少了你，挺想念的。”

“我希望我还在那儿。我喜欢跟你聊天。”

“我给你带来一些小东西，”他说，他拿起了放在地上的包，“这是一张蚊帐。这是一瓶味美思。你喜欢喝味美思，是吗？还有一些英文报纸。”

“你帮我打开它们好吗？”

他很高兴地把它们一件一件地拿了出来。我把蚊帐拿在手里。他举起那瓶味美思酒让我看，然后放在了挨着床边的地板上。我从那一摞报纸里拿出一张。就着窗户上进来的暮霭的光，我能看见上面的标题。那是《世界新闻报》。

“其他的报纸都是有插图的。”他说。

“读这些报纸一定是我很好的消遣。你从哪里搞到它们的？”

“是我托人从梅斯特勒（意大利东北部的一个海港城市）买的。以后还能有。”

“你能来看我真好，神父。你愿意来杯味美思吗？”

“谢谢。这是给你买的，你留着喝吧。”

“你不必这么客气，咱们喝上一杯。”

“好吧。我来时再给你带来一些。”

护理员拿来杯子，打开了瓶盖。他把塞子弄折了，留在瓶颈里的那一块只得捅进瓶子里。我看见牧师有些失望，不过，他却说，“不要紧的。没事。”

“祝你健康，神父。”

“为你能尽快地好起来。”

临了，他把杯子握在手里，我们相互看着对方。有时候我们谈得很融洽，是好朋友，可今晚却感到有些拘谨。

“怎么啦，神父？你好像很疲惫。”

“我是觉得很累，但我不应该是这个样子的。”

“是因为天气热。”

“不是。这才是春天。我觉得我的情绪很低落。”

“你有战争厌恶症。”

“我没有。但我痛恨战争。”

“我也不喜欢战争。”我说。他摇了摇头，眼睛望着窗外。

“可你并不在意它。你不懂得它。请你原谅我这么说。我知道你为战争负了伤。”

“我不过是意外负的伤。”

“尽管你负了伤，你仍然不懂得战争。我能看得出来。我自己也不懂得它，可我能些许地感觉到它。”

“我是在我们正在谈论战争的时候负的伤。当时是帕西尼正在谈。”

牧师放下了手中的杯子。他正在想着什么别的事情。

“我了解他们，因为我就像他们一样。”他说。

“你跟他们不同。”

“可实际上，我是跟他们一样的。”

“军官们都看不明白事情。”

“有些行的。有些军官很敏感，对战争的危害，他们比我们任何人都体会得更深刻。”

“军官们也各不相同。”

“这不是教育或是贫富的不同。是一些别的因素。像帕西尼这样的人们，即便他们受过高等教育，很富有，也不愿意当军官。我也不想当军官。”

“你的军衔相当于军官的。我也是个军官。”

“我真的不是。你甚至不是一个意大利人。你是个外国人。但是，你更接近于军官，而不是士兵。”

“这有什么不同吗？”

“我不能把它很容易地表达出来。世界上有制造战争的人。在意大利，就有许多这样的人。还有不愿意挑起战争的人。”

“可是前一种人会逼着后一种人去打仗。”

“是的。”

“而我在帮助前一种人。”

“你是个外国人。是个爱国主义者。”

“那些不愿进行战争的人,他们能制止得了战争吗?”

“我不知道。”

他的目光再一次转向了窗外。我注视着他的脸。

“他们能够把战争停下来吗?”

“他们是一盘散沙,不能制止任何事情,当他们组织起来时,他们的领导人就会出卖他们。”

“那么,是没有希望了?”

“什么时候也不可能没有了希望。只是有的时候我自己看不到希望。我总是在努力让自己不要绝望。可有的时候,我做不到。”

“也许,战争就会结束的。”

“我希望如此。”

“战争结束了,你打算做什么?”

“如果可能的话,我想回阿布鲁奇。”

他棕色的脸膛一下子变得快活起来。

“你热爱阿布鲁奇?”

“是的,非常热爱。”

“你将来该回到那里去。”

“那我会很幸福的,如果我能生活在自己的家乡,在那儿爱上帝,为上帝服务。”

“并受着人们的尊敬。”我说。

“对,受到人们的尊敬。为什么不呢?”

“没有理由不受到尊重。你应该得到人们的尊重。”

“那并不重要。不过,在我们那里,人们都知道一个人可以热爱上帝。我这说的可不是不着边际的玩笑话。”

“我明白。”

他看着我笑了。

“你理解,可你并不爱上帝。”

“不爱。”

“你一点儿也不爱他吗?”他问。

“在夜晚,我有时候会怕他。”

“你应该爱他。”

“我不太爱得起来。”

“你会的,”他说,“你告诉过我一些有关你晚上的事情。可那不是爱。那只是激情和情欲。在你怀有爱的时候,你希望为他人做点儿什么。你希望做出牺牲。希望奉献。”

“我心中没有你说的这种爱。”

“你会有的。我知道你会有的。那时候,你就会快乐起来。”

“我现在就很快活。我总是快乐的。”

“我说的是另一种快乐。除非是你体验了它,否则你是不会懂得它的。”

“好吧,”我说,“如果我得到了这种快乐,我一定告诉你。”

“我待得时间太长了,说的也太多了。”他担心自己真的是说多了。

“不。先不要走。你能说说爱女人是怎么回事吗?如果我真的爱一个女人,那会跟你说的爱一样吗?”

“这我不知道。我从来没有爱过任何一个女人。”

“你的母亲呢?”

“是的,我一定是爱我的母亲的。”

“你总是爱上帝的吗?”

“从我孩提时代起。”

“哦,”我说。我一时不知该说什么好。“你是个好孩子。”我说。

“我是个孩子,”他说,“可你却叫我神父。”

“那是出于礼貌。”

他笑了。

“我真的该走了,”他说。“你还想让我帮你带什么东西吗?”

他很热心地问。

“不用。来聊聊天就好。”

“我会把你的问候带给他们的。”

“谢谢你送来这么多美好的礼物。”

“不用客气的。”

“再来看我啊。”

“会的。再见。”他拍着我的手说。

“再见。”我用土语说。

“再见。”他重复着。

房间里黑洞洞的，一直坐在床角的护理员此时站了起来，陪着牧师一起走了出去。我很喜欢牧师，我希望他将来能回到阿布鲁奇。他在食堂里总是遭受众人的嘲讽，可他都很好地忍受下来了；我在想，等他回到他的家乡后，他会过得好吗？他告诉过我，在卡普拉克塔小镇的河里有鳟鱼。在那里，夜晚是不能吹长笛的。年轻人们可以唱小夜曲，只是不能吹笛子。我曾问他为什么呢。他说姑娘们晚上听到笛声不吉利。那里的农民见了你，会叫你先生或是阁下，会向你脱帽致意。他父亲每天打猎都会在当地的农民家里吃饭。有城里人来吃饭，他们都觉得很荣幸。一个外地人来这里打猎，必须提供他从来没有被逮捕过的证明。在大萨索山(位于意大利中部)里有狗熊，不过，那离镇子还很远。阿奎拉(阿布鲁奇地区的一个著名城市)是个很好的小城。它夏天的夜晚很凉爽，而阿布鲁奇的春天则是意大利最美丽的一道风景。最惬意的是在秋天的时候，到栗树林里去打猎。那里的鸟儿都很棒，因为它们以葡萄为食，你根本用不着带午饭，因为如果你能到农民家里与他们一起吃饭，他们都觉得是莫大的荣幸。不一会儿，我便睡着了。

# 第十二章

这个屋子很长,靠右边的墙壁上嵌有一排窗户,窗户尽头有扇门,通向包扎室。我们的那一排病床面朝着窗户,另一排摆在窗户下面,面对着墙壁。要是你向左侧着身体躺着,你就能看见包扎室的门。在屋子的尽头还有一扇门,有时候人们就从那道门进来。如果有人快死了,他们就把他的床铺用屏风围起来,所以你看不到病人死去,你只能看见屏风下面医生和男护士们的鞋子和绑腿,有时候你能听见他们在小声地谈话。临了,牧师从屏风后面走了出来,之后男护士们会再次走进里面,他们给死者身上盖上一张毯子,顺着两边床铺之间的通廊把死者抬出去,一个人会把屏风收起来拿走。

那天早晨,负责病房的少校问我,我的体力能否允许我第二天出去一趟。我说行的。他说,那么,他们就安排明天一早送我。他说,我最好是早一点儿走这一趟,别等到天气热了让身体受罪。

在他们从病床上抬起你来、把你送往包扎室的路上,从窗户上望出去,你能看到花园里新添的坟茔。一个士兵坐在通向花园的那扇门外,做着十字架,并在十字架上用油漆写上埋在花园里的死者的姓名、军衔和所在部队的番号。他有时候也给病房里做事,他利用业余时间,曾用奥军步枪的空弹壳为我做了一个打火机。这里的医生们都挺好的,看上去都很能干。他们想尽快送我到米兰去,因为那里有更好的 X 光设备,并且在做了手术后能接受那里的机器治疗。我自己也想去米兰。他们希望把我们都送到大后方去,以便为日后展开的进攻腾出床位。

在我离开战地医院之前的那个晚上,利纳尔迪带着食堂的少校来看我。他们俩说我将会去美国人刚刚在米兰建起的一家医院。一些美国的救护车会被派过来。这家美国医院将照料他们以及其他在意大利服役的美国人。在红十字会里已经有许多的美国人。美国已经对德宣战,不过,并没有对奥宣战。

意大利人确信美国也将对奥宣战,他们对美国人来意大利感到很兴奋,哪怕来的只是红十字会人员。他们问我,我认为威尔逊总统是否会对奥宣战,我说那只是个时间问题。我也不知道我们为什么要反对奥国,只是觉得既然已经对德宣战,对奥宣战似乎就该是顺理成章的事情了。他们问我,我们会不会也对土耳其宣战。我说,对此我抱有怀疑。火鸡(与土耳其是同一个单词),我说,是美国的国鸟,可是这个笑话被翻译得太糟糕,他们听了都摸不着头脑,后来我只能回答说,是的,我们很可能也将对土耳其宣战。对保加利亚呢?我们已经喝了好几杯白兰地,我说是的,我们也会对保加利亚和日本宣战。可他们说,日本是英国的盟国。你不能相信糟糕的英国人。日本人想要夏威夷,我说。夏威夷在哪儿?它在太平洋。为什么日本人会想要夏威夷呢?他们并不是真的想要它,我说。他们只是说说而已。日本人是一个奇异的民族,矮矮的个子,喜欢跳舞,喜欢喝低度酒。和法国人一样,少校说。我们将从法国人手中收回尼斯和萨伏伊。我们将收回科西嘉岛和整个亚得里亚海海岸线,利纳尔迪说。意大利将会重振古罗马时的辉煌,少校说。我不喜欢罗马,我说。罗马又热,跳蚤又多。你不喜欢罗马?是的,我爱罗马。罗马是万国之母。我永远不会忘记罗穆卢斯①喝的是泰伯河的水。什么?没什么。让我们都到罗马去。今晚就到罗马去,再也不回来。罗马是个美丽的城市,少校说。是万国之母,之父,我说。罗马是阴性的,利纳尔迪说。它不可能是父亲。那么,谁是父亲呢,是圣灵吗?不要亵渎。我可不是在亵渎,我是想增加见识。你喝多了,宝贝。是谁把我灌醉的?是我把你

① 在罗马神话中,罗穆卢斯是古罗马的建国者,古罗马人的守护神。

灌醉的，少校说。我灌醉你，是因为我爱你，因为美国人也参战了。彻底地参战了，我说。明天早晨你就要走了，宝贝，利纳尔迪说。去罗马，我说。不，是去米兰。去米兰，少校说，去水晶宫，去科瓦，去康帕里，碧菲，大拱廊（米兰著名的购物中心）。你这个幸运的宝贝。去意大利大饭店，我说，在那儿，我将跟乔治借钱花。去斯卡拉歌剧院。每天晚上都去，我说。每天晚上去，你会去不起的，少校说。

这个歌剧院的门票非常贵。我将在我祖父的户头上开具即期汇票，我说。什么？即期汇票。他必须得为我的花费买单，否则我就得去蹲监狱。在银行的坎宁安先生为我经办此事。我就是靠即期汇票生活的。一个祖父难道能让为意大利生存而战的他的爱国的孙子住进监狱吗？美国的加里波第①万岁，利纳尔迪说。即期汇票万岁，我说。我们不能再这么吵了，少校说。病房里的人已经多次要求我们不要嚷了。明天你真的要走了吗，弗雷德里克？我告诉你，他要去到美国人的那家医院了，利纳尔迪说。去到漂亮的护士小姐们那里。不是战地医院里长胡子的护士。是的，是的，少校说，我知道他要到那家美国医院去了。我并不介意他们留着胡子，我说。哪一个男人想留，就让他留吧。你为什么不留胡子呢，少校长官？它塞不进防毒面具里。它能的。什么都能装进到防毒面具里去。有一次，我曾吐在了防毒面具里。不要这么大声，宝贝，利纳尔迪说。我们都知道你上过前线了。噢，我的好宝贝，你走了，我可怎么办呢？我们必须走了，少校说。我们都变得感伤起来了。听着，我还有个惊喜给你呢。你的英国姑娘。你知道吗？你每天晚上到她们的医院去看望的那位英国姑娘，她也要去米兰了。她和另外一个护士也要去那所美国医院了。他们还没有从美国调来护士。我今天跟她们的部门负责人谈过话了。在前线这里有太多的女护士了，他们要送一些到后方去。你听了高兴吗，宝

① 加里波第（1807—1882），意大利将军和民族主义者。

贝？好啊。是吗？你就要住进一个大城市了，还有你的英国姑娘跟你在那里亲热。为什么我没有受伤呢？也许你会的，我说。我们得走了，少校说。我们喝酒，高声喧哗，让弗雷德里克不得安静。不要走。不，我们必须走了。再见。祝你好运。万事顺利。再见，再见，再见。快一点儿回到前线来，宝贝。利纳尔迪吻了吻我。你有杂酚皂液的味道。再见，宝贝。再见。万事顺利。少校拍了拍我的肩膀。他们踮着脚尖走了出去。我发现我喝醉了，不过，很快便睡着了。

第二天早晨，我们前往米兰，在四十八个小时后到达了那里。这是一趟艰难的旅行。在美斯雷特这一边，我们被晾在支线上停留了很久，孩子们跑过来向车里张望。我叫一个小男孩儿帮我买一瓶科涅克白兰地，可他回来说没有科涅克，只有格拉帕白兰地。我告诉他去买一瓶，在他给我买回来时，我把找回的零钱给了他。我和我旁边的那个人喝得酩酊大醉，一直睡得过了维琴察才醒来，发现自己吐在了地板上。不过，也没啥要紧的，因为我旁边的那个人已经几次吐在地板上了。后来，我又觉得自己渴得要命，在维罗纳城外的调车场，我叫住了一个在火车边上来回巡逻的士兵，他给弄来了一些水。我喊醒了另外喝醉了的那个小伙子乔吉蒂，让他喝点儿水。他说，把水浇在他的肩膀上就行，说完就又睡着了。那个士兵非但不要我让他收下的小钱，还给了我一个多汁的橘子。我吸着它里面的汁，吐出它的核，望着那个士兵在一节货车车厢边来回地走动，过了一会儿，火车突然震颤了几下，开动了。

# 第二部

# 第十三章

我们是一大早抵达米兰的,他们在货车场把我们抬了下来。一辆救护车送我到了美国人的医院。躺在救护车里的担架上,我搞不清楚我们所经过的是哪个城区,待我从救护车上被抬下来时,我看见一家市场,一个开了门的酒店,一个女孩儿正在往外扫垃圾。人们在用水冲洗着街道,空气中散发着早晨的气息。他们放下担架,走了进去。出来时有门房跟着。这个门房留着一撮灰色的胡子,戴着一顶门房帽,上身只穿着件衬衣。担架放不进电梯里,他们在商量是把我从担架上抬下来上电梯,还是抬着担架走楼梯。我听着他们的讨论。最后他们决定乘电梯。他们把我抬下了担架。"轻一点儿,"我说,"轻一点儿抬。"

电梯里很挤,我的腿弯曲着,很痛。"把我的腿抬直了。"我说。

"抬不直的,中尉先生。太挤了。"说这话的人在抱着我的上身,我用胳膊勾着他的脖子。他嘴里的气息呼在我的脸上,一股大蒜夹杂着红酒的味儿。

"轻一点儿。"另一个人说。

"谁没轻点儿呀,他妈的!"

"轻点儿,我说。"抬着我的脚的那个人又说了一遍。

我看见电梯的门被关上,铁栅门也关上了,门房按了上四层的电钮,他看上去有些担心。电梯在缓缓地上升。

"觉得重吗?"我问那个口里满是蒜味的人。

"不重。"他说。他的脸上在出汗,嘴里呻吟着。电梯稳稳地上来停下了。抬我脚的那个人打开了门,最先走了出去。我们到了晾台上。这里有好几个安有铜把手的门。抬我脚的那个人按响了门铃。我们听到屋子里的铃在响。可没有人出来。这个时候门房从楼梯上走了上来。

“人都哪儿去了?”抬担架的人问。

“我不知道,”门房说,“他们睡觉是在楼下的。”

“叫个人上来。”

门房先是按门铃,然后是敲门,接着开开门走了进去。在他出来时带来一个上了年纪的戴眼镜的女人。她的头发很松散,半垂下来,穿着一件护士服。

“我听不明白,”她说,“我不懂意大利语。”

“我会讲英语,”我说,“他们要把我安置在这儿的一个地方。”

“房间都还没有收拾好。还没有开始接待病人呢。”她用手拢了拢头发,眼睛很近视地看着我。

“告诉他们安排一间可以把我安置进去的屋子。”

“我不知道,”她说,“还没有开始接待病人。我没办法安排你住进任何房间。”

“什么屋子都行。”我说。随后,我用意大利语跟门房说:“找一间空屋子就行。”

“它们都是空着的,”门房说,“你是这里的第一个病人。”他把帽子拿在手里,眼睛看着这位年长的护士。

“看在基督的分儿上,快给我找个房间吧。”由于腿一直弯着,疼痛一直在加剧,我觉得都痛到骨头里面去了。门房走进门去,那个灰白头发的女人跟着他,随后,门房急匆匆地走了回来,“跟着我。”他说。他们抬着我经过了一条长长的走廊,来到一间关上了百叶窗的房间。屋子里一股新家具的味道。里面有一张床,一个带有镜子的衣橱。他们把我放在了床上。

“我没办法给你铺上床单,”那个女人说,“床单都被锁着呢。”

我没有搭理她。“我口袋里有些钱,”我对门房说,“在扣着的衣袋里。”门房取出了钱。两个担架员站在床边,手里拿着他们的帽子。“给他们每人五里拉,你自己也拿上五里拉。我的病历在另一个口袋里。你帮我交给这位护士。”

担架员跟我行礼,道谢。“再见,”我说,“多谢。”他们再一次行过礼走了。

“这些病历,”我跟这位年长的护士说,“描述了我的伤势和已经采取过的治疗。”

她接过这些病历,戴着眼镜翻看。一共是三份病历,都对折着。“我不知道如何办才好,”她说,“我读不懂意大利语。另外,没有医生的指示,我不能做任何事情。”她开始哭了起来,把病历放在她前面的围裙口袋里。“你是美国人吗?”她哭着问。

“是的。请把我的病历放在床边的小桌上好了。”

屋里光线暗淡,显得很凉快。当我躺在床上时,我可以看到屋子那边的大镜子,虽然看不见它里面的映像。门房站在床边。他长得不难看,人也很善良。

“你可以走了,”我对他说。“你也可以走了,”我对年长的护士说,“怎么称呼你呢?”

“沃克太太。”

“你可以走了,沃克太太。我想睡一会儿了。”

房间里剩下了我独自一个人。除了凉快,这屋子里也没有医院的那种味道。床垫结实,睡着也很舒服,我静静地一动也不动地躺着,欣喜地感到我的疼痛减弱了。过了一会儿,我想要喝水,发现床边垂下的一条电线末端是个电铃的按钮,我按了按铃,没有人来。不久我便睡着了。

等我一觉醒来,我环视着四周。透过百叶窗的缝隙,有阳光照了进来。我看见了屋子里那个大衣橱,四面光光的墙壁和两把椅子。我直挺挺地伸展着我的两条腿,腿上的绷带都已经脏兮兮的了。我小心着不去移动它们。我很渴,又探着身子去按响门铃。我听见门被推开了,进来一位护士。她看上去又年轻又漂亮。

“早上好。”我说。

“早上好，”她说着来到我的床边，“我们的医生一时还回不来。他去科莫湖（位于意大利北部边境，是著名的风景区）了。谁也不知道现在就会有病人来。你是怎么啦？”

“我负伤了。是腿部和脚部，还有头部。”

“你叫什么名字？”

“亨利。弗雷德里克·亨利。”

“我给你洗洗。只是在大夫到来之前，我们不能动你的绷带。”

“巴克利小姐在这儿吗？”

“没有这个人。这儿没有人叫这个名字的。”

“在我被送来时，那个哭了的女人是谁？”

护士笑了起来。“那是沃克太太。正巧是她值夜班，她正在打瞌睡。根本没有想到会有病人送来。”

在我们说话的时候，她帮我脱着衣服，衣服脱下后（除了绷带没有解）。她洗着我的身体，动作极轻柔，极娴熟。身子这样一洗，觉得很舒服。我的头上也缠着绷带，可她把绷带周围都帮我洗干净了。

“你在什么地方受的伤？”

“在普拉瓦北部伊松佐河岸边。”

“那是在什么地方？”

“戈里察的北部。”

能看得出来，对这些地名她毫无所知，更不知道它们的地理位置了。

“你痛得厉害吗？”

“不。现在好多了。”

她把一个体温计放到我的嘴里。

“意大利人是把它放在腋下的。”我说。

“不要说话。”

她取出体温计，读着上面的刻度，然后把它甩了甩。

"我的体温多少?"

"你不该知道的。"

"告诉我是多少嘛。"

"差不多是正常的。"

"我从来没有发过烧。我的腿里面现在多得是废铜烂铁。"

"你说什么?"

"我的两条腿里有许多迫击炮弹的碎片,废旧螺丝钉,床上的弹簧和其他的东西。"

她摇着脑袋,笑了笑。

"一旦你的腿里有任何异物,都会引起发炎,你都会发烧的。"

"好吧,"我说,"到时候就让我们看看,我的腿里到底有多少东西。"

她出去了,回来时带来了大清早碰到的那位护士。她们俩让我在床上躺着,就一起帮我整理好了床铺。这让我觉得很新鲜,也很钦佩。

"谁是这里的负责人?"

"是范坎彭小姐。"

"医院里有多少护士?"

"就我们两个。"

"还会再派人来吗?"

"还有几位就快要到了。"

"她们多会儿能到呢?"

"我不知道。对你这个病人来说,你不觉得你问题问得太多了吗?"

"我没有病,"我说,"我是负伤了。"

她们帮我铺完了床,我下面垫上了一条干净的床单,身上又盖上了一条干净的。沃克太太出去了一会儿,为我拿来一件医院里的上衣。她们帮我穿在了身上,我觉得自己一下子变得整洁了。

"你们对我真好。"我说。叫盖奇的护士咯咯地笑了。"能给我打些水来吗?”我问。

“当然行啦。喝了水,你就可以吃早饭了。”

“我不想吃早饭。请你把百叶窗拉起来好吗?”

百叶窗一打开,原来有些昏暗的房间顿时变得阳光明媚,我望着外面的阳台,望着远处的烟囱和房屋的砖瓦顶。越过砖瓦顶是蔚蓝的天空和几朵飘浮着的白云。

“难道你们都不知道其他的护士会何时到达吗?”

“为什么你总这么问?难道我们照顾得你不够好吗?”

“你们很好的。”

“你愿意用便盆吗?”

“我试试。”

她们帮着我,把我扶起来,但是不行。后来我躺在床上,从开着的门,看着外面的阳台。

“医生多会儿才能回来呢?”

“该回来时,他就回来了。我们试着往科莫湖打过电话,找过他。”

“医院里还有别的医生吗?”

“他是本院的住院医生。”

盖奇小姐拿来了一罐水和一个玻璃杯。我一口气喝下三杯水,之后她们离开了,我往窗外望了一会儿,便睡着了。中午我吃了一点儿饭,下午的时候,医院的主管范坎彭小姐前来看我。她不喜欢我,我也不喜欢她。她身材娇小,做事利落,疑心较重,把她放在这个位置上还委实有点儿委屈了她。她问了许多问题,她似乎认为,我在意大利的军队里服役是件不太光彩的事。

“我能在吃饭的时候喝酒吗?”我问她。

“只有得到大夫的允许,才可以。”

“那么,在他回来之前,我是不能喝酒了。”

“绝对不可以。”

“你们到底还打不打算叫他回来了?”

"我们已经给在科莫湖的他打过了电话。"

在她离开后,盖奇小姐进来了。

"你为什么这么粗鲁地对范坎彭小姐呢?"她在给我熟练地做完一些事情以后问。

"我原本也不想这样。可她这人有点儿太势利。"

"她说你这个人趾高气扬,没有礼貌。"

"我才不是呢。可是一个医院里若没有医生,那还是个医院吗?"

"他正在从外地赶回。他们已经往科莫湖打过电话了。"

"他在那里干什么?是游泳吗?"

"不是。他在那儿开着个诊所。"

"为什么他们不再找一个医生来呢?"

"安静,安静。乖一点儿,他就快回来了。"

我差人去叫门房,他来了后我用意大利语跟他说,让他给我到商店买一瓶辛扎诺味美思,一瓶红勤地酒和一些晚报。不一会儿,他就用报纸包着它们,把它们买回来了。他先把外面裹着的报纸拿掉,然后在我的请求下,帮我打开了木塞,把红勤地酒和味美思放到了床底下。在留下我一个人后,我读了一会儿报纸,看了看有关前线的新闻,还有阵亡后被授勋的军官名单,临了,探出身子,拎出了那瓶味美思酒,将它立着放在我的肚子上,我就这样呷着酒,在停顿的时候就让凉凉的瓶底抵着我的肚皮,于是肚子上压上了一个一个的圆圈,与此同时我望着外面,看着夜色渐渐地降临到小城的屋顶上,看着成群的燕子在天空绕着圈儿盘桓,夜鹰在屋顶上飞翔。盖奇小姐端来一个里面盛着蛋奶酒的杯子。在她进来时,我把那瓶味美思放到了床下的另一侧。

"范坎彭小姐在这里面掺进去一些雪利酒,"她说,"你不应该那样粗鲁地对她。她已不再那么年轻了,这个医院对她来说,也是一个不轻的担子。而沃克太太太老了,帮不上她什么忙。"

"她是个了不起的女人,"我说,"非常感谢她。"

“我这就给你送晚饭过来。”

“没事的，”我说，“我不饿。”

她端来托盘，把它放在了靠着床边的桌子上，我谢了她，稍稍吃了一点儿饭。之后，外面完全黑了下来，我能看到探照灯的光柱在天空晃来晃去。我望着，望着，便睡着了。我睡得很沉，除了有一次我浑身是汗地被吓醒了，在极力把噩梦驱赶后，我又进入了睡乡。在天亮和鸡叫前我醒了好长的时间，一直醒到天快亮的时候。临了，我觉得困乏了，待天大亮起来时，又睡着了。

# 第十四章

我醒来时屋里已照进明亮的阳光。我还当自己是在前线，在床上伸了个懒腰。我的腿突然一阵疼痛，我往下看了看，看见腿上仍旧绑着脏兮兮的绷带，这一下，我记起我是在哪里了。我伸手摸到那根电线，按下了按钮。我听到走廊里响起铃声，随后听见走廊里有个穿胶底鞋的人在朝这边走。来人是盖奇小姐，在灿烂的阳光里，她显得有点儿老，也不是那么漂亮了。

“早上好，”她说，“晚上睡得好吗？”

“很好。非常感谢，”我说，“能给我找来一个理发师吗？”

“我进来看过你，你睡着了，有这个东西在你的床上。”

她打开衣橱的门，拿出那个味美思酒瓶，举在手里。酒瓶里几乎是空的了。“我把你床底下的另一瓶酒也放在衣橱里了，”她说，“你为什么不找我要个杯子呢？”

“我以为你不会让我喝的。”

“我会陪你喝一点儿的。”

“你真是个好姑娘。”

“你自己一个人这样喝，对你身体可不好，”她说，“你不能这么喝了。”

“好吧。”

“你的朋友巴克利小姐来了。”她说。

“真的吗？”

“是的。我不喜欢她。”

“你会喜欢她的。她真的挺好的。”

她摇了摇头。“我相信她很不错。你能把身体稍微往这边动一动吗？好了。我给你洗一洗，然后准备吃早饭。”她端来了一盆热水，还有肥皂和毛巾。“把胳膊抬一抬，”她说，“好了。”

“我能在早饭前理了发吗？”

“我让门房把理发师找来。”她出去了一下，便又回来了。“门房已经去叫了。”她说，一边把手里的毛巾浸在了脸盆里。

理发师跟着门房来了。这位理发师大约五十岁，留着一撮两边向上翘的胡子。盖奇小姐帮我洗完走了，理发师给我脸上涂上皂沫，开始刮脸。他一副非常严肃的神情，一句话也不说。

“怎么啦？你难道没有什么消息讲讲吗？”我问。

“什么消息？”

“什么消息都行。这城里最近有什么新闻吗？”

“现在是战争时期，”他说，“到处都有敌人的耳目。”

我仰起头去看他。“请你不要动你的脸，”他说，一边继续给我刮着脸，“我什么也不会说的。”

“你这个人是怎么啦？”我问。

“我是个意大利人。我不跟敌人交流。”

我不再吭声了。如果这个人真是疯了，我还是越快点儿躲开他的剃头刀，越安全。有一次，我想要仔细地打量他一下。“当心，”他说，“这剃刀可锋利着呢。”

在理完发付他钱时，我给了他半个里拉的小费。他退还给了我这几个硬币。

“我不要你的小费。尽管我没有上前线，可我是个意大利人。”

“你赶快给我滚出去。”

“承蒙你的许可。”他说着，把剃头刀用报纸包了起来。临走时把那五个铜币放在了床头的桌子上。我按响了电铃。盖奇小姐走了进来。“请你叫门房来一下好吗？”

“好的。”

门房来了。他拼力忍着不笑出声来。

“那个理发的是疯了吗?”

“没有,长官。是他弄错了。他没有听清我的话,他以为我说你是个奥地利军官。”

“噢。”我说。

“哈哈哈,”门房大笑起来,“他这个人太有趣了。他说,只要你稍动一下,他就——”他把食指在他喉咙上划过。

“哈哈哈,”他极力想忍住笑,“后来,我告诉他你不是奥地利军官。哈哈哈。”

“哈哈哈,”我苦笑着,“他要是割断了我的喉咙,那才有趣呢,哈哈哈。”

“不会的,长官。不,不会的。一见到奥地利人,他就会吓坏的。哈哈哈。”

“哈哈哈,我说,你给我从这儿滚出去。”

他出去了,我听见他在走廊里大声地笑着。同时我听到有人从走廊那边走了过来。我朝门口看,原来是凯瑟琳·巴克利。

她进到屋里,来到床边。

“你好,亲爱的。”她说。她看上去那么精神,那么漂亮和年轻。我想我以前从来没有见过这么漂亮的女孩儿。

“你好。”我说。这一次,我一看到她,就打心眼里爱上她了。觉得自己的魂儿也被勾走了。她朝门那里看了看,见没有人,就坐在了我的床边,伏到我的身上吻我。我把她搂在怀里,热烈地吻她,感觉到她的心儿在怦怦地跳动。

“宝贝,”我说,“你能来到这儿,岂不是太奇妙了?”

“来到这里并不太难。难的是能在这里待下去。”

“你一定要待下去,”我说,“噢,这真是太好啦。”她的到来让我高兴得发狂了。我不敢相信她真的就在这里,将她紧紧地搂着。

“你不能这样,”她说,“你还没有痊愈。”

“不,我行的。来嘛。”

“不行。你还没有恢复。”

“我行,我行的。来嘛。”

“你真的爱我吗?”

“我真的爱你。我都为你发狂啦。快一点儿嘛。”

“能感觉到我们俩的心跳。”

“我才不在乎我们的心怎么样呢。我想要你。你都让我快要发狂了。”

“你是真的爱我,对吗?”

“不要总是说这个好吗?来嘛。来嘛,凯瑟琳。”

“好吧,可只能是一小会儿。”

“好吧,”我说,“关上门。”

“你不能。你不应该。”

“来吧。不要说话。快点儿来。”

凯瑟琳坐到了床边的椅子上。我病房的门冲着走廊打开了。那一阵子激奋已经过去,我的感觉从来没有这么好过。

凯瑟琳问:“你这一下相信我是爱你的了吧?”

“噢,你太可爱啦,”我说,“你一定得留下来。不能让他们把你打发走。我爱你爱得发疯了。”

“我们一定得格外小心。刚才真是疯狂。我们不能那么做。”

“你晚上来,没事的。”

“我们一定得格外小心。在别人面前,你尤其要小心才是。”

“我会的。”

“你一定要多加小心。你真可爱。你真的爱我,是吗?”

“不要再提这个问题了好吗?你不知道这话能激起我心中多大的波澜。”

“好,我会当心的。我不想做任何可能会伤害到你的事。我得走了,亲爱的,真的。”

“快点儿回来。”

“我会尽可能快地过来。”

“再见。”

“再见,亲爱的。”

她出去了。上帝知道,我以前并不曾想要爱上她,我不想爱上任何人。可是上帝知道,我现在坠入了爱河,我躺在米兰医院的病床上,脑子里过着各种各样的事情,不过,我的感觉特别美妙,后来,盖奇小姐来到了病房。

“医生就要回来了,”她说,“他从科莫湖打来了电话。”

“他什么时候能到医院?”

“今天下午。”

# 第十五章

下午之前，什么事情也没有发生。我们的住院医生是个瘦小、性情恬静的人，他的情绪似乎受到了战争的侵扰。他审慎地从我的腿部取出了一些小的弹片，在他文雅的表情中又夹杂着一些厌恶。他使用了当地一种叫作什么“雪”的局部麻醉剂，使肌肉组织麻木，感觉不到疼痛，直到探针、解剖刀或是镊子穿透到麻醉肌肉层的下面。病人清楚地知道被麻醉的部位，个把小时后住院医生的审慎和体力很快就透支了，他说还是先拍个 X 光片吧。探针的效果并不能令人满意，他说。

X 光片是在马焦雷医院做的，拍片子的那个医生性情欢悦，热心，做事干练。病人在拍片时，需要举起手臂，同时病人通过那台机器能亲眼看到他身体内部的较大异物。这些奥地利人真是狗娘养的。我一共杀死了多少个敌人？我一个也没有杀死过，可我很想让他高兴——就说我打死的可不少。盖奇小姐跟我一起去了，医生便用胳膊搂着她说，她比克娄巴特拉还要漂亮。盖奇小姐明白他的这个比喻吗？克娄巴特拉是古埃及的皇后。是的，对着上帝起誓，她的确比克娄巴特拉漂亮。我们乘救护车回到我们的小医院，我被抬着费了大家不少的劲，又躺在了楼上的病床里。当天下午，片子就送过来了，住院医生说他一定要在下午看到它们，他办到了。凯瑟琳·巴克利把片子拿来给我看。它们装在红色的纸袋里，她把它们从纸袋里拿出来，朝着有光亮的地方举着，我们俩一块看着。

“这张拍的是你的右腿，”她说，把片子放回到纸袋里，“这一张是你的左腿。”

“把它们拿走，”我说，“到床这里来。”

“不行，”她说，“我只是把它们带过来让你看一下，马上要送回去的。”

她出去了，我躺着。那天下午很热，我躺在床上觉得烦透了。我让门房去给我买报纸，他能买到的一切报纸。

在门房还没回来时，有三个医生来到我的房间。我早就留意到，凡医术差的大夫都喜欢结伴而行，好在一块儿有个商量。一个不能把你的阑尾炎手术做好的医生，会把你推荐给一个同样做不了你的扁桃腺手术的人。他们正是这样的三位医生。

“这就是那位年轻人。”有着一双纤细手指的住院医生说。

“你好吗？”那位蓄着胡子瘦高挑个子的医生说。在红纸袋里拿着我的 X 光片的第三个医生什么也没说。

“是不是该把绷带拿掉了？”蓄胡子的大夫问。

“是的。请护士给拿掉绷带。”住院医生跟盖奇小姐说。盖奇小姐缠开了绷带。我看着我的腿。在战地医院的时候，我的两条腿看上去像不大新鲜的汉堡碎牛排。现在，它们已结了一层硬皮，膝盖那里肿着，脱了色，小腿陷进去了，但没有积脓。

“很干净，”住院医生说，“很干净，很好。”

“嗯。”蓄胡子的大夫说。第三位医生从住院医生的肩膀上看了过去。

“请动一动你的膝盖。”留胡子的大夫说。

“我动不了。”

“要不要检查一下关节。”蓄胡子的大夫问。他袖子上除了三颗星以外，还有一道杠。这表明他是一个上尉。

“好的。”住院医生说。他们其中的两个小心地抬起我的右腿，弯了弯它。

“很疼。”我说。

“是的。是的。再弯一点儿，医生。”

“够了，我再也弯不了了。”我说。

“局部关节有问题，”上尉说，他直起了身子，“我能再看看片子吗，医生？”第三位医生递给了他一张片子。“不。请给我左腿的。”

“这就是左腿的，医生。”

“你说得对。我刚才是从一个不同的角度看的。”他把片子递了回去。又拿着另一张片子看了一会儿。“你看到了，医生？”他指着一块异物说，在光线的烘托下，这块异物显得又圆又清晰。他们举着片子又观察了一会儿。

“只有一点我敢肯定，”蓄胡子的上尉说，“这是个时间问题。三个月，也许是六个月。”

“毫无疑问，一定要等关节滑液再度形成。”

“是的。这是个时间问题。我不能在弹片结成包囊之前，就对这样的一个膝关节不负责任地进行手术。”

“我同意你的意见，医生。”

“用六个月干什么？”我问。

“用六个月，等体内的弹片结成包囊，膝盖的手术才能安全地进行。”

“我不这么认为。”我说。

“你还想要你的膝盖吗，年轻人？”

“不。”我说。

“什么？”

“我想把它拿掉，”我说，“这样，就能在那里装上一个钩。”

“你说什么？装一个钩？”

“他是在开玩笑，”住院医生说，他颇有意味地拍拍我的肩膀，“他是想保住他的膝盖的。这是一个非常勇敢的年轻人。已经提名为他授予英勇银质勋章了。”

“祝贺，祝贺，”上尉握着我的手说，“我只能说，出于安全的考虑，你应该等上六个月再做膝盖手术。当然啦，你也可以听取别人的意见。”

“非常感谢，”我说，“我尊重你的意见。”

上尉看了看他的手表。

“我们得走了，”他说，“愿你一切顺利。”

“谢谢你们，也祝你们万事顺利。”我说。我跟第三位大夫握了握手。“瓦里尼上尉——亨利中尉（原文此处是意大利语）。”他们三人一起步出了房间。

“盖奇小姐，”我喊了一声，她走了进来，“请住院医生再来一下。”

他来了，手里拿着帽子，站在我的床边。“你想见我？”

“是的。我可等不了六个月再做手术。我的上帝，你多会儿在床上待过六个月，医生？”

“你不会总在床上的。你必须到外面让你的伤口晒晒太阳。再以后，你还可以拄着拐杖下地。”

“等上六个月，然后再做手术？”

“这样最为稳妥。体内的异物必须得让它先结成包囊，得让关节滑液再度形成。这样再做膝盖手术就较为安全了。”

“你真的认为我得等那么长的时间吗？”

“这是最稳妥的方法。”

“那个上尉是什么人？”

“他是米兰城里的一位非常优秀的外科医生。”

“他是个上尉，对吗？”

“是的，但他是位优秀的外科医生。”

“我可不想让一个上尉来随意处置我的腿。如果他可以的话，他就该会是少校了。我知道一个上尉该担当什么样的角色，医生。”

“他是一个很优秀的外科大夫。比起其他我认识的医生，我更赞同他的看法。”

“可以让另一个外科大夫给我看看吗？”

“当然可以，如果你想的话。不过，我自己还是愿意采纳瓦雷拉的建议。”

“你能另请一位外科医生过来看看吗?”

“我将请瓦伦蒂尼医生过来。”

“这位是——”

“他是马焦雷医院的一位外科大夫。”

“好的。谢谢你。你知道,医生,我怎么也忍受不了六个月待在床上。”

“你不必总躺在床上的。你可以先接受一些日光治疗。然后,做些轻微的活动。等到一旦结成包囊,我们就动手术。”

“可是,我等不了六个月。”

医生把他纤细的手指平展着放在他拿着的帽子上,笑着说,“你就那么着急地要回到前线去吗?”

“为什么不呢?”

“这真是太好啦,”他说,“你是个思想高尚的年轻人。”他俯下身子,在我的额头上轻轻地吻了吻。“我这就派人把瓦伦蒂尼医生请来。不要太焦急,不要让自己激动。做个好孩子。”

“喝一杯好吗?”我问。

“不,谢谢你。我从不喝酒。”

“只喝一杯。”我按铃叫门房拿来杯子。

“不,真的不用。谢谢你。他们还等着我呢。”

“再见。”我说。

“再见。”

两个小时之后,瓦伦蒂尼大夫来到了病房。他匆匆忙忙地赶来,胡子的两端都向上翘起。他是一名少校,脸膛晒得黧黑,总是笑个不停。

“你是怎么被伤成这个样子的?”他问,“让我来看看片子。是的。是的。是这么回事。你看上去健康得像只山羊。这个漂亮的女孩儿是谁?是你的女朋友吗?我想是的。这难道不是一场该死的战争吗?你的腿感觉怎么样?你是个好小伙。我会让你恢复得比你以往任何时候都好。这样疼吗？肯定是疼的。这些医生怎么这么喜欢让你受疼痛啊。他们至今到底都为你做了些什么呢？这姑娘会讲意大利语吗？她应该学一学。多可爱的一个姑娘。我可以教她意大利语的。我自己也想到这里来当病人啦。不，还是将来让我为你们做免费接生吧。她懂我说的话的意思吗？她会让你成为一个好小伙的。这样美的一个金发女郎。情况不错。没有问题。多可爱的一个姑娘。问问她愿意跟我一块吃晚饭吗？不，我不会把她从你身边掳走的。谢谢，多谢了，小姐。"

"好啦，情况我都了解了，"他拍着我的肩膀说，"绷带就不要再缠上了。"

"你想喝一杯吗，瓦伦蒂尼大夫？"

"喝一杯？好啊。让我来喝上十杯。酒在哪儿呢？"

"在衣橱里。巴克利小姐会把酒拿过来的。"

"干杯，为你干杯啊，小姐。多可爱的姑娘。我会给你带来更好的科涅克白兰地酒。"他摸了摸他的胡子。

"你认为我多会儿可以做手术？"

"明天早晨。不能再早。你得空腹。肠胃必须要清洗干净。我下楼去找找那个老护士，跟她叮嘱一些事情。再见。我们明天见。我会给你带来比你这个好得多的科涅克白兰地。你在这里生活得很舒服。再见。明天见。晚上睡个好觉。明早见。"他在门廊里向我挥着手，胡子直直地向上翘着，他黧黑的脸膛上全是笑容。在他的袖章上有一颗星，因为他是一位少校。

# 第十六章

我动手术的前一天晚上，一只蝙蝠从阳台开着的门飞进屋里，也是通过那扇敞开的阳台门，我们望着小城屋顶上方的夜色。我们没有点灯，屋子里只映着城市上空那一点儿微微的夜光，所以蝙蝠并没有惊慌，只管在屋子里飞，就像它是在外面觅食那样。我们躺着，看着它飞，我想它并没有看到我们，因为我们只是静静地躺着。在蝙蝠飞走之后，我们看到探照灯亮了起来，看到它的光柱扫过夜空，随之消失，一切又被黑暗所笼罩。一阵轻柔的夜风吹来，我们听到了高射炮兵在隔壁屋顶上的聊天。夜凉，他们都披着斗篷。我担心会有什么人来查夜，可凯瑟琳说医务人员都睡着了。有一次我夜里醒来，看见凯瑟琳不在我身旁了，然后听到她从走廊里走过来的声音，门开了，她回到了床上，跟我说她到楼下看过了，他们都在睡觉。她曾在范坎彭小姐的屋外，听到屋里范坎彭小姐匀称的鼾声。她拿来了饼干，我们吃着饼干，喝着味美思。我们都很饿，可是她说我吃下去的食物到了早晨都得从肠胃里清洗出来。天亮后，我又睡了一会儿，等再醒来，发现她又不在了。待她再进来坐在我床边时，她整个人儿显得那么清新、可爱，我口里含上了体温计，太阳升了起来，我们闻到了屋顶露水的气息，还有高射炮兵在屋顶上喝着咖啡的香味。

"我希望我们能到屋外走一走，"凯瑟琳说，"如果有轮椅的话，我就能推着你。"

"可我怎么进到轮椅里去呢？"

"总有办法的。"

"我们可以到外面的公园里，在户外吃早餐。"我向开着的门外望去。

“我们现在真正该做的，”她说，“是帮助你做好准备，等你的朋友瓦伦蒂尼大夫的到来。”

“我觉得他很了不起。”

“我不像你那么喜欢他。不过，我觉得他这个人还是很不错的。”

“到床上来，凯瑟琳。来嘛。”我说。

“不行。我们不是刚刚度过一个美好的夜晚吗？”

“今天晚上你还会值夜班吗？”

“可能会的。可今晚你不会需要我。”

“不，我需要。”

“不，你不会。你以前从来没有做过手术。你不知道刚刚做了手术的你会是什么样。”

“我会好好的。”

“你会恶心得直想吐，你会顾不上想我的。”

“那么，现在就到床上来。”

“不行，”她说，“我得给你填写体温表，还得帮你做准备。”

“你不是真的爱我，否则的话，你就会来床上。”

“你真是个傻孩子。”她吻着我，“体温表好填。你的体温一直是正常的。你有一个这么可爱的体温。”

“你是样样都可爱。”

“哦，不。你有个可爱的体温。我为你伤后一直有这样正常的体温感到骄傲。”

“或许，我们俩以后生的所有孩子都会有你这么好的体温。”

“我们的孩子也许都会有一个糟糕的体温。”

“为瓦伦蒂尼大夫，你还得帮我做什么准备呢？”

“不多的。只是不是令人愉快的那一种。”

“我希望不必非得你来做。”

“我也希望是这样。可我不愿意让任何一个别的人碰你。我真是犯傻。只要别人一碰你，我就会气得发狂。”

“甚至连弗格森也不行吗？”

“尤其是弗格森、盖奇和另外的那个护士，她叫什么来着？”

“是沃克吗？”

“是的。现在这医院里有太多的护士。必须得再多来一些病人，否则的话，他们就该打发我们走了。现在已经有四名护士了。”

“或许还会来一些的。他们需要那么多的护士。这是个很大的医院呢。”

“我希望再来些病人。要是他们打发我走，我该怎么办呢？如果没有更多的病人来，他们肯定会这么做的。”

“要是那样，我也走。”

“不要犯傻。你还不能走。不过，你要快一点儿好起来，亲爱的，然后，我们俩到一个什么地方去。”

“再然后呢？”

“或许，那个时候战争就结束了。不可能这么一直打下去的。”

“我的腿会好的，”我说，“瓦伦蒂尼会把我治好。”

“长那样胡子的人，应该行的。亲爱的，在你上了麻醉药以后，你想一些别的事情——不要想我们俩。因为在麻醉药的作用下，人们往往会变得话多。”

“那我该想些什么呢？”

“什么都行。只要不想我们两个。想想你的亲人。或者是别的哪位姑娘。”

“我不。”

“那么，你就做祷告吧。那样会给人们留下一个很好的印象。”

“也许，我会什么都不说的。”

“对，经常有人上了麻药后就不说话。”

“我会什么话也不讲。”

"不要说大话,亲爱的。请不要说大话。你这么讨人喜爱,你用不着说大话的。"

"我一句话也不会说。"

"你在吹牛啦,亲爱的。你知道你不必这么做的。在他们要你做深呼吸时,你就开始做祷告,或者背诵诗歌什么的。那样,你会很可爱的,我也会为你而感到自豪。不管怎么说,我都为你感到非常的自豪。你有这么可爱的一个体温,你睡觉的时候像个孩子,用你的胳膊搂着枕头,以为是在搂着我。或者以为是搂着哪个别的女孩儿?或是某个意大利女孩儿?"

"不,是你。"

"当然是我啦。噢,我真的爱你,瓦伦蒂尼会治好你的腿。我庆幸我不必看着你做手术。"

"今晚你还会值夜班。"

"是的。可今晚你不会在意我的。"

"你等着瞧好了。"

"好了,亲爱的。现在,我里里外外都给你洗干净了。告诉我你一共爱过多少个女孩儿?"

"一个也没有。"

"甚至连我也没爱过?"

"不,我爱你。"

"真的,还有多少个?"

"没有。"

"还有多少个姑娘——用你们的话是怎么说?——你跟人家好过、亲热过?"

"一个也没有。"

"你在跟我说谎。"

"是的。"

"好。你就这样哄着我好了。这正是我想要你做的。她们漂亮吗?"

“我没有跟任何别的女孩儿好过,亲热过。”

“好的。她们长得迷人吗?”

“我什么也不知道。”

“你是我一个人的。这一点是真的,你从来没有属于过其他任何人。不过,我并不在乎你有没有过,我不怕她们。但是,不要告诉我她们的情况。当一个男人跟一个女孩儿好时,这个女孩儿什么时候会讲起价钱?”

“我不知道。”

“你当然不知道啦。她会说她爱他吗?告诉我。我想知道这一点。”

“会的。如果他想让她说的话。”

“他会说他爱她吗?请告诉我。这很重要。”

“会的,如果他想要说的话。”

“但是,你没有说过这样的话,是吗?”

“没有。”

“真没说过吗,跟我说真话。”

“没有。”我说了谎。

“你不会的,”她说,“我知道你不会那么做的。噢,我爱你,亲爱的。”

外面,太阳已经升到屋顶上,我能望见在教堂的尖顶上也闪烁着阳光。我里外洗得干干净净,等着瓦伦蒂尼医生的到来。

“是这样吗,”凯瑟琳问,“她只说他想让她说的话?”

“也不总是这样。”

“可我会这么做的。我将只讲你希望我讲的话,这样,你就再也不会喜欢别的女孩了,对吗?”她快乐地看着我,“我将做你想让我做的,说你想让我说的,这样,我就能赢得你的心,是吗?”

“是的。”

“既然我们已做好手术前的一切准备,你现在想让我做什么呢?”

"再到床上来。"

"好吧。我上来。"

"噢,亲爱的,亲爱的,亲爱的。"我说。

"你看见了吧,"她说,"我会做你想要我做的任何事情。"

"你太可爱了。"

"我担心,我还做得不够好。"

"你很可爱。"

"你想要的,就是我想要的。再也没有任何我自己的存在了。只有你想要的。"

"你是我的心肝宝贝。"

"我是个好女孩儿。难道我不好吗?你再也不想找别的女孩儿了,是吗?"

"是的。"

"你瞧见了吗?我多好。你要我做什么,我就做什么。"

# 第十七章

手术后我醒来了,原来我并没有昏迷。你没有昏迷。他们只是阻塞了你的呼吸。这不像死亡,只是一种药物窒息,让你失去了知觉,之后,你觉得就好像喝醉了一样,不同的是在你呕吐时你吐出来的只有胆汁,在这以后你也不会感到好些。我看见我下面有沙袋,它们压在从石膏绷带中露出的管子上。过了一会儿,我看到了盖奇,她问我:"现在感觉怎么样?"

"好多了。"我说。

"他给你的膝盖做了一个非常棒的手术。"

"手术持续了多长时间?"

"两个半小时。"

"我说胡话了吗?"

"没有。不要说话。静静地躺着。"

我觉得难受,凯瑟琳说得对。今晚谁值夜班,对我来说都无所谓。

医院里又添了三个病人,一个瘦瘦的红十字会的小伙子,来自佐治亚州,他得了疟疾,另一个小伙子也是瘦瘦的,来自纽约州,得的是疟疾和黄疸,还有一个挺棒的小伙,他试图拧开一颗榴霰弹丸和烈性炸药混合弹的导火索雷管,想把它作为纪念物。这是山里的奥军使用的一种榴霰炮弹,弹头上装有雷管,爆炸后仍不能碰,一触到还会爆炸。

医院的护士们都喜欢凯瑟琳·巴克利,因为她总愿意值夜班。她负责的那几个得疟疾的病人可没少给她添麻烦,那个拧开弹头雷管的男孩儿是我们的朋友,晚上从不按铃,除非是迫不得已。在凯瑟琳不工作的时候，我们常常待在一起。我非常爱她，她也爱我。我在白天睡觉，在白天醒着的时候，我们就相互写些字条，由弗格森为我们俩传递。弗格森是个好姑娘。关于她的事，我只知道她有个哥哥在五十二师，还有个弟弟在美索不达米亚（中东一地名，现在伊拉克境内），她对凯瑟琳·巴克利非常好。

“你将来会来参加我们的婚礼吗，弗吉？”有一次我问她。

“你俩永远不会结婚的。”

“我们会的。”

“不，你们不会。”

“为什么不会？”

“在结婚之前，你俩就会打架了。”

“我俩永远不打架。”

“咱们等着瞧。”

“我们不打架。”

“那么，你们会死掉。不是打架，就是死掉。这就是人的宿命。他们不会结婚的。”

我伸出胳膊去握她的手。“不要拿我的手，”她说，“我又没有哭。或许，你们俩能过得很好。但是，你要当心，不要给她招来麻烦。你要是对她不好，让她受罪，我就杀了你。”

“不会的。”

“你要当心点儿。我希望你们两个人好。你们现在就很幸福。”

“我们是很幸福。”

“那么，不要打架，不要给她带来麻烦。”

“不会的。”

“记住要当心。我不想让她在战乱中生出什么私生子来。”

“你是个好女孩儿，弗吉。”

“我不是。用不着来奉承我。你觉得你的腿怎么啦？”

“挺好的。”

“你的头好吗?”她用手指摸着我的头顶。这脑袋就像是睡着了的脚一样,没有什么知觉。“它从未让我觉得疼过。”

“那么大的一个肿块,它会让你发疯的。它从来没让你难受过?”

“没有。”

“你是个幸运的年轻人。你有写下的纸条让我送吗?我要下去了。”

“有的。”我说。

“你应该跟她说一说,让她停上几天夜班。最近搞得她太累了。”

“好的。我知道了。”

“我想替她值夜班,可她不让。别的护士巴不得让她多值几个夜班呢。你该叫她稍稍地休息休息。”

“好的。”

“范坎彭小姐提到你总是在上午睡觉的事。”

“她会这么做的。”

“所以,你最好还是让她少上几个夜班吧。”

“我也希望她歇一歇。”

“你不是。如果你能让她停一停夜班,我会为此而尊重你的。”

“我会说服她的。”

“我不信。”她拿上纸条,走了出去。我按了电铃,不一会儿盖奇小姐进来了。

“你有事吗?”

“我想和你谈谈。难道你不觉得巴克利小姐应该上上白班了吗?她看上去很疲惫。为什么让她值了这么长时间的夜班?”

盖奇小姐诧异地看着我。

“我是你的朋友,”她说,“你不必像现在这样跟我说话。”

“你什么意思?”

“不要装傻。这不就是你想要的吗?”

“你想喝杯味美思吗?”

“好吧。喝了我就得走。”她从衣橱里拿出酒瓶,又拿来一个杯子。

“你用杯子,”我说,“我就着瓶子喝。”

“为你早日康复。”盖奇说。

“我每天早晨起得很晚,范坎彭小姐说我什么了吗?”

“她就是嚼舌。她称你是我们这里有特权的病人。”

“见她的鬼。”

“她这人并不刻薄,”盖奇小姐说。“她只是年龄大了,脾气有点儿怪。她从来也没有喜欢过你。”

“是的。”

“哦,可是我喜欢你。我是你的朋友,你不要忘了。”

“你真是个好姑娘。”

“不。我知道你认为谁最好。可我是你的朋友。你的腿怎么样啦?”

“很好的。”

“我给你弄些矿泉水来敷一敷吧。天气热,腿打在石膏里一定很痒的。”

“你真好。”

“伤口很痒吧?”

“不痒。挺好的。”

“我来把这些沙袋给你垫得更舒服些。”她俯过身子来,“记住我是你的朋友。”

“我知道你是。”

“不,你不知道。不过,你以后会知道的。”

凯瑟琳歇了三个晚上,接着她又上起了夜班。当我们晚上再在一起时,我俩都觉得像分别了很久一样。

# 第十八章

那个夏天，我们度过了极其快乐的时光。在我能出门后，我们就坐着马车在公园里溜达。我仍然记着那辆马车，那匹缓缓行进的马儿和前面高高的车座上马车夫的背影，他头上戴一顶耀目的高帽子，凯瑟琳·巴克利就坐在我的身边。如果我们的手碰到了一起，哪怕只是我的手边触到她的手边，我们都会激动。再后来当我拄着拐杖能走动时，我们就去碧菲或是意大利大饭店，在它们拱廊外面的餐桌上就餐。侍者们出出进进，有路过这里的人群，还有烛光照在桌布上的摇曳的影子。后来我们觉得我俩还是更喜欢意大利大饭店，于是那里的侍者领班乔治给我们留了一张桌子。他是个不错的侍者，在他帮着我们点菜时，我俩便注视着过往的人们，暮色中宏伟的拱廊，或是相互看着对方。我们喝放在冰桶里的不加甜味的卡普里白葡萄酒；尽管我俩也尝试过许多别的酒：草莓酒（fresa，产自西班牙），巴勃拉（意大利皮德蒙州出产的红葡萄酒），甜白葡萄酒。由于是战争时期，饭店里没有了斟酒的侍者，在我问起像草莓酒这类的酒时，乔治就会有点儿难为情地笑一笑。

“如果就因为喝起来有点儿草莓味，一个国家就要制作这种酒，你会怎么看？”他说。

“为什么不呢？”凯瑟琳问，“草莓酒，这名字听起来就怪好听的。”

“你可以尝尝它，小姐，”乔治说，“如果你愿意的话。不过，让我给中尉拿一瓶马尔戈红葡萄酒来吧。”

“我也尝尝草莓酒吧，乔治。”

“先生，我真的不能向你推荐这种酒。它喝起来连一点儿草莓味也没有。”

“也许有的，”凯瑟琳说，“如果有，那不是很美妙吗？”

“我这就把它拿上来，”乔治说，“在小姐喝够之后，我便把它拿走。”

这草莓酒真的不像是什么酒。正如乔治所说，它甚至连草莓味都没有。我们又喝回了卡普里白葡萄酒。有天傍晚，我的钱不够了，乔治借给了我一百里拉。“没关系的，中尉，”他说，“这我知道，人有时难免会手头紧点儿。如果你或是小姐一时筹措不开，我这儿总是有钱的。”

晚饭后，我们经常走过长长的拱廊，经过许多的饭店和已经放下了钢窗板的商店，之后在一家卖三明治的小摊前停下来；买些中间夹火腿和生菜的三明治，还有鳀鱼三明治，后者用很小的涂了油的褐色面包卷制成，只有人的手指那么长。它们是备我们晚上饿了吃的。临了，我们会在正对着教堂的拱廊外边，坐一辆敞篷马车回医院。到了医院门口，门房会出来帮我拄起拐杖。在我付了车钱后，我们一起乘电梯上楼。凯瑟琳到了她们护士住的那层下电梯，我上到我那一层后，拄着拐杖顺着走廊走到我的房间；有的时候，我脱掉衣服便上床了，有时我会坐到阳台上，用另一把椅子把我的伤腿架起来，在那里一边等着凯瑟琳过来，一边望着燕子在屋顶上空飞翔。待她上来见到她时，每每觉得像久别重逢一样；有时候，我拄着拐在走廊里陪着她走，帮她拿着盆子等在屋外，或是跟她一起进去，这要看我们跟屋里人是不是朋友，在她做完了她的事情后，我们就到我屋子外面的阳台上坐一坐。在我上床、其他的人也都睡了、她断定不会有人再按铃叫她之后，她便来到我的房里。我喜欢解开她的头发，她静静地坐在床边，有的时候在我给她解着头发时，她会突然低下头来吻我，我会取下她的发卡，把它们一个一个地放在床单上，她的头发会散落下来，在她静静地待着的时候，我注视着她，临了，我取下她头上的最后两个发卡，她的头发就整个儿披落下来，这时她会低下头来，我们两个便都掩在她的头发里了，这种感觉就像身在帐篷里或是瀑布后面一样。

凯瑟琳有一头丰美的秀发，有时我躺在床上，借着从开着的门那里泻进来的光亮，看着她把头发梳起来，甚至在夜里她的头发也闪着亮光，犹如天快要亮时湖水中闪烁的波光。她有一张娇媚的面庞，窈窕婀娜的身体，白嫩光滑的皮肤。在我们一起躺着的时候，我用指尖抚弄着她的脸颊，她的前额，眼睛，下巴和喉咙，我说："你的皮肤像琴键那么光滑。"她会用她的手指摩挲着我的下巴说："你的像砂纸，粗糙地磨着琴键。"

"它粗糙吗？"

"不，亲爱的。我只是跟你开个玩笑。"

这样的夜晚真是美好，只要我们的身体相互触碰在一起，我们就感到快乐。除了那些极欢愉、销魂的时刻，我们也做一些爱情的小游戏，比如当我们不在一起时，我们就试着把思想传递到对方的脑子里。有的时候，这似乎还挺奏效的，不过，这可能是因为我们在很多时候想着同样的事情。

我们跟对方说，从她来到这个医院的第一天起，我俩就结婚了。我们数着打结婚的那天起我们一起度过的日子。我是真的想跟她结了婚，办了手续，可凯瑟琳说，一旦结了婚，他们就会送她走的，即便是我们刚刚开始办手续，他们也会对她倍加关注，把我们拆散的。我们将不得不依照意大利的法律进行结婚登记，那手续办起来是非常烦琐的。我之所以想正式结婚，是因为我担心万一以后有了孩子，我们该怎么办，不过，我们还是假装我俩已经结婚了，不大去想那些烦心事，我甚至觉得我挺喜欢现在这种没有结婚的状态。我记得有天晚上，我们谈起这件事，凯瑟琳说："亲爱的，一旦结了婚，他们便会打发我走的。"

"也许他们不会呢。"

"不，他们会的。他们会把我送回老家，然后我们就会一直分开，直到战争结束。"

"我可以请假去看你。"

“你的假期还不够你到苏格兰打个来回。况且,我也不想离开你。现在结婚有什么好处呢?其实,我们已经结婚了。我再也不能比现在更觉得自己是结了婚的。”

“我全是为你考虑才想要结婚的。”

“再也没有我了。我就是你。不要再分出一个独立的我来。”

“我以为姑娘们总是想要结婚成家的。”

“你说的没错。但是,亲爱的,我已经结婚了。难道我不是一个好妻子吗?”

“你是个顶可爱的妻子。”

“你知道,亲爱的,我已有过一次长时间等待对方迎娶的经历了。”

“我不想听你再提起这件事。”

“你知道我只爱你。你不必介意有别的男人爱过我。”

“我介意。”

“在你已拥有了我的一切的时候,你不应该再嫉妒一个死去的人。”

“我不嫉妒,但是我不想听你再提起。”

“亲爱的,不要这样。我知道你跟各种各样的女孩儿们相好过。可我并不在乎。”

“我们能不能私底下把婚结了?那样的话,一旦我出了什么事或是你有了孩子,情况会对你会好一些。”

“结婚必须得通过教堂或是政府。我们已经私底下结婚了。亲爱的,你也明白,如果我信奉着一种宗教,那么正式的婚娶对我来说就是非常必要的。但是,我没有信奉任何宗教。”

“你给过我圣安东尼的头像。”

“那是为带来好运的。是别人送我的。”

“那么,你再没有什么要担心的了?”

“只担心会跟你分开。你就是我的宗教。你是全部的所有。”

“好吧。不过,只要你哪一天提出来,我就哪一天娶你。”

“不要说得好像我是个不贞洁的女子似的,亲爱的。我是一个非常忠贞的姑娘。无论什么事情,只要它让你觉得幸福,让你觉得骄傲,你就不可能为它感到可耻。难道你现在不觉得幸福吗?”

“可你以后不会离开我去找别人吧?”

“不会,亲爱的。我永远不会离开你去找别人。我设想过种种的灾难会降临到我俩的头上。但是,对这一点,你完全不必担心。”

“我不担心。可是我太爱你啦,而且你以前也确实爱过别人。”

“后来他怎么样啦?”

“死了。”

“这不就对了吗,要是他没有死,我就不会遇到你。我不是不忠诚,亲爱的。我有许多的缺点,但是,我非常忠诚。我忠诚得也许会让你感到腻味的。”

“我不久以后就得回前线去。”

“在你走之前,我们不要想它好吗?你瞧,我很幸福,亲爱的,我们过得很快活。有好长的一段时间,我闷闷不乐,在遇见你时,我或许都快要发疯啦。或许,我已经有点儿疯啦。但是现在我们彼此相爱,我们非常幸福。让我们俩尽情地享受快乐。你快乐,不是吗?我做了任何你不喜欢的事情了吗?我做什么事情能让你高兴呢?你想让我把头发解开散落下来吗?你想玩玩吗?”

“是的,来床上吧。”

“好。我先去看看病人们就来。”

# 第十九章

夏天就这么过去了。对那些日子，我已经记得不太清楚，只记得天气很热，还有报纸上不断有打了胜仗的消息传来。我的身体恢复得很快，我的腿在拄了不长时间的双拐后，现在已经改用手杖了。然后，我开始到马焦雷医院接受膝盖弯曲的机械治疗，在一个四面是镜子的小屋子里进行紫外线照射、按摩、洗浴。下午我去那里治疗结束后，就在咖啡馆里喝上几杯，看看报纸。我不在城里游逛，从咖啡馆出来，我便急着回医院。我只有一个心思，那就是见到凯瑟琳。我随便打发着我们不在一起的时间。上午我常常是在睡觉，下午我有时先去看赛马，完了去接受机械治疗。有时，我会到英美俱乐部看看，坐在窗户前的大皮沙发椅上阅读杂志。在我不拄拐杖以后，医院便不叫我们俩一块出去了，因为一个看上去不再需要照顾的病人仍有护士陪着出去，会显得不太好，所以我们俩下午很少在一起了。尽管要是有弗格森相随，我们有时还能一起出去吃顿晚餐。范坎彭小姐现在认可了我俩是好朋友的这层关系，因为凯瑟琳为她分担了大量的工作。她觉得凯瑟琳是一个大家闺秀，这一点最终让她对凯瑟琳多有偏爱。范坎彭小姐很看重家庭出身，她自己就出身于一个很优秀的家庭。再则，医院里事务繁忙，这也占据了她不少的时间。这是一个炎热的夏天，我在米兰认识很多人，可每次机械治疗一完，我总是焦急地要回医院。在卡索前线，部队在向前推进，已经占领了普拉瓦河对面的库克，正在攻打班西扎高原。西方战线打得不怎么顺利。好像这战争要一直打下去了。美国已经参战了，不过，要想运过来大批的部队并训练得他们能够参战，我想怎么也得用一年的时间。明年可能会是很艰难的一年,或许,也可能是顺利的一年。意大利人已经消耗了大量的兵力。我看不出这仗如何还能打得下去。即便他们攻克了班西扎和圣加布里埃尔,后面还有很多的山可以供奥军周旋。我见过那些大山。那些远处的高耸的山峰。在卡索,部队取得了进展,可再往海边去就到处是湿地和沼泽了。拿破仑会把奥军消灭在平原上。他绝不会在山里与他们作战。他会把他们诱下山来,在维罗纳一带将他们消灭。在西方战线,一时很难分出高下。或许,谁也打不赢这场战争。或许,战争会永远打下去。很可能会是另外一场百年战争。我把报纸放回报架上,离开了俱乐部。我小心翼翼地下了台阶,顺着曼佐尼大街走。在大饭店门前,我碰到了迈耶斯老两口,他妻子从马车里走了出来。他们刚看完赛马回来。迈耶斯太太是一个胸部宽大的女人,穿着一身黑锦缎裙。迈耶斯先生小小的个子,显得很苍老,留着一撮白胡子,拄着一根手杖,走路时爱拖着脚。

“你好,你好。”她握着我的手说。“嗨。”迈耶斯也跟我打着招呼。

“马赛得怎么样?”

“挺好。赛得不错。我赢了三回。”

“你怎么样?”我问迈耶斯。

“还行。我赢了一次。”

“我从来不知道他是输还是赢,”迈耶斯太太说,“他从来不告诉我。”

“我还行,”迈耶斯说,他显得很亲热,“你该出来玩玩。”他跟你说话时,你总觉得他不在看你,或是错把你认作了别的什么人。

“我会的。”我说。

“我正要到医院去看你们,”迈耶斯太太说,“我有东西给你们。你们都是我的孩子。你们都是我的好孩子。”

“他们都高兴见到你。”

“这些好孩子们。你也是。你也是我的一个孩子。”

“我得回去了。”我说。

“你代我问候他们。我有很多东西送给你们。我有马尔萨拉酒和糕点。”

“再见，”我说，“他们见到你一定非常高兴。”

“再见，”迈耶斯说，“有时间转到拱廊这儿来，你知道我订的餐桌在哪里。我们每天下午都在的。”我沿着曼佐尼大街往前走。我想到科瓦给凯瑟琳买些东西。在科瓦，我买了一盒巧克力，趁着女店员给我打包，我进了酒吧间。那里有几个英国人和一些飞行员。我要了一杯马丁尼酒，喝完付钱后，来到外面的柜台，拿上了那盒巧克力，走回医院去。在酒吧外面、斯卡拉歌剧院对面的街道上，我碰上几个熟人：一个副领事，两个学唱歌的男子，还有艾托雷·莫雷蒂，一个来自旧金山的意大利人，现在在意大利军队服役。我跟他们一起喝了点儿酒。其中的一个歌手名字叫拉尔夫·西蒙斯，他唱歌时用的艺名是恩里克·戴尔克利多。我从没听说过他唱得有多好，但是一有重大场合，他总爱抛头露面。他身体肥胖，鼻子和嘴巴周围显得皱巴巴的，像是得了花粉病似的。他刚从皮亚琴察唱歌回来。他唱的是《托斯卡》（意大利作曲家普契尼的经典歌剧之一），据说演出很成功。

“当然啦，你们都没有听过我唱歌。”他说。

“那你什么时候在这儿唱呢？”

“今年秋季，我将在斯卡拉歌剧院演唱。”

“我敢打赌，观众会朝你抛掷凳子的，”艾托雷说，“你们没有听说在莫德纳（意大利北部城市），观众向他投掷凳子吗？”

“那纯粹是谎言。”

“观众朝他扔凳子，”艾托雷说，“我当时在场。我自己就朝他扔了六个凳子呢。”

“你这个旧金山的意大利佬。”

“他说不了意大利语，”艾托雷说，“他无论去哪里演出，都有观众向他扔凳子。”

“皮亚琴察是意大利北部最难对付的一家歌剧院，”另一个男高音说，“请相信我，在那里唱歌的确不易。”这位男高音的名字叫埃德加·桑德斯，他的艺名是爱德华多·焦万尼。

“我真的想去那里看看人们向你们抛掷板凳的情形，”艾托雷说，“你们唱不了意大利歌曲。”

“他是个生瓜，”埃德加·桑德斯说，“他就知道说抛凳子的事。”

“这是在你二位唱歌时观众知道唯一该做的事，”艾托雷说，“在你们到了美国后，你们就能吹嘘在斯卡拉歌剧院你们是如何走红啦。而在斯卡拉歌剧院，人们不会等你们唱出第一个音符。”

“我就是要在斯卡拉歌剧院唱，”西蒙斯说，“今年十月份，我将演唱《托斯卡》。”

“我们一定去看，不是吗，迈克？”艾托雷跟副领事说，“他们是需要有人保护的。”

“或许，美国军队将去那里保护他们，”副领事说，“还想喝一杯吗，西蒙斯？你想来一杯吗，桑德斯？”

“好的。”桑德斯说。

“我听说你就要得到银质奖章了，”艾托雷跟我说，“你要得到的是哪一种嘉奖呢？”

“不知道。我还不知道我能不能得到它。”

“你会得到它的。噢，伙计，到那时候在科瓦的姑娘们都会觉得你了不起了。她们以为你一定杀死了二百个奥军士兵，或者单枪匹马攻下了一个战壕。相信我，我曾为得到勋章而奋斗过。”

“你得过几枚，艾托雷？”副领事问。

“他得到了他该得到的一切，”西蒙斯说，“他是为战争而生的那种男孩儿。”

“我名义上得过两枚铜质奖章，三枚银质奖章，”艾托雷说，“但是，只有一次的申报被正式批了下来。”

“其他的为什么没有批下来？”西蒙斯问。

“所进行的战役没有获胜，”艾托雷说，“只要仗没有打赢，他们就会把勋章扣下不发了。”

“那你负过几次伤呢，艾托雷？”

“三次重伤。我有三道受过伤的条徽。看见了吗？”他把他的袖子转了一下。这些条徽是三道平行的银线，被绣在袖管上的一块黑衬布上，大约在肩膀下面八英寸的地方。

“你也要有一道了，”艾托雷说，“相信我，有这东西挺好的。比起勋章，我更喜欢它们。相信我，伙计，当你也有了三道杠的时候，你会觉得你此生活得值了。你只得到一道杠，就负伤一下子住了三个月的医院。”

“你哪儿负伤了？”副领事问。

艾托雷挽起了他的袖子。“这里，”他指着一道很深看上去很光滑的红疤说，“再有腿上。因为绑着绑腿，不便于让你们看；还有脚上。在我的脚里有一块坏死的骨头，现在还发着臭味。每天早晨我都能拣些小碎骨头出来，臭味一直就没有停过。”

“是什么击伤你的？”西蒙斯问。

“一颗手榴弹。把我脚的一边全炸掉了。你知道那种马铃薯捣碎器（是德国一种九英寸长的木柄手榴弹的绰号）吗？”他转过头来问我。

“知道。”

“我看见那个狗娘养的在向我投掷它，”艾托雷说，“它一下子把我炸倒了，我想这一次我的命是没了，没想到那该死的马铃薯捣碎器里什么东西也没有装。我用我的步枪朝那狗娘养的射击。我平时总是带着一杆步枪，这样他们就不好认出我是军官啦。”

“他长得什么样？”西蒙斯问。

“这是他唯一的一颗手榴弹，”艾托雷说，“我不明白他为什么要投掉它。我猜想，他总想着要把它投出去的。他或许还从来没有经见过任何真正的战斗。不管怎么说，我击中了那狗娘养的。”

“当你向他射击时，他是什么表情？”西蒙斯问。

“嘿,我怎么知道?”艾托雷说,“我打中了他的肚子。我担心打他的头,会击不中他。”

“你做军官几年了,艾托雷?”我问。

“两年。我就要当上尉了。你做中尉几年了?”

“快三年啦。”

“你当不了上尉的,因为你的意大利语还说得不够好,”艾托雷说,“你能说意大利语,可你还不能很好地用它阅读和写作。你必须得先要进修,才能当上上尉。你为什么不进美国人的军队呢?”

“也许我将来会的。”

“但愿上帝能让我去。哦,一个上尉的薪水是多少,迈克?”

“我不知道准确的数目。大概是二百五十美元吧,我想。”

“天啊,二百五十美金,这么多钱我可怎么花呀。你还是尽快加入美国军队吧,弗雷德。看看能不能把我也弄进去。”

“好的。”

“我能用意大利语指挥一个连。我也能较容易地学会用英语指挥一个连。”

“你会当上将军的。”西蒙斯说。

“不行,我的学识阅历都不够做将军。做一名将军得懂得很多东西。你们这些人以为战争是闹着玩的。就你们的头脑还不够做个二等下士呢。”

“感谢上帝,我不必去打仗。”西蒙斯说。

“如果他们要抓你们这些逃兵役的人充数的话,你们就得去了。哦,我想把你们两个安排在我的排里。还有迈克。我要让你当我的勤务兵,迈克。”

“你是个很了不起的青年,艾托雷,”迈克说,“不过,我担心你是个军国主义者。”

“在战争结束前,我会当上上校的。”艾托雷说。

“如果他们没有打死你的话。”

"他们打不死我的。"他用大拇指和食指摸了摸他领章上的星,"看见我的这个动作了吗?只要有人谈到死,我们总是要摸摸领章上的星的。"

"我们走吧,西姆。"桑德斯说着站了起来。

"好吧。"

"再见,"我说,"我也得走了。"酒吧里的钟表已经是差一刻六点了。"再见,艾托雷。"

"再见,弗雷德,"艾托雷说,"你能得到银质奖章,真的很好。"

"我还不能确定。"

"你会的,弗雷德。我听说你很快就会被授勋了。"

"好啦,再见,"我说,"祝你一切顺利,艾托雷。"

"不要担心我。我不喝酒,不到处乱跑。我既不酗酒,又不嫖娼。我知道怎么做对我好。"

"再见,"我说,"我很高兴你就要晋升上尉了。"

"我不必等着上面来提拔我。由于我的战功,我很快就是上尉了。你们知道的,在两把交错的剑和皇冠的下面,有三颗星,那就是我。"

"祝你好运。"

"祝你好运。你什么时候回前线?"

"很快。"

"好,回到前线,我去看你。"

"再见。"

"再见。多加小心。"

我沿着后街走,这条后街通向到医院的一条捷径。艾托雷今年二十三岁。他是由旧金山的一个叔叔给带大的,他去都灵看望父母时,正好赶上战争爆发。他有个妹妹,跟他同一时间送到美国,也是让这位叔叔抚养,今年她就要从师范学院毕业了。艾托雷是自认为自己了不起的那种英雄,谁碰见了他,都会觉得他烦。凯瑟琳就受不了他。

"我们苏格兰也有英雄，"凯瑟琳说，"可在通常的情况下，亲爱的，他们要安静得多。"

"他这样我并不在意。"

"假如他不那么自负，不让我感到烦，烦，烦，我也不会在意的。"

"他也让我感到烦。"

"你能这么说真好，亲爱的。不过，你没有必要附和我。你可以想见他在前方英勇的表现，你也知道他在前方有用，可他却是那种我特别不喜欢的男孩儿。"

"我明白。"

"你能懂我，你真好，我试着想喜欢他，可他真的是一个令人讨厌又讨厌的人。"

"他说，今天下午他就当上尉了。"

"我为他高兴，"凯瑟琳说，"这会让他喜不自胜的。"

"你想让我晋升到高一级的军衔吗？"

"不想，亲爱的。你的军衔只要能够让我们进好一些的饭店就可以了。"

"这正是我现在的军衔便能办到的。"

"你现有的级别就刚刚好。我不想让你有再高的级别。我怕你迷上这些东西。噢，亲爱的，我真庆幸，你一点儿也不自负。即便你自负，我也会嫁给你的，不过，能找上一个谦逊的老公，生活会过得恬静得多。"

我们在阳台上亲切地聊着天。本来是有月亮要升起来的，可一阵大雾笼罩了整个城市，所以看不到月亮了，过了一会儿，淅淅沥沥地下起了小雨，我们回到了屋里。外面的雾气转变成了雨，渐渐地下得大了起来，我们听到雨点砰砰地打在屋顶上的声音。我起身站到门口，看雨能不能潲进来，看到雨下不进来，我让门仍然开着。

"你还见着谁了？"凯瑟琳问。

"梅耶斯先生和他的太太。"

"他们俩真是一对怪人。"

"梅耶斯先生本来应该在美国的监狱里服刑的。可他们看他快要死了,就把他放出来了。"

"打那以后,他在米兰一直过得很快活。"

"我看不出他们怎么个快活。"

"我想,跟监狱里比,肯定是快活的。"

"她要送些东西来。"

"她送的东西真好。你是她的好男孩儿吗?"

"是其中的一个。"

"你们都是她的好男孩儿,"凯瑟琳说,"她喜欢男孩子们。听这雨声。"

"雨下得很大。"

"你会永远爱我,对吗?"

"对。"

"下雨对你的爱不会有任何影响吗?"

"不会。"

"那就好。因为我怕下雨。"

"为什么?"我睡意蒙眬地问。外面的雨下得正急,正起劲。

"我也不知道,亲爱的。我从小就害怕下雨。"

"我喜欢下雨。"

"我喜欢在雨中行走。但下雨时很难让人提起爱的兴致。"

"我无论何时都会爱你。"

"我爱你,无论是在雨里,雪里,冰雹里,我都会爱你——还会有哪里?"

"我不知道。我想我是有点儿困了。"

"睡吧,亲爱的,不管是发生了什么,我都会爱你。"

"你不是真的害怕下雨,对吗?"

"和你在一起,我就不怕。"

“你为什么会害怕下雨呢?”

“我不知道。”

“告诉我。”

“不要逼我。”

“告诉我。”

“不。”

“告诉我。”

“好吧。我害怕下雨,是因为有的时候我看见自己死在雨中。”

“不会的。”

“还有的时候,我看见你死在雨中。”

“这倒有可能。”

“不,不是这样,亲爱的。因为我能保佑你的平安。我知道我能。但是没有人能保佑他们自己的平安。”

“不要说了。今晚你这苏格兰人的劲儿又上来啦,净说一些不着边际的话,我不想听。我们待在一起的日子不多了。”

“是不多了。我今晚的话是有点儿多了。我不再瞎说了。”

“是的,是瞎说。”

“都是瞎说。都是瞎说。我不害怕下雨,我不害怕下雨。噢,噢,上帝啊,我希望自己不害怕。”她哭了起来。我抚慰着她,渐渐地她停止了哭泣。可户外的雨还在下个不停。

# 第二十章

一天下午,我们去看赛马。弗格森小姐也去了,还有科罗威尔·罗杰斯,就是那个被炮弹雷管炸伤眼睛的小伙子。午饭后,凯瑟琳和弗格森梳妆穿戴去了,我跟科罗威尔坐在他屋里的床上,读着赛马的报纸,看各匹赛马过去跑出的成绩,预测它们未来的表现。科罗威尔头上缠着绷带,他并不太关心这些比赛,可他总在读这些赛马的报纸,追踪着它们情况,来打发时间。他说这些马匹的状况很糟糕,可这就是米兰所有的赛马了。老迈耶斯喜欢科罗威尔,常给他透露一些内部的消息。迈耶斯几乎场场都赢,可他不愿说出这些内部消息,因为这会把价格压下来。这里的赛马猫腻很多。在别国遭到禁赛的骑士都会跑到意大利来赛马。迈耶斯的消息很可靠,不过,我不愿意问他,因为有的时候他根本就不回答你,你总能看到他那种非常不情愿的表情,但是,出于某种原因,他又觉得他有义务告诉我们,对科罗威尔他倒是很少保留。科罗威尔的眼睛被伤过,有一只眼伤得还比较严重,迈耶斯的眼睛也有毛病,所以他喜欢科罗威尔。迈耶斯从不告诉他的妻子他赌的是哪几匹马,他妻子有输有赢,但输的时候居多,还总爱唠叨个没完。

我们一行四人乘一辆敞篷马车前往圣西洛。那天天气很好,我们穿过了公园,沿着电车轨道,走到了城外的土路上。沿途有不少围着铁栅栏的别墅,长满树木花草的大花园,流着水的沟渠,叶片上敷着尘土的菜园。我们往平原上望去,可以看到成片的农房,长得茂盛的绿油油的庄稼地和浇灌它们的水渠,还有位于北面的大山。不少马车等着进赛马场,把门的人看见我们穿着军装,没有要票就让我们进来了。我们下了马车,买了赛程单,走过内场,然后穿过铺着又厚又软的草皮的跑道,进到了围场。大看台是用木头搭建的,已经很陈旧了,赌券售卖点就在大看台的下面,靠近马厩的地方,排成一溜。有一群士兵在内场的围栏旁边站着。围场里已有不少人,他们在大看台后面的树荫里绕着圈儿遛马。我们见到了不少熟人,在给弗格森和凯瑟琳搬来两把椅子后,我们就观察起围场里的马来。

赛马由马夫牵着,一个挨着一个地低着头兜着圈子。有一匹紫黑色的马,科罗威尔断定它是染的。我们也去看这匹马,觉得有这种可能。它刚刚出来,给马上鞍的铃声就响了起来。我们根据马夫胳膊上的编号在赛程表里查找它,才知道这匹紫黑色的被阉过的雄马叫加帕拉科。这一次是为从未赢过一千里拉以上的马儿举行的一场比赛。凯瑟琳也很肯定地说,这匹马的颜色是染过了。弗格森说她不敢肯定。我认为这马的颜色还是值得怀疑的。我们一致同意给它下注,凑了一百个里拉。从赌注表上看,押它的赔率是三十五比一。科罗威尔到那边去买马票,我们看着骑士们又骑了一圈,然后从树底下走上跑道,缓缓地到了拐弯处,比赛将从这里开始。

我们上到大看台去观看比赛。那个时候,在圣西洛还没有弹性起跑屏障,起跑发令员把所有的赛马都排成一行,远在跑道的另一端,那些马看上去都很小,然后,听到起跑发令员的一声鞭响,马都跑了起来。在赛马奔驰到我们这里时,那匹黑马跑在最前面,到转弯时它已经遥遥领先。我用望远镜望着跑到远处跑道那边的马,看见骑着黑马的那位骑士想要控制它,却也是枉然,当他们再次跑过弯道进入直道时,黑马已经领先别的马匹十五个马身了。在到达终点后,那匹马又向前跑了好远,在弯道那里绕了一圈才停下来。

“这简直是太妙了,”凯瑟琳说,“我们将挣到三千里拉。它真是匹好马。”

“但愿它的颜色不会变,”科罗威尔说,“在他们付给我们赌金之前。”

“这真是一匹可爱的马，”凯瑟琳说，“我不知道梅耶斯先生给它下注了没有。”

“你赌的是这匹获胜的马吗？”我大声地问那边的梅耶斯。他点了点头。

“我没有，”梅耶斯太太说，“孩子们，你们是赌的哪匹马呢？”

“加帕拉科。”

“是吗？它可是三十五比一啊！”

“我们喜欢它的颜色。”

“我不喜欢它，我看它萎靡不振的。他们告诉我不要赌它。”

“赌它赚不了多少钱的。”梅耶斯说。

“它在报价表上可是三十五比一呢。”我说。

“它让你赚不了多少的。在最后的时刻，”梅耶斯说，“有人在它身上押了好多钱。”

“谁呀？”

“肯普顿，还有不少的孩子们。不信，到时看。它的赔率超不过二比一。”

“那么，我们得不到三千里拉啦，”凯瑟琳说，“我不喜欢这种不公正的比赛！”

“我们还能挣二百里拉。”

“那算什么。对我们没有任何意义。我还以为咱们将得到三千里拉呢。”

“这是欺骗，令人厌恶。”弗格森说。

“是的，”凯瑟琳说，“如果他们不作假，我们根本就不会选它。不过，我还是真的想得到那三千里拉呢。”

“让我们到下面喝点儿什么吧，顺便看看他们能付给我们多少。”科罗威尔说。我们去到了张贴着号码和摇铃铛付款的地方，凡是赌加帕拉科获胜的，每10个里拉能得到18.5个里拉。这就意味着说甚至还挣不到两倍呢。

我们来到看台下面的酒吧，每人要了一杯威士忌和苏打水。我们遇见了几个认识的意大利人，还有副领事麦克亚当斯，在我们出来跟凯瑟琳她们会合时，他们也跟了上来。这几个意大利人风度翩翩，彬彬有礼，在麦克亚当斯跟凯瑟琳说话的当儿，我们又去下注了。梅耶斯先生正站在靠近分彩处的地方。

"问问他赌了哪匹马。"我跟科罗威尔说。

"你赌的哪一匹，梅耶斯先生？"科罗威尔问。梅耶斯拿出他的赛程表，用铅笔指了指五号。

"你会介意我们也赌五号马吗？"科罗威尔问。

"不会。不会。只是不要告诉我太太是我跟你说的。"

"你要喝一杯吗？"我问。

"不，谢谢。我从不喝酒。"

我们押了一百里拉赌五号马跑第一，又押了一百里拉赌它跑第二，然后，每人又喝了一杯威士忌和苏打水。那一天我觉得自己的心情非常好，我们又碰到了几个意大利人，他们每个人都跟我们一道喝了酒，临了，我们回到了凯瑟琳和弗格森那里。这几个意大利人也极有礼貌，和我们前面遇到的那两位一样彬彬有礼。过了一会儿，大家都坐不住了。我把彩票给了凯瑟琳。

"押的哪一匹？"

"不知道。是梅耶斯先生选的。"

"你连那匹马的名字也不知道？"

"不知道。你能在赛程表上找到它。我想是五号。"

"你的信心让人感动。"她说。五号马是赢了，可是没付多少钱。梅耶斯先生很生气。

"你得下二百里拉的注，才能赢二十里拉，"梅耶斯说，"下十里拉，一共才得到十二里拉。真是不值得。我太太赔了二十里拉。"

"我跟你一块下去吧。"凯瑟琳对我说。此时，意大利人一起站了起来。我们到了下面往围场走。

"你喜欢赌马吗?"凯瑟琳问。

"是的。我想我是喜欢的。"

"这没什么不好的,我想,"她说,"可是,亲爱的,我忍受不了这么多人在一起。"

"我们没有多少人啊。"

"是没有多少。可是这些人,梅耶斯夫妇,还有银行的那个人和他的太太和女儿们——"

"他是给我的即期汇票兑现的人。"我说。

"你说的没错,不过,就是他不给你兑,别人也会给你兑的。后面来的那四个小伙子也挺讨厌的。"

"我们就坐在外面,从围栏这儿看比赛吧。"

"那敢情好。亲爱的,让我们来赌一匹从没听说过的、梅耶斯先生不会下注的马吧。"

"好的。"

我们给一匹叫"给我光明"的赛马下了注,它在五匹马的比赛中跑了第四。我们倚着围栏看着马儿跑过,疾驰的马蹄嗒嗒地作响,再远处是大山,在树林和田野的后面是米兰。

"我现在觉得好多了。"凯瑟琳说。赛马浑身湿漉漉地跑了回来,进了围栏,骑士们让马慢了下来,在树底下下了马。

"你要喝一杯吗?我们就在外面这儿一边喝,一边看赛马。"

"我去把酒端过来。"我说。

"侍者会把酒送过来的。"凯瑟琳说。她抬起手打了个招呼,从马厩旁边的宝塔酒吧里便出来一个侍者。

"你是不是更喜欢我们俩单独在一起?"

"是的。"我说。

"当他们也都在的时候,我感到自己很孤独。"

"这里挺好的。"我说。

"是的。这个赛马场真的不错。"

"是挺好的。"

“不要让我扫了你的兴,亲爱的。只要你想,我就跟你上去。”

“不,”我说,“我们就待在这里,喝我们的酒。完了,我们就下去,站在水沟障碍旁边,看跨越障碍的比赛。”

“你对我真好,亲爱的。”她说。

在我们单独待了一会儿以后,我们又高兴地看到其他人了。我们度过了一个快乐的下午。

# 第二十一章

到了九月，夜晚开始变得凉爽，紧接着白昼也变得凉快起来，公园树上的叶子开始变黄，我们知道夏天已经过去了。前线的仗打得不好，他们总是攻不下圣加布里埃尔。班西扎高原的仗打完了，到了月中，攻克圣加布里埃尔的战役也快要结束了。可还是没能把它拿下。艾托雷已回了前线。那些马匹都去了罗马，米兰再没有赛马了。科罗威尔也去了罗马，从那里返回美国。城里发生了两次反战的骚乱，都灵发生了暴乱。在俱乐部里，有位英国少校告诉我，意大利人已经在班西扎高原和圣加布里埃尔损失了十五万人。他还说另外在卡索也损失了四万人。我们一块儿喝酒，聊着天。他说今年这里的仗已经打完了，意大利人贪多嚼不烂。他说在弗兰德斯展开的进攻情况很不乐观。如果他们再像今年秋天这样让士兵卖命，再过一年，盟军可能就会完蛋了。他说我们都完蛋了，但是只要我们自己不知道，就没事。关键就是不要承认这一点。最后一个承认他们自己完蛋的国家将赢得战争。我们又喝了一杯。我是部队里的一个参谋吗？不是。这位少校是。这就是一场胡闹。我俩独自靠着坐在俱乐部的一张大皮沙发上。他那双暗色的皮靴擦得又光又亮。一双很好看的靴子。他说这全是胡闹。他们的脑子里只想着师团和兵力。他们都争抢着要兵源，可一旦搞到了就让他们在战场上送了命。他们都完蛋了。德国人获得了胜利。上帝啊，他们才是真正的士兵。这些德国佬才是真正的士兵。但是，他们也完蛋了。我们都完蛋了。我问俄国怎么样。他说他们也完蛋了。我很快就会看到他们完蛋了。奥军也完蛋了。如果他们能得到一些德国人的师团，他们还能打得下去。在他看来，他们今年秋天会进攻吗？当然他们会的。意大利人完蛋了。人人都知道意大利人完蛋了。德国佬会从特伦蒂诺打过来，切断维琴察的铁路线，到那时哪里还有意大利人的立足之地？在一九一六年他们就这么干过，我说。可那不是德国人干的。是的，我说。不过，也许他们不会那么做了，他说。那太简单了。他们会搞出点更复杂的玩意儿来，更体面一点儿地完蛋。我得走了，我说。我得回医院了。“再见，”他说。接着，他又高兴地说，“一切顺利如意！”他对世界的悲观看法和他个人的乐天性格形成了一个很大的反差。

我先到一家理发店，刮了脸，然后回医院。经过这么长时间的治疗，我的腿好得还算不错。三天前，我做了一次检查。在马焦雷医院的机械理疗结束之前，我还要接受一些治疗。我走了一条小路，练习着按照正常的步子走。一位老人在拱廊下面做剪影。我停下来看着他。两个姑娘摆着一个姿势，老人在给她们俩剪着一个合影，他一边侧着脑袋看着她们，一边很快地剪着。两个姑娘在咯咯地笑。他先把剪影拿给我看，然后把它们贴在了一张白纸上，递给了那两个女孩儿。

“都是很漂亮的姑娘。”他说，“你也来一张吧，中尉？”

女孩儿们走了，她们一边看着自己的剪影一边笑着。她们长得都不错。其中的一个就在医院对面的酒店里上班。

“好的。”我说。

“脱掉帽子好吗？”

“不用。就戴着它。”

“戴着帽子可就不那么帅气了，”老人说，“不过，”他突然好像想到了什么，高兴地说，“这样显得更有军人气派。”

他在一张黑纸上剪着，临了，分开了这两层纸，把剪影贴在一张硬纸片上，给了我。

“多少钱？”

“不要钱。”他摆了摆手，“这是我特意剪给你的。”

“收下吧，”我掏出了几个铜币，“一点儿小意思。”

“不用。我剪它们是为了找点儿乐子。把它们送给你的女朋友吧。”

“多谢了，再见。”

“再见。”

我回到了医院。医院里有我的几封信，还有一封公函。在回到前线之前，我将有三个星期的身体康复的假期。我仔细地读着这封公函。好了，这一页很快就要翻过去了。这一康复休假会从我治疗结束的十月四号开始。三个星期是二十一天。休假会到十月二十五号结束。我告诉医院的人我晚一点儿回去，随后便到了附近一条街上的饭店，在那里我边吃晚饭边读着这些信件和晚邮报。其中一封是我祖父写来的，说了一些家里的事，鼓励我报效国家，里面有一张二百美元的即期汇票和一些剪报；此外，有来自食堂牧师的一封较为乏味的信，还有一封在法国空军服役的熟人的来信，这个人和一帮坏小子混在了一起，他信中讲的正是这件事，还有一封来自利纳尔迪的短简，问我在米兰还要逍遥多久，那边有什么新闻？他想让我给他捎回去一些唱片，并列了一个单子。我在吃饭时喝了一小瓶红勤地酒，之后喝了一杯咖啡和一杯科涅克白兰地，读完了报纸，把信都装在了口袋里，把报纸和小费搁在桌上，我走了出来。在医院房间里，我脱了衣服，换上了睡衣和一件罩袍，拉下了通向阳台的门上的帘子，坐在床上读着一堆梅耶斯太太给医院里的孩子们留下的报纸。芝加哥的白短袜队在美国联赛中获得冠军，纽约巨人队在全国联赛中处于领先地位。贝比鲁斯（美国职业棒球的传奇巨星）正在波士顿队里当投手。这些报纸很无聊，都是当地的一些乏味的新闻，都是些旧消息了。有关美国的消息讲的都是训练营的事。我很庆幸我没有在训练营。棒球联赛是唯一让我觉得能读得下去的内容。可我对它却又没有丝毫的兴趣。一大堆报纸放在一起读，无法让人产生读的兴趣。大都是些旧报纸了，我只读了一会儿。我不知道美国会不会真的参战，不知道他们会不会真的终止了两大联赛。也许他们不会。在米兰，仍有赛马比赛,也许仗打得不会比现在更糟了吧。在法国已经停止了赛马。我们的这匹叫加帕拉科的马正是从那里运来的。凯瑟琳到九点钟才值夜班。在她来接班时我听到了她经过的脚步声，有一次还看见她打走廊走过;在查看了几个病房后,才最后来到我的房间。

“我过来晚了,亲爱的,”她说,“事情多。你好吗?”

我告诉了她有关我休假的事,还有那几封来信。

“这多好啊,”她说,“你想去哪里?”

“哪儿也不想去。我就待在这里。”

“别犯傻。你选好个地方,我也去。”

“你怎么能征得医院的同意呢?”

“我也不知道。不过,我会去的。”

“你真了不起。”

“不,不是的。不过,当你已没有什么东西再可失去时,人生就不是那么难对付了。”

“你这句话是什么意思?”

“没什么。我只是在想,生活中以前那么大的障碍现在似乎都变得小了。”

“我觉得这件事还是比较难办的。”

“不,不会的,亲爱的。如果不行,我直接离开这家医院就是了。不过,不会到了那一步的。”

“我们上哪里好呢?”

“哪儿都可以。你想要去的任何地方。一个没有人认识我们俩的地方。”

“你真的不在乎我们去哪里?”

“不在乎。任何地方都行。”

她似乎显得有些不安和烦躁。

“你怎么啦,凯瑟琳?”

“没什么。什么事也没有。”

“不,你有事。”

“不,没有。真的没有。”

“能看得出来你有事。告诉我,亲爱的。你告诉我好吗?”

“没有。”

“告诉我。”

“我不想。我担心你会不高兴,会着急。”

“不,不会的。”

“你确定?我倒没有为这事发愁,我害怕你会担心的。”

“如果你不担心,我也不会。”

“我不想告诉你。”

“告诉我。”

“我必须得说吗?”

“对。”

“我怀孕了,亲爱的。这就快三个月了。你没有担心,是吗?请不要、请务必不要为我担心。”

“好吧。”

“你真的没事?”

“当然啦。”

“我想尽了办法。我尽力去预防了,但是,没有奏效。”

“我没有担心。”

“我真的尽力了,亲爱的,我并不担心。你务必也不要担心或是心情变得不好。”

“我只是担心你,亲爱的。”

“这正是我不情愿看到的。请你务必不要为我担心。人总是要生孩子的。每个人都一样。这是再自然不过的事情。”

“你真了不起。”

“不,不是的。不过,你不必在意,亲爱的。我将尽力不给你增添麻烦。我知道我现在带来麻烦啦。不过,在此之前,我不是一直都是个好女孩儿吗？你一直都不知道，是吗？”

“不知道。”

“好，那就还像这之前一样。你完全不必担心。看得出来，你现在在担心了。不要的。把你的心放进肚子里。你要喝一杯吗，亲爱的？我知道酒总是能让你高兴起来。”

“不用。我本来就挺高兴的。你真是个了不起的女孩儿。”

“不，我不是。不过，在你一旦确定了我们要去的地方后，我就整理要带的东西。十月是出去旅游的黄金季节。我们将会度过一段快乐的时光，亲爱的，等你去了前线后，我会天天给你写信的。”

“我们去哪里？”

“还不知道。不过，一定要去个好地方。这事由我来办。”

我们俩沉默了一会儿，谁也没有说话。凯瑟琳坐在床上，我望着她，但我们谁也没有碰谁。有人进来时，我俩会彼此离开得更远些，表情上也会显得不太自在。她伸出了手，握住了我的。

“你没有生气，对吗，亲爱的？”

“没有。”

“你没有觉得自己是被诱入了一个圈套吧？”

“或许有一点儿，但不是被你。”

“我不是说被我。你一定不要犯傻。我是说有被诱入圈套的感觉。”

“从生物学的角度讲，人总是觉得自己被诱入了圈套。”

她不知是想到什么地方去了，有好一阵子她的手一动也没动，更没有移开。

“‘总是’不是一个中听的字眼。”

“对不起。”

“没事的。不过，你也明白我以前从来没有怀过孩子，甚至从来也没有爱过任何人。我一直试图按照你的想法行事，可现在你却谈论起‘总是’来了。”

“我恨不得割下我的舌头。”我表示悔恨地说。

“噢，亲爱的！”她从她的思绪中回过神来，“你别跟我一般见识。”我们俩又成了一体，不自在的感觉消失了。“我们俩其实是同一个人，我们一定不要有意地去误解对方。”

“不会的。”

“可人们通常是这么做的。他们相爱，他们有意去制造误解，然后就开始打架，后来，突然之间他们就不是一体的了。”

“我们不会打架的。”

“一定不要那么做。因为在这个世界上只有我们两个人是一条心，其他的人都不会跟我们一心的。如果有什么东西夹在了我们中间，我们就完蛋了，他们就战胜我们啦。”

“他们战胜不了我们的，”我说，“因为你太勇敢了。勇敢的人从来都不会有事的。”

“可他们会死。”

“但只是死一次而已。”

“我不知道。这话是谁说的？”

“懦夫可死千次，勇敢的人只死一次①。”

“这话是谁说的？”

“我不知道。”

“说这话的人很可能是个胆小鬼，”她说，“他对懦夫十分了解，可对勇者却一无所知。如果是一位比较聪明的勇者，他或许会死上两千次呢。可他对此却只字未提。”

“我不知道。我们很难窥到勇者的内心深处。”

“是的。勇者正是这样的。”

“你是如此了解勇者。”

“是的，亲爱的。我的确了解他们。”

“你很勇敢。”

“不，”她说，“可我希望自己勇敢。”

---

① 出自莎士比亚悲剧《居里厄斯·恺撒》第二幕第二场里恺撒的一段话。

“我不勇敢，”我说，“我知道自己是什么样的人。我出来了这么久，已经对自己有足够的了解。我就像一个击球只能击到二百三十下的球员，知道自己就这水平，不会再取得比这好的成绩了。”

“能击球到二百三十下的球员，是什么样的球员呢？听起来挺棒的。”

“不行的。在棒球场上，这只是一个平庸的击球手。”

“可他仍然是个击球手。”她激励我说。

“我想我俩都有点儿自负，”我说，“不过，你很勇敢。”

“不。不过，我希望做个勇者。”

“我们俩都很勇敢，”我说，“我喝了酒后就会很勇敢。”

“我们都是挺棒的人。”凯瑟琳说。她去到衣橱那边，给我拿来了科涅克白兰地和一个杯子。“喝一杯吧，亲爱的，”她说，“你一直都表现得那么好。”

“我并不想喝。”

“喝上一杯吧。”

“好吧。”我倒上了占水杯容积三分之一的白兰地，一口把它喝了下去。

“你这一口可喝得不少，”她说，“我知道白兰地是给英雄喝的，可你也不要这么显摆呀。”

“战争结束后，我们到哪里生活？”

“或许，在一家养老院里，”她说，“三年啦，我一直天真地期盼着战争在圣诞节那天结束。可现在我想等我们的儿子当了海军上尉，战争再结束。”

“或许，我们的儿子会当上将军的。”

“如果这仗打成一场百年战争的话，他就有时间把这两个职务都当一当啦。”

“你不来一杯吗？”

“不。喝酒总能让你高兴，亲爱的，可却只是让我感到头晕。”

“你从来都没有喝过白兰地吗？”

"没有,亲爱的。我是一个非常传统的妻子。"

我探下身子去拿放在地上的酒瓶,又倒上了一杯。

"我去看看你的那些同胞们,"凯瑟琳说,"你再读上一会儿报纸,等我回来。"

"非得去不可吗?"

"或迟或早,总得走这一趟的。"

"好吧。那就现在去吧。"

"我一会就回来。"

"那我先把报纸看完。"我说。

# 第二十二章

下雨的那天晚上天气变冷，第二天也是一直下雨。从马焦雷医院回来的路上，雨下得很大，我淋了雨。在房间里我看到外面的阳台上雨下如注，风吹着雨点拍打着外面的玻璃门。我换了衣服，喝了点儿白兰地，可这回的白兰地喝起来不香。那一晚我觉得很难受，清晨吃过早饭后，我吐了。

“他这病症很明显，”住院医生说，“看看他的眼白，盖奇小姐。”

盖奇小姐看了看。他们让我自己照镜子。我的眼白变成了黄色，我得了黄疸病。我病了两个星期。因为这个原因我们没能一块儿去度假。我们本来打算到马焦雷湖上的帕兰扎的。在树叶转黄的秋天，那里特别美。你可以在林间小道上漫步，可以在湖里拖钩钓鳟鱼。帕兰扎要比斯特雷撒好得多，因为去那里的人少。从米兰到斯特雷撒交通很方便，所以在那里总是能遇到熟人。在帕兰扎有个宜人的小村庄，你可以从那里划船去有渔民住着的岛上，最大的岛上有一家饭店。可我们没能去成。

有一天，在我得了黄疸病躺在床上时，范坎彭小姐进到屋子里，她打开了衣橱的门，看见了放在里面的空酒瓶。我已经让门房拿走了不少，我相信她一定是看到门房往外拿空酒瓶，因而上来查看的。那大多是味美思、马尔萨拉、卡普里、红勤地酒和科涅克白兰地的空酒瓶。门房已经拿走的是大些的瓶子，那些是装着味美思的酒瓶和用麦秆框住的红勤地酒瓶，剩下的是白兰地的瓶子。范坎彭小姐发现的是白兰地酒瓶和一个原来盛着莳萝利口酒的狗熊形状的瓶子，那个狗熊状的瓶子特别让她恼火。她把它高高地举起，那狗熊是蹲着的，爪子朝上，在它的玻璃的脑袋里有个塞子，在瓶底粘着一些玻璃珠。我看着不由得笑了起来。

“这是莳萝利口酒，”我说，“最好的莳萝利口酒都是装在这种狗熊状的瓶子里的。这种酒产自俄国。”

“那些都是白兰地的酒瓶，对吗？”范坎彭小姐问。

“我眼睛看不到全部的瓶子，”我说，“可能是吧。”

“你这样喝酒多长时间了？”

“这都是我自己买的，自己拿回来的，”我说，“常常有意大利的军官朋友们来看我，我买些酒招待他们。”

“你自己没有喝过这些酒吗？”她说。

“我自己也喝的。”

“白兰地，”她说，“十一个白兰地的空瓶子，还有那瓶狗熊酒。”

“莳萝利口酒。”

“我将派人把这些瓶子拿走。这是你所有的空酒瓶了吗？”

“暂时是这样的。”

“我正在同情你得了黄疸病。这同情用在你身上就是浪费。”

“谢谢你。”

“我想，你不愿意再回到前线去，这本无可厚非。可是，我觉得你应该尝试一种更聪明的方法，而不是靠酗酒来染上黄疸病。”

“靠什么？”

“靠酗酒。你已听到我说的话了。”我没有吭声。“如果你想不出别的法子，等黄疸病好了，恐怕你还是得回到前线去。我认为，你的这一由自虐造成黄疸病的行为，让你不配享有这样的康复休假。”

“你这样认为？”

“是的，我这样认为。”

“你得过黄疸病吗，范坎彭小姐？”

“没有，不过，我见过许多得这种病的。”

“你留意过这些病人吗,你认为他们好过吗?”

“我觉得,这总比上前线要强得多。”

“范坎彭小姐,”我说,“你曾听说过哪个男人会用踢自己阴囊的方法来自残的吗?”

范坎彭小姐没有理睬我提的这个实际问题。她不得不做出选择,或者对我的问题不予理睬,或者离开这个房间。她还不准备走,因为她不喜欢我已有很长时间了,现在她要发泄一下了。

“我知道有许多人通过自残来躲避上前线。”

“这不是问题的症结。我也见过自伤不想上前线的。我问你的是,你是否听说过踢自己的阴囊来自残的。因为这是最接近黄疸病的一种感受,这种感受我相信女人很少有亲历过的,这就是我之所以问你是否得过黄疸病的原因,范坎彭小姐,因为——”范坎彭小姐离开了房间。不一会儿,盖奇小姐走了进来。

“你跟范坎彭小姐说了什么?她气坏了。”

“我们刚才在比较感受。我打算跟她说,她还没有过生孩子的感受——”

“你真是个傻瓜,”盖奇说,“她会让你吃苦头的。”

“她已经叫我吃到苦头了,”我说,“她已经取消了我的休假,她也许还想把我送上军事法庭呢。她真是够损的。”

“她从来没有喜欢过你,”盖奇说,“刚才是怎么回事?”

“她说我让自己酗酒患上黄疸病,是为了不再回到前线。”

“哟,”盖奇说,“我发誓你在医院从没喝过酒。每个人都可以证明你没有喝过。”

“她发现了酒瓶子。”

“我告诉过你一百次了,一定要把空酒瓶及时清理出去。它们现在在哪儿?”

“在衣橱里。”

“你有手提箱吗?”

“没有。可以把它们放到帆布背包里。”

盖奇小姐把酒瓶装进了帆布背包。“我会把瓶子给门房。”她说着走向房门那里。

“等一下，”范坎彭小姐说，“我要用一下这些瓶子。”她叫来了门房。“请帮我拿着这些瓶子，”她说，“在我做汇报时，我要把它们拿给医生看。”

她沿着走廊走了。门房提着我的那个背包。他知道里面装的是什么。

我的休假就这样被取消了。

# 第二十三章

在我返回前线的那天晚上，我让门房从都灵开来的那趟列车上给我占了个座位。这趟车将于午夜开出。它是在都灵组编的车，大约在晚上十点半到达米兰，之后便停在车站，一直等到它发车的时间。火车一进站，就得到车上占座位。门房去时，带了他的一个朋友，一位正在休假的机关枪手，参军前是做衣服的，门房觉得有他们两个人去，占个位置一定不成问题。我给了他们买站台票的钱，让他们拿上我的行李：一个大帆布背包和两个野战背包。

大约下午五点钟的时候我跟医院的人告别，离开了那里。门房事先把我的行李拿到他的屋里，我告诉他我会在午夜前赶到车站。他妻子喊我"长官"，见我要回前线哭了，她跟我握手道别，随后又哭了。这段时间都是她在帮我缝缝补补，她人长得又矮又胖，头发是银色的，有一张笑嘻嘻的脸。在她哭的时候，她的整张脸就像揉碎了的花瓣一样。我走进位于街角的一家酒馆，坐在里面朝窗外望着。外面又黑又冷，有雾气笼罩着。我付过了喝咖啡和格拉帕酒的钱，借着从窗户上透出去的灯光，瞧着外面过往的行人。在看见了凯瑟琳时，我从里面敲着窗户。凯瑟琳望了望，看见了我，笑了，我起身出去会她。她穿着一件深蓝色的斗篷，戴着一顶软毡帽。我们沿着一条小街走，经过了几个酒店，穿过了集市广场，然后走上了一条大街，过了拱门，来到大教堂广场。这里有几条电车轨道，轨道那边是大教堂，雾气中的教堂外墙显得有点儿发白和潮湿。我们横穿过了电车轨道。我们的左边是灯火通明的商店和拱廊的入口。广场上雾蒙蒙的，当我们走近教堂时，才发现这座教堂十分宏伟，它墙上的石头都是湿漉漉的。

“你想进去看看吗?”

“不想。”凯瑟琳说。于是,我们继续往前走。在前面石扶壁的阴影中,站着一个士兵和他的女朋友,我们经过了他们。他俩紧靠着石壁站着,士兵将她搂在自己的斗篷里。

“他们俩很像我们。”我说。

“没有人跟我们俩一样。”凯瑟琳说。她这么说可没有指我们比别人幸福的意思。

“我希望他们有个地方可以去。”

“那对他们也许没有任何好处。”

“我不知道。每个人都该有个可以去的地方。”

“人们有教堂可去。”凯瑟琳说。我们现在已经过了教堂,到了广场的尽头,回头再看时,教堂在雾中显得很美。我们停在了一家皮货店门前。在它的橱窗里有马靴、帆布背包、滑雪鞋。每件商品都彼此隔开一点儿距离陈列着;中间是帆布背包,它的一边是马靴,另一边是滑雪鞋。皮子是黑色的,给油打得像已用得光溜溜的马鞍一样。灯光把上了油的暗色皮具照得闪闪发亮。

“我们多会儿去滑滑雪。”

“再过两个月,缪伦就可以滑雪啦。”凯瑟琳说。

“我们就到那儿去。”

“好的。”她说。我们又经过了几家商店的橱窗,拐进到一条小街上。

“我还没有走过这条路。”

“我到医院就走这条路。”我说。小街很窄,我们顺着街道的右边走。很多的行人,商店和所有亮着灯光的窗户都罩在雾气中。我们看着一家橱窗里的一团干奶酪。我停在了一家兵器店门前。

“进来一下吧。我得买把枪。”

“什么样的枪?”

“手枪。”我们走了进去,我解下身上的皮带,连同空枪套一起放在了柜台上。柜台后面有两个女人。她们给我拿过来几把手枪。

“枪要正好能放进这个里面。”我说着打开了枪套。这是一个灰色皮子的枪套,是我在旧货店里买的,在城里佩戴。

“有好枪吗?”凯瑟琳问。

“这些手枪的性能都差不多。我能试试这把吗?”我问那女人。

“我这里现在没有试枪的地方,”她说,“不过,这是一把好枪。它的性能非常好。”

我啪地扣了一下扳机,又将栓拉了回去。枪的弹簧很有力,可拉栓时却不觉得费力。我瞄准着又扣了一下扳机。

“这是一把用过的枪,”那个女人说,“原先是一位军官的,那可是个神枪手。”

“是你卖给他的吧?”

“对。”

“你又是如何把它收回来的?”

“从他的勤务兵手里。”

“也许,你这里还有我用过的枪呢,”我说,“这把枪多少钱?”

“五十里拉。很便宜的。”

“好吧。再给我另外拿两个弹夹,一盒子弹。”

她从柜台底下取出了弹夹和子弹。

“你要把军刀吗?”她问,“我有一些二手的军刀,很便宜。”

“我要上前线了。”我说。

“噢,好吧,那你是不需要军刀了。”她说。

我付了子弹和手枪的钱,给弹匣装满子弹,推进到弹膛里,将手枪装进我的空枪套,给另外两个弹夹里也装上子弹,把它们放进靠近枪套的皮槽里,然后扣上了皮带。手枪挂在皮带上觉得很沉。不过,我看还是佩戴制式手枪为好。因为你总是能找到它的子弹。

“现在,我们全副武装起来啦,”我说,“这是我务必记着要做的一件事。我的那把枪在我到医院时,给别人拿走了。”

“我希望它是一把好枪。”凯瑟琳说。

“还需要点儿别的吗?”那个女人问。

“我想不需要了。”

“这把枪上有根扣带。”她说。

“我看到了。”

那女人还想再卖出去点儿什么:“你不想买个哨子吗?”

“不要了。”

那个女人跟我们说了再见,我们来到了外面的便道上。凯瑟琳又往窗户里面瞧了瞧。那女子也朝外面看,向我们鞠了个躬。

“那些嵌在木头里的小镜子是干什么用的?”

“它们是用来吸引鸟儿的。人们在田野里来回地晃动这些镜子,云雀看到就飞出来了,然后,意大利人就开枪射击。”

“这真是个独出心裁的民族。”凯瑟琳说,“在美国,你们不射杀云雀,是吗,亲爱的?”

“不专门去射杀。”

我们横穿过街道,开始在马路的另一边走。

“我现在感觉好多了,”凯瑟琳说,“刚出来时我的情绪有些低落。”

“只要我俩在一起,我们的心情总是好的。”

“我们将永远在一起。”

“好的,除了我在午夜的这一次离开。”

“不要去想离开,亲爱的。”

我们沿着街道向前走。浓浓的雾让街灯也变成了黄色的。

“你觉得累吗?”凯瑟琳问。

“你感觉怎么样?”

“我没事。我挺喜欢走走的。”

“那也不要走得时间太长。”

“是的。”

我们拐进了一条没有路灯的小街道。少顷,我停了下来,吻起凯瑟琳。在我亲吻着她时，我感觉她的手搭在了我的肩上。她把她自己也裹在我的斗篷里，斗篷遮住了我们两个人。我们站在街上，身体靠着一堵高墙。

“我们找个地方待会儿吧。”我说。

“好的。”凯瑟琳说。我们继续沿着那条道走，直到上了一条更宽阔的与运河平行的大街。在街道的对面有一道砖墙和许多建筑物。在道路的前方，我看见一辆电车正行驶在桥上。

“我们在桥那里能坐上出租马车。”我说。我们站在桥边，在雾中等着马车。好几辆满载着回家的人们的电车驶了过去。之后，过来一辆马车，可是车里有人。大雾开始变成了雨，下了起来。

“我们可以走着去，或是坐电车。”凯瑟琳说。

“就会有车过来的，”我说，“马车都要打这里经过。”

“噢，来了一辆。”她说。

车夫拉住缰绳，把计程表上的金属招牌放了下来。马车的顶子一下子支开了，在车夫的外衣上挂着晶莹的雨珠。他头上戴着的高帽子尽管打湿了，依然发着熠熠的光。我俩一起靠着坐在后座上，支起的顶子使车里显得很暗。

“你告诉他上哪儿了吗？”

“到车站。车站对面有家旅馆，我们可以去那里。”

“我们这样子去行吗？不带行李？”

“行的。”我说。

在雨中走小街去车站，路途显得很长。

“我们不吃晚饭吗？”凯瑟琳问，“我恐怕会饿的。”

“我们将在我们的房间里吃。”

“我没有准备什么衣服。甚至连睡衣也没有。”

“我们去买件睡衣。”我说，随即又跟车夫说，“先去曼佐尼大街吧。”

车夫点点头，在下一个路口向左拐，上了曼佐尼大街，凯瑟琳眼睛望着路边，寻找着卖衣服的商店。

“这里有一家。”她说。我叫车夫停下,凯瑟琳下了马车,走上便道,进到商店里。我在车上坐着等她。雨仍在下着,我能闻到下湿的街道和马身上冒热气的味道。凯瑟琳提着一包东西回来,进到车里,我们继续前行。

“我花钱真手大,亲爱的,”她说,“可这件睡衣的确挺好看的。”

到了旅馆,我让凯瑟琳等在车里,我进去找经理。店里有很多空房。随后,我出来付了车钱,与凯瑟琳一起进到里面。一个穿双排扣制服的小男孩儿给我们拿行李。经理恭恭敬敬地带我们往电梯那边走。旅店里装饰着许多红红的长毛绒帷幕和黄铜饰品。经理陪我们一块儿上了电梯。

“先生和夫人要在房间里用餐吗?”

“是的。请把菜单送上来好吗?”我说。

“你想吃什么特别的菜肴吗,野味或者是蛋奶酥?”

电梯每到一层,总会咯咯吱吱地响上几声,在到了三层后又咯吱了一声停住了。

“你们有什么野味?”

“有野鸡和山鹬。”

“要只山鹬吧。”我说。我们顺着过道走。脚下的地毯已经很旧了。走廊两边有很多门。经理停在一扇门前,用钥匙打开了门。

“就是这间。很别致的一间房。”

那个穿双排扣衣服的男孩儿把背包放在位于屋子中央的桌子上。经理拉开了窗帘。

“今天外面有雾。”他说。屋子里也装饰着红红的长毛绒帷幕。有许多面镜子、两把椅子和一张铺着缎子床罩的大床。有扇门通向浴室。

“我把菜单拿上来。”经理说。他鞠了一躬出去了。

我走到窗户那里,往外面看了看,随后拉上了厚厚的长毛绒窗帘。凯瑟琳正坐在床上,看着屋顶的刻花玻璃枝形吊灯。她已经摘下帽子,她的秀发在灯下闪着熠熠的光。她在一面镜子中照着自己,用手整了整头发。我从另外三面镜子中望着她。她看上去并不快活。她的斗篷沿着床边散落下来。

“你怎么了,亲爱的?”

“我以前从未觉得自己像个妓女。”她说。我到窗户那里,把窗帘拉到一边,望着外面。我没有想到事情会像现在这样。

“你不是妓女。”

“我知道,亲爱的。可觉得自己像妓女,感觉也挺不好受的。”她的声音听上去干巴巴的,很淡漠。

“这是我们能住到的最好的旅店啦。”我说。我看着窗外。过了广场,那边亮着一片灯火的就是火车站了。街道上有出租马车来往,隐隐约约看得见公园里的树木。旅馆里的灯光投射在湿漉漉的便道上。噢,该死,我在想难道我们现在还要争吵吗?

“请到床这边来,亲爱的,”凯瑟琳说。她的声音里完全没有了刚才的淡漠。“请过来。我现在又是个好女孩儿啦。”

我看向床那边。凯瑟琳在甜甜地笑着。

我走过去,挨着她坐在床边,开始吻她。

“你是我的好女孩儿。”

“我当然是你的好女孩儿啦。”她说。

吃过饭之后,我们的心情好起来,稍后我们觉得自己非常幸福啦,又过了一会儿,这屋子就像是我们自己的家了。在医院时我的病房就曾是我们的家,这间屋子像病房一样,同样是我们的家。

吃饭时凯瑟琳披着我的军上衣。我俩都很饿,晚饭十分可口,我们还喝了一瓶卡普里和一瓶圣伊斯特菲。酒大部分是我喝的,凯瑟琳也喝了一些,这让她的情绪一下子好了许多。晚饭我们吃了一只山鹬,配上蛋奶酥土豆,栗子泥和色拉,甜点吃的是意式酒蒸蛋糕。

“这间屋子真不错,”凯瑟琳说,“挺可爱的一间房。以前在米兰时,我们要是都来这里住就好啦。”

"这间屋子显得有些滑稽。可感觉还是挺好的。"

"乱淫真是件奇妙的事,"凯瑟琳说,"经营这一行当的人似乎还挺有品位的。这红红的长毛绒挺有肉欲感的。可以说是恰到好处。这些镜子也挺撩人心意的。"

"你是个可爱的姑娘。"

"我简直不知道早晨在这样的房间里醒来,会是什么样的感觉。不过,这房间的确很棒。"我又倒上了一杯圣伊斯特菲酒。

"我希望我们能做出点儿什么,叫我们觉得有负罪感,"凯瑟琳说,"我们做的每件事似乎都是那么纯真无瑕。我觉得我们做不出任何的错事来。"

"你真是个了不起的女孩儿。"我说。

"我只是觉得饿。我太饿了。"

"你是个很纯洁的女孩儿。"我说。

"我是个心地单纯的姑娘。除了你,没有人明白这一点。"

"当第一次遇到你时,我就整个下午都在想,如果我们俩一起住进加富尔大酒店(米兰最高档的酒店之一,一般不招待普通尉级军官),那会是什么样的感觉。"

"你的脸皮真厚。这又不是加富尔大酒店,不是吗?"

"不是。他们是不会让我们住进那家酒店的。"

"总有一天他们会接纳我们的。这就是我们俩之间的区别,亲爱的。我从来什么都不想。"

"一点儿也没想过?"

"想过一点儿。"她说。

"噢,你真是个可爱的女孩儿。"

我又斟上了一杯酒。

"我是个非常单纯的女孩儿。"凯瑟琳说。

"我一开始并不这么认为。我觉得你是个有点儿疯的女孩儿。"

"我以前是有点儿疯。但我是那种比较单纯的疯。我没有搞糊涂了你,是吗,亲爱的?”

“酒是一个好东西,”我说,“它让你忘掉一切不愉快的事情。”

“经你这么一说,酒确实有妙用,”凯瑟琳说,“但是,我父亲却因为喝酒得了严重的痛风病。”

“你父亲还在吗?”

“还在,”凯瑟琳说,“他患着痛风病。我不会强求你见他的。你的父亲还在吗?”

“不在了,”我说,“我有个继父。”

“我要认识他吗?”

“你不必见他的。”

“我们度过了如此美好的一段时光,”凯瑟琳说,“我不再对其他的任何人和物抱有兴趣。能嫁给你,我太幸福啦。”

侍者来了收拾走了碗碟。有一会儿,我们静静地坐着,能听到外面淅沥的雨声。下面的街道上传来一辆汽车的喇叭声。我吟诵道:

可在我身后,我总听见
时间的战车在张着羽翼紧逼①。

“我知道这首诗,”凯瑟琳说,“这是马韦尔写的诗。可它说的是一个女子不愿和一个男人一起生活的事。”

此时,我的头脑非常清楚和冷静,我想谈的是现实。

“你将到哪儿去生下这个孩子?”

“我不知道。去我能找到的最好的地方。”

“你将如何来安排这件事?”

“用我能想出的最好的办法。不要担心,亲爱的。在战争结束之前,我们兴许就有好几个孩子啦。”

---

① 这两行诗引自英国诗人安德鲁·马韦尔(1621—1678)的爱情诗《致我腼腆的情人》。

“快到该走的时间了。”

“我知道。如果你想着时间要到了,时间就到。”

“我不想让它到。”

“那么,亲爱的,你就不要着急。在这之前,你一直表现得不错,现在你着急了。”

“我不着急。你会经常给我写信吗?”

“我会每天给你写。他们会看你的信吗?”

“他们读不太明白用英语写的信,所以看了也无妨。”

“我会把信的内容写得很乱。”凯瑟琳说。

“但是不要太乱了。”

“我只让它们稍微地有点儿乱。”

“我们怕是得动身了。”

“好的,亲爱的。”

“真不想离开我们这个可爱的家。”

“我也是。”

“可是,我们得走了。”

“好吧。我们从未能把我们的家安得时间长一点儿。”

“将来会的。”

“等你回来时,我将为你建起一个温馨的家。”

“也许,我很快就会回来的。”

“或许,你的脚上会受点儿小伤。”

“或者是我的耳垂。”

“不。我想让你的耳朵好好的。”

“我的脚不用吗?”

“你的脚已经被炸伤过了。”

“我们得走了,亲爱的。真的该走了。”

“好吧。你在我前面走。”

# 第二十四章

我们走楼梯下来,没有乘坐电梯。楼梯上的地毯也踩得很旧了。在晚饭端上来时我就付了饭钱,那个给我们端饭的侍者正坐在旅店门口的一把椅子里。见我们出来,他忽地站了起来,向我鞠了个躬,我跟他到旁边的屋子里结了账。经理看在我们是朋友的份上,事先没有让我交押金,可在他下了班后仍然记得叫侍者在门口守着,以免我人走了而没有付房钱。我猜想这种事一定发生过,甚至是在朋友之间。在战争时期,一个人有太多的朋友。

我让侍者去给我们找一辆出租马车,他接过我手中拿着的凯瑟琳的包,撑了一把伞,出去了。我们站在小屋里,望着窗外,看见他在雨中横穿过马路。

“你好吗,凯特?”

“觉得好困。”

“我觉得肚子空空的,好饿。”

“你带吃的了吗?”

“带了,在野战背包里。”

我看见马车过来停下了,马儿在雨中低垂着头,侍者从车上下来,张开雨伞,朝旅店这边走。我们到了门口,有侍者给撑着伞,走过湿漉漉的便道,来到停在路旁的马车这里。排水沟中有雨水在哗哗地流淌着。

“我把您的包放在座位上了。”侍者说。他打着雨伞直到我们进到车里,我付给了他小费。

“多谢。旅途愉快。”他说。车夫扯了扯缰绳,马儿和车子动了起来。侍者打着雨伞离开回旅店去了。我们顺着街道先是左拐,然后一会儿右拐,来到了火车站。灯光下立着两个宪兵,刚好站在雨水淋不到的地方。有光映照在他们的帽子上。火车站的灯火把下泻的雨水映衬得清澈而又透明。一个脚夫耸着肩膀迎着雨,从拱廊下走了出来。

"不用,"我说,"谢谢。我不需要。"

他又回到了拱门下面。我朝凯瑟琳转过身来。她的脸隐在车篷的阴影里。

"我们俩不如就在车子上道别吧。"

"我不能进去送送你吗?"

"不用。"

"再见,凯特。"

"你告诉一下车夫医院的地址好吗?"

"好的。"

我告诉了车夫他要送往的地址。他点了点头。

"再见,照顾好你自己和你肚子里的孩子。"

"再见,亲爱的。"

"再见。"我说。我下了车到了雨中,马车走了。凯瑟琳探出身子,借着车站的灯光,我看到了她的脸。她笑着向我挥手告别。马车驶入了大街。凯瑟琳用手指着拱廊那边。我顺着她指的方向看,只看见了两个宪兵和拱廊。我明白了她是让我去拱廊,不要淋着雨。我到了拱廊里,看着马车拐过街角。随后,我穿过车站,沿着通道来到火车停的地方。

门房正在站台上找我。我跟着他上了火车,挤过人群,顺着通廊,穿过一道门,进到一节载满了人的车厢,那个机枪手正坐在车厢的一个角上。我的帆布背包和野战背包就放在他上方的行李架上。有许多人站在车厢的走廊里,我俩进来时,全车厢的人都在看着我们。火车上有好多人没有座位,车上的每个人都充满敌意。机枪手站起来,让我就座。有人从身后拍了拍我的肩膀。我回头去看。是一个瘦高个儿的炮兵上尉,在他的下巴上有一道红色的伤疤。他是在火车通廊的玻璃上看到这一情景后进来的。

“你要怎么样?”我问。此时,我已经转过身子,面对着他。他比我高,他掩在帽舌阴影中的脸显得格外消瘦,脸上的那道新伤疤闪着亮光。车厢里的每个人都在看着我。

“你不能这么做,”他说,“你不能让一个士兵给你占位子。”

“我就这么做了。”

他忍了忍,我看见他的喉结上下动了动。机枪手站在那个座位前。通廊里的人从玻璃上往里面瞧。车厢里没有一个人吭声。

“我比你早到两个小时,你没有权利这么做。”

“你想怎么样?”

“我要这个座位。”

“我也要。”

我注视着他的脸,我能感觉到整个车厢的人都在反对我。我不能怪他们。因为他占着理。可我想要这个座位。还是没有任何人说话。

噢,该死,我想。

“请坐,上尉先生。”我说。机枪手离开了座位前面,高个子上尉坐下了。他看着我,像是受到了委屈和伤害似的。但他得到了座位。“把我的东西拿下来。”我跟机枪手说。我们到了车厢外面的通廊里。火车上挤满了人,我知道再想找到个位子是不可能了。我给了门房和机枪手每人十个里拉。他们俩下了火车,在站台仍从车厢的窗口上往里张望,可是没有座位了。

“或许到了布雷西亚会有人下车的。”门房说。

“到了布雷西亚会有更多的人上车。”机枪手说。在我跟他们握手道别后,他俩走了。他们两人都觉得有点儿对不住我。火车开动时,我们通廊里的人都站着。我望着车窗外面,望着车站和货场的灯光。雨还在下着,不一会儿车窗就被打湿,看不清楚外面了。后来,我睡在了通廊的地板上;我先是把装着钱和证件的皮夹子放进我的衬衣和裤子里面,接着塞进到我马裤的裤腿里。我睡了一整夜,在火车到了布雷西亚和维罗纳时由于上车的人多,我醒过两次,随后马上就又睡着了。我把一个野战背包枕在头下面,把另一个抱在怀里,这样我便能感觉到我的东西还在,过往的人如果不想踩着我,那他们就从我身上跨过去。整个通廊的地板上都睡满了人。也有的人握着车窗上面的铁杆或是倚着门站着。那趟列车上总是挤满了人。

# 第三部

# 第二十五章

眼下进入秋季，树上的叶子都掉光了，路上到处是泥泞。我乘军用卡车从乌迪内到戈里察去。一路上我们超过不少别的军用卡车，眼睛看到的都是乡下风光。光秃秃的桑树，褐色的田野，路边树木掉落在雨水中的叶子，沿途对公路进行修缮的工人（他们把路边树木间堆放的碎石子填压在车辙里）。因为有雾，镇子那边的大山都看不见了。过桥时，我看到河水涨得又高，流得又急。山里面这些天也一直在下雨。我们驶进城里，经过了许多的工厂、民房和别墅，我看到不少的房屋被炸毁。在一条不宽的街道上，我们超过了一辆英国红十字会的救护车。驾驶它的司机戴着帽子，面庞消瘦，晒得黧黑。我不认识他。我在镇长住宅前的大广场下了车，司机帮我递下我的帆布背包，我把它挎在身上，又背上了那两个野战背包，向我们的别墅走去。我一点儿也没有回到家的感觉。

我沿着潮湿的沙砾车道走，眼睛看过树林望着我们住的别墅。所有的窗户都紧闭着，只有门是开着的。我走了进去，看见少校正坐在桌子旁边，屋子里空荡荡的，除了墙上挂着的一些地图和打印好的东西。

“喂，”少校说，“你好吗？”他看上去老了和干瘪了许多。

“我挺好，”我说，“战况怎么样？”

“都结束了，”他说，“放下行李，坐坐吧。”我把背包和那两个野战背包放在地板上，把帽子放在背包上面。我从墙角搬过一把椅子，坐到了桌子旁边。

“这个夏天的天气很糟糕，”少校说，“你身体恢复了吗？”

“恢复了。”

“给你授勋了吗?”

“授了。谢谢你的提携。”

“让我看看。”

我解开了斗篷,这样他便能看到那两条勋带了。

“你收到盒装的勋章了吗?”

“没有。只有证书。”

“勋章还得过些日子。这需要时间。”

“你是否有任务要交给我?”

“救护车都派出去了。派到了北边的卡波雷托[1]。你知道卡波雷托吗?”

“知道。”我说。我记得那是一座白色的小城,在它的山谷里有一座钟楼。

那是一个很干净的城镇,在它的广场上有一个漂亮的喷水池。

“他们将那儿作为基地。现在战斗是结束了,可有了许多生病的士兵。”

“其他的那些车辆呢?”

“有两辆在山里,有四辆还在班西扎。其他的两个救护车队跟第三军团在卡索。”

“你想让我做什么?”

“如果你愿意,我想叫你去班西扎接管那四辆救护车。基诺已经在上面待了不短的时间。你还没有去过那里吧?”

“没有。”

“情况很糟糕。我们已损失了三辆车。”

“我听说了。”

“是的,利纳尔迪已写信告诉过你了。”

“利纳尔迪在哪儿?”

“他就在这里的医院里。他整整忙了一个夏天和一个秋天。”

---

① 1917年10月,伊松佐河沿岸进行了意大利战线最著名的一场战役——卡波雷托战役,几乎导致意军的覆灭。

"我信。"

"战局非常糟糕,"少校说,"你简直想象不到有多糟。我常常想你在那个时候受了伤,还是挺幸运的。"

"我是很幸运。"

"明年情况会更糟,"少校说,"或许,他们现在便要进攻了。他们扬言马上要开始进攻,可我不太相信,已经错过了进攻的季节。你看到现在的河水了吗?"

"是的,已经涨起来了。"

"我认为既然雨季来了,他们就不会现在进攻了。过不了多久便会下起大雪。你们美国人那一方面的情况怎么样? 除了你,还会有其他的美国人来吗?"

"他们正在训练一支一千万人的军队。"

"我希望能分给我们一些。可法国人就会把他们全都留下了。我们这里不会得到一兵一卒的。好了。你今夜就住在这里,明天开那辆小车出发,把基诺替换回来。我会给你派一个熟悉路的人跟着你。基诺会告诉你那里的一切情况。他们不时地还炮轰一阵子,不过,一切都结束了。你会想看看班西扎的。"

"我很高兴能再去那里。很高兴又回来跟你在一起了,少校长官。"

他笑了。"你能这么说,很好。我已经厌倦了这场战争。要是我离开了这里,我相信我是不会再回来的。"

"真的有那么糟吗?"

"是的。糟得不能再糟了。上去洗洗吧,见见你的朋友利纳尔迪。"

我出来拿着行李上了楼。利纳尔迪不在房间里,可他的东西都在,我坐在床边,缠开绑腿,脱下右脚上的鞋。然后,躺在了床上。我很累,觉得右脚很疼。只把一只脚上的鞋子脱掉躺在床上,似乎显得有点儿滑稽,于是我坐起来,解开了另一只鞋,把它扔在了地板上,随后又躺在了毯子上。窗户关着,屋子里有些闷,可我太乏累了，懒得再起身去打开窗户。我看见我的东西都被整理到屋子的一角。外面，天色渐渐地暗下来。我躺在床上，心里想着凯瑟琳，等着利纳尔迪回来。我正在努力尝试着不去想凯瑟琳，除了在晚上入睡前的那一小会儿。可现在我累了，也无事可做，所以我躺着在想她。正这样想着的时候，利纳尔迪进来了。他还是从前的样子。也许，略微瘦了一点儿。

“喂，宝贝。”他说。我从床上坐了起来。他过来，坐在床边，用手臂抱住了我。“好宝贝。”他用力拍着我的背，我握住了他的胳膊。

“好宝贝，”他说，“让我来看看你的膝盖。”

“那我得脱下裤子才行。”

“脱掉你的裤子，宝贝。我们俩是朋友。我要看看他们给你做的手术怎么样。”我站起来，脱下裤子，拿掉了护膝绷带。利纳尔迪坐在地板上，轻轻地来回弯动我的膝盖。他用手指抚摸着伤疤的边缘处，用他的两个大拇指一起按住我的膝盖骨，用手指轻轻地摇晃我的膝盖。

“他们就把你的关节联结到这个程度吗？”

“是的。”

“他们就这样把你打发回来，简直是罪过。他们应该把你的关节全都接好的。”

“这比以前好多了。原先僵硬得像块木板一样。”

利纳尔迪又把它往下弯了弯。我注视着他的手。他有一双外科大夫的纤巧的手。我看着他的头顶，他的头发很亮，从中间整齐地分开。他又把我的膝盖用力弯了一下。

“哎呀！”我喊了一声。

“你本该再进行一段时间的机械治疗。”利纳尔迪说。

“比以前强多了。”

“我明白，宝贝。这个我比你在行得多。”他站起来，坐在了床边。“膝盖的手术做得不错。”他检查完了我的膝盖。“给我说说你的情况吧,你的一切情况。”

“没什么可讲的,”我说,“我过了一段很平静的生活。”

“听你说话的口气,像是个结过婚的人了,”他说,“你怎么啦?”

“我没事,”我说,“你好吗?”

“这场战争快要我的命了,”利纳尔迪说,“战争让我感到非常沮丧。”他把两只手交叠着放在膝上。

“哦。”我说。

“怎么啦? 难道我就连点儿人的冲动也不能有了吗?”

“不是的。能看得出来,你这段日子过得很充实。说说你的情况。”

“整个夏天和秋天,我都在做手术。我总是在工作着。我什么活儿都干。一切难做的手术,他们都留给我来做。向上帝起誓,宝贝,我正在成为一个优秀的外科大夫。”

“这多好啊。”

“我从不思考。向上帝起誓,我不思考,我就是做手术。”

“这就对了。”

“但是现在,宝贝,这一切都结束了。我现在不做手术了,随之心情也变得糟透了。这是一场可怕的战争,宝贝。我这么说,你一定也有同感。现在,你回来了,我真的很高兴。你帮我捎回来唱片了吗?”

“带回来了。”

这些唱片裹着纸放在我背包的纸板盒里。我太累了,还没有把它们从包里拿出来。

“难道你自己的心情也不好,宝贝?”

“很不好。”

“这场战争太可怕啦,”利纳尔迪说,“来吧。让我们喝酒,高兴起来。让我们喝得烂醉如泥。到那时,我们就会觉得好受多了。”

“我得了黄疸病，”我说，“我不能饮酒。”

“噢，宝贝，你就这个样子回到我的身边来了。你归来，带回一脸严肃的表情，还有肝病。我说这场战争打得真晦气。我们为什么要打这场战争呢？”

“让我们来喝酒吧。我并不想喝醉，可我们还是要喝一杯。”

利纳尔迪走到屋子另一头放脸盆架的地方，拿过来一瓶科涅克白兰地和两个杯子。

“奥地利白兰地，”他说，“七星级的。这是他们在圣加布里埃尔所获得的唯一的战利品。”

“你当时也在那儿吗？”

“不在。我哪儿也没去。我一直在这里做手术。瞧，宝贝，这是你那个旧刷牙杯子。我一直留着它，为的是能让我想起你。”

“是为了提醒你自己每天刷牙吧。”

“不是的。我有自己的刷牙杯子。我留着它是提醒我你早晨是怎样想从牙齿上刷掉罗萨别墅的味道，怎么诅咒吃阿司匹林和诅咒妓女。每次看到你的那个刷牙杯子，都能让我想起你是怎样用牙刷洗涤着你的良心。”他凑近到床边，“吻我一下，跟我说你并非那么严肃，那么一本正经。”

“我从不吻你。你是个类人猿。”

“我知道，你是盎格鲁－撒克逊族的好小伙。我知道。你是一个知悔改的好小伙，我知道。我在等着看，我们的盎格鲁－撒克逊小伙何时就用牙刷把妓女们给刷跑了。”

“把杯子里倒上白兰地。”

我俩碰碰杯，喝了起来。利纳尔迪在笑着逗我。

“我要把你灌醉，取出你的肝，给你换上一个意大利人的健康的肝，让你重新成为一个健壮的男子汉。”

利纳尔迪又给我倒上一杯白兰地。现在外面已经完全黑了下来。我端着白兰地酒杯，走过去打开了窗户。雨已经停了。外面天气转冷，林木间笼罩着雾气。

“不要把酒倒在窗户外面，”利纳尔迪说，“如果你不想喝，就把它给我。”

“你自己去倒吧。”我说。又见到了利纳尔迪，我心里很高兴。相处两年来，他常常这样逗我，而我呢，也喜欢他的调笑打诨。我们都彼此非常地了解对方。

“你结婚了吗？”他在床那边问。我靠着窗户这边的墙站着。

“还没有。”

“你恋爱了？”

“是的。”

“跟那位英国姑娘？”

“对。”

“可怜的宝贝。你觉得她好吗？”

“当然。”

“我指的是她的那一方面，你觉得她好吗？”

“闭嘴。”

“我会的。你将会发现我是一个极其挑剔和极其敏感的人。她是否——？”

“里宁，”我说，“请你闭嘴。如果你还想要做我的朋友，就闭嘴。”

“我不是想做你的朋友，宝贝。我就是你的朋友。”

“那么，你就闭嘴。”

“好吧。”

我走到床前，坐在了利纳尔迪的旁边。他端着酒杯，眼睛看着地板。

“你明白这是怎么回事，是吗，里宁？”

“噢，是的。在我这一生当中，我总是碰到这些神圣的题目。但在你这里，还几乎没有过。我想，在你心中一定也有一些神圣的东西不可触碰。”他看着地板说。

“难道你没有吗？”

"没有。"

"一点儿也没有。"

"没有。"

"那么,我可以随意地说你母亲这、道你妹妹那了?"

"道你的妹妹那。"利纳尔迪急忙说。我们两个人都笑了。

"还是那个老超人。"我说。

"或许,我是嫉妒吧。"利纳尔迪说。

"不,你不是。"

"我不是那个意思。我指的是别的一些东西。你有结了婚的朋友吗?"

"有的。"我说。

"我没有,"利纳尔迪说,"除非是他们夫妇两人不相爱。"

"为什么没有?"

"因为他们不喜欢我。"

"为什么不喜欢?"

"因为我是那条蛇。我就是那条理智之蛇。"

"你搞混淆了。那苹果才是理智。"

"不对,是蛇。"他变得开心起来。

"在你不做深刻的思考时,你要可爱得多。"我说。

"我爱你,宝贝,"他说,"当我在变成一个伟大的意大利思想家时,你就戳穿我。不过,我知道许多东西,尽管我不能把它们表达出来。我懂得比你多。"

"是的。你比我懂得多。"

"但是,你将来会过得比我好。即便是怀着忏悔的心情,你也会过得比我好。"

"我并不这么认为。"

"噢,是的。真的是这样。我唯有在工作时,才觉得快活。"他的眼睛又一次看向地板。

"你会好起来的。"

"不会的。除了工作,我现在只喜欢两件事:一件对我的工作不利,另一件在半个钟头或是十五分钟内便搞完了。有时甚至还到不了十五分钟。"

"有时甚至更短。"

"或许,我比以前进步了,宝贝。你不了解。不过,我只剩下这两件事和我的工作啦。"

"你还会再有别的东西的。"

"不。我们从不会获得任何东西的。我们与生俱来的,就是我们全部的所有,我们再不会学到什么。再不会得到什么新的东西。我们生下来是什么样,以后也会是什么样。你应该庆幸自己不是一个拉丁人。"

"世界上就没有什么拉丁人。那是'拉丁式'思维。你对自己的缺陷是如此感到自豪。"

利纳尔迪抬起头,哈哈地大笑起来。

"我们不争论啦,宝贝。我累了,不想过多地思考了。"他在进来时看上去就很疲惫。"就到吃饭的时间了。你回来,我真的很高兴。你是我最好的朋友,也是我的战友。"

"战友们什么时间开饭呢?"我问。

"这就到点儿了。为了你的肝,我们再喝一杯。"

"就像圣保罗那样。"

"你说得不准确。那说的是酒和胃。为了你的胃喝一杯。"

"管他瓶子里是什么酒,"我说,"管他是为了什么而喝。"

"为你的女朋友。"利纳尔迪说。他拿着酒杯碰过来。

"好的。"

"我以后再不会说她的脏话了。"

"不必这么在意的。"

他一口喝光了杯中的白兰地。"我其实是很单纯的,"他说,"就像你一样,宝贝。我也将找上一个英国女孩儿。事实上,我比你更早认识你的女朋友,只是她的个子高,不太适合我。一个高个子的女孩儿只配做妹妹[1]。”他用了一个典故说。

“你有个特别纯洁的心灵。”我说。

“是吗？这就是人们为什么叫我最纯洁的利纳尔迪了。”

“最纯洁的利纳尔迪。”

“好了，宝贝，趁我的心灵还纯洁的时候，让我们下去吃饭吧。”

我洗漱了一下，梳了梳头，和利纳尔迪一起下了楼。利纳尔迪已喝得有些醉了。到了我们吃饭的房间里，饭菜还没有完全准备好。

“我去拿瓶酒来。”利纳尔迪说。他出了屋子上楼去了。我坐在餐桌前，他拿着瓶子回来，给我们每个人倒了半杯白兰地。

“倒得太多了。”我说着端起了酒杯，眼睛看着餐桌上的灯。

“空腹不宜饮酒。酒这东西真奇妙。它能完全烧坏了你的胃。对你再有害不过了。”

“说得对。”

“日复一日地自我摧残，”利纳尔迪说，“它弄坏了你的胃，让你的手战栗。这正是一个外科大夫所需要的。”

“你推荐它？”

“衷心地推荐。我从不喝别的东西。喝下去，宝贝，你就等着生病吧。”

我喝下去了一半。我听见勤务兵在走廊里喊：“汤，汤好了！”

少校走进来，跟我们点了点头，坐下了。在餐桌旁的他显得格外瘦小。

“就我们这几个人吗？”他问。勤务兵把汤盆端了进来，少校盛了满满的一碗汤。

“如果牧师不来，”利纳尔迪说，“这就是我们所有的人了。要是他知道费德里克回来了，他一定会来。”

---

① 据《圣经·创世记》第十二章第10—20节，亚伯拉罕因饥饿避难埃及，怕埃及人垂涎他的美貌妻子撒来，便杀了她，并谎称她是他妹妹。

"他去哪里了？"

"307。"少校说。他正咕噜咕噜地喝着汤。一边擦着嘴，一边小心地捋着他上翘的灰色胡子。"我想他会来的。我打电话给他们那边，给他留下话说你回来了。"

"我很怀念食堂里那一热闹的气氛。"我说。

"是的，显得有点儿太安静了。"少校说。

"那我现在就来闹腾闹腾。"利纳尔迪说。

"喝点儿酒，恩里科。"少校说。他给我倒满了杯子。实心面端上来，大家都忙着吃起来。在我们快要吃完面时，牧师来了。他一如他从前的样子，小小的蛮结实的身材，棕色的皮肤。我站起来，我们相互握了握手。末了，他把手搭在我的肩上说：

"我一听说你回来，就赶来了。"

"快坐吧，"少校说，"你来迟了。"

"晚上好，牧师。"利纳尔迪用英语的词汇说，他们是从总爱戏弄牧师的上尉那里听来的这几个词，上尉会说一点儿英语。"晚上好，利纳尔迪。"牧师说。勤务兵给牧师端来了汤，他说他想先吃面。

"你好吗？"牧师问我。

"挺好的，"我说，"你那边情况怎么样？"

"请喝点儿酒，牧师，"利纳尔迪说，"为了你的胃，喝点儿酒。这是圣保罗的教诲，你知道的。"

"是的，我知道。"牧师很有礼貌地说。利纳尔迪给牧师的杯子里斟满了酒。

"就是这个圣保罗，"利纳尔迪说，"制造了所有这一切的麻烦。"牧师看着我，笑了笑。看得出来，他已经不为别人的戏弄所触动了。

"这个圣保罗，"利纳尔迪说，"他是个酒鬼，是个财色的追逐者，在他不再嗜酒以后，他就说酒这个东西的不好了[①]。在他的欲

① 关于圣保罗皈依基督教的故事，详见《圣经·使徒行传》第九章第1—9节。

望枯竭时,他给我们这些欲望仍然强烈的人定下了规矩。是这样的吗,费德里克?”

少校笑了笑。我们现在都吃起了炖肉。

“我从不在天黑后谈论圣徒。”我说。牧师抬起头,对着我笑了。

“他,费德里克,现在站到牧师一边去了,”利纳尔迪说,“那些爱逗弄牧师的人都哪里去了?卡瓦尔坎蒂去哪儿啦?布伦迪去哪里啦?切萨雷去哪里啦?难道就得让我孤军作战吗?”

“他是个好牧师。”少校说。

“他是个好牧师,”利纳尔迪说,“但他仍然是个牧师。我尽量想让气氛像从前那样活跃起来。我想叫费德里克高兴。见鬼去吧,牧师!”

我留意到少校在看着利纳尔迪,知道他喝酒了。他消瘦的脸发白,前面黑亮的头发与他苍白的额头形成鲜明的对比。

“没有关系,利纳尔迪,”牧师说,“没有关系。”

“你见鬼去吧,”利纳尔迪说,“让这该死的一切都见鬼去吧。”说完他坐在了椅子上。

“他工作压力大,人太累啦。”少校跟我说。他吃完了炖肉,用一块面包蘸着吃盘里的肉汁。

“我才不在乎呢,”利纳尔迪对全桌的人说,“让这一切都见鬼去吧。”他像跟人吵架似的看着全桌的人,他眼中无神,面色苍白。

“好吧,”我说,“让这该死的一切都见鬼去吧!”

“不,不,”利纳尔迪说,“你不行。你不行。我说你不行。你除了乏味和空虚,没有别的。没有别的,我告诉你。绝对没有。我知道,我一停下工作就会是这样。”

牧师摇着他的头。勤务兵收拾走了吃过炖肉的盘子。

“你怎么也吃了肉?”利纳尔迪朝牧师转过身来,“难道你不知道今天是星期五?”

“今天是星期四。”牧师说。

"你说谎。今天是星期五。你在吃我们主的身体。这是上帝的肉。我知道。这是奥地利死人的肉。你吃的正是他们的肉。"

"那白的膘肉是军官们的。"我说,把这个老笑话补充完整。

利纳尔迪大声笑了起来。他把杯子里又斟满了酒。

"不要对我介意,"他说,"我刚才是有点儿疯了。"

"你应该去休休假。"牧师说。

"你认为我应该去休假?"

少校朝牧师摇着头。利纳尔迪看着牧师。

"随你的意吧,"牧师说,"如果你不想,就不要去。"

"见你的鬼吧,"利纳尔迪说,"他们都想要摆脱我。每天晚上他们都想摆脱掉我。我击退了他们。即便我得了它,那又怎么样。人人都患有这种病。全世界的人都患有这种病。先是,"他操起一种讲课人的口吻说,"皮肤上起来小小的脓包。然后我们注意到在两个肩膀间会发出皮疹。末了,我们就什么也看不到了。我们相信用水银来进行治疗。"

"或者是用洒尔佛散[①]。"少校轻轻地插了一句。

"一种水银产品。"利纳尔迪说,现在他变得激昂起来。"我知道有一种东西,比那种贵重一倍。我的好牧师啊,"他说,"你永远甭想得到它。宝贝才能弄到它。这是一种工业上的意外发现。只是工业上的一种意外发现。"

勤务兵送进来甜点和咖啡。点心是一种黑面包布丁,上面浇了一层黄油甜酱。油灯里正冒着烟;黑烟从灯罩里呼呼地往上冒。

"拿两根蜡烛来,撤走油灯。"少校说。勤务兵拿进两根点燃的分别放在两个碟子里的蜡烛,把油灯吹灭端了出去。利纳尔迪现在安静下来。他看起来没事了。我们聊着天,喝完咖啡后,大家都来到大厅里。

"你想跟牧师聊聊。我还得进城一趟,"利纳尔迪说,"晚安,

---

① 俗名606,是当时治疗梅毒的特效药。

牧师。”

“晚安,利纳尔迪。”牧师说。

“我们回头见,弗雷迪。”利纳尔迪说。

“好的,”我说,“早点儿回来。”他做了个鬼脸,走出门去。少校正和我们站在一起。“他工作时间太长,过于劳累啦,”他说,“他以为他也染上了梅毒。我不相信,不过,也许他有。他正在给自己治疗。晚安。你将在天亮前动身,是吗,恩里科?”

“是的。”

“那么,我们就在这里告别了,”他说,“祝你好运。佩杜齐会叫醒你,跟你一块去。”

“再见,少校长官。”

“再见。他们都在谈论奥军进攻的事,但我不相信。我希望不会有。即便有,也不会是在这里。基诺会告诉你一切的。现在电话也畅通了。”

“我会常常给你打电话的。”

“好的。晚安。不要让利纳尔迪喝太多的白兰地。”

“我尽量劝他吧。”

“晚安,牧师。”

“晚安,少校长官。”

少校出去后进了他的办公室。

# 第二十六章

我走到门口,往外看了看。外面雨停了,可有雾笼罩着。

"我们上楼去好吗?"我问牧师。

"我只能待一小会儿。"

"上来吧。"

我们爬上了楼梯,进到我的房间。我躺在利纳尔迪的床上,牧师坐在勤务兵给我支起的行军床上。屋子里很暗。

"噢,"他说,"你真的好了吗?"

"好了。我今晚觉得有些疲惫。"

"我也觉得疲惫,可找不出任何的缘由。"

"仗打得怎么样啦?"

"我想不久就会结束了。我说不上来原因,但我能感觉到要结束了。"

"你是怎么感觉到的?"

"你知道你们少校现在的情绪吗?不再有激情了,变得温和了?许多人现在都有像少校这样的情绪了。"

"我也有同感。"我说。

"这个夏天过得太艰难啦。"牧师说。现在,他比我走前变得更加自信了。"你很难相信有多糟糕。除非是你经历了,你才能知道它有多糟。许多人在今年夏天都对战争有了认识。那些以前我认为从不会对战争有所认识的军官们,现在对战争也有些认识了。"

"那将会发生什么呢?"我用手摩挲着毯子。

"我不知道,可我觉得仗是打不了多长时间了。"

“会发生什么呢?”

“他们会停止战斗的。”

“哪一方?”

“双方都会停下的。”

“但愿如此。”我说。

“你不相信会停战?”

“我认为,双方不可能很快便会停止战斗。”

“我想也不会。这样想会期望过高了。可是,当我看到在人们身上所发生的变化时,我觉得这仗是很难打得下去了。”

“哪一方在今年夏天仗打赢了?”

“哪一方也没有。”

“奥军打赢了,”我说,“他们阻止了我们攻下圣加布里埃尔。他们打赢了。他们不会停战的。”

“如果他们对战争的感受和我们一样,他们也许会停下来的。他们经历了同样的事情。”

“打胜仗的一方绝不会停战。”

“你这么说,我有些失望。”

“我只能坦诚地说出我的想法。”

“那么,你认为战争会这样一直打下去了?什么也不会发生?”

“我不知道。我只知道奥军在取胜后不会停止进攻。我们是因为打了败仗,才变成了基督徒。”

“奥地利人都是基督徒——除了波斯尼亚人以外。”

“我不是指形式上的基督徒。我指的是像我们的上帝那样的。”

他没有吭声。

“我们现在都变得温和起来了,因为我们打了败仗。要是彼得在花园里救了我们的上帝,那么,我们的上帝会怎么样呢?”

“他还会是原来的他。”

"我并不这么认为。"我说。

"你的话让我有些失望,"他说,"我相信,我祈祷,有什么事情就要发生了。我已感觉到它非常近了。"

"变化可能发生,"我说,"但只会发生在我们身上。如果他们跟我们有同样的感受,事情就好办啦。但是,他们打败了我们。他们有着不同的感受。"

"很多士兵从一开始就有和我们现在一样的感受。那可不是因为他们被打败了。"

"从一开始,他们就被打败了。从叫他们离开了他们的农场、将他们编入部队的那一刻起,他们就被打败了。所以说农民有智慧,因为他们从一开始就被打败了。如若让他们执掌政权,就知道他们有多聪明了。"

他什么也没说。他在思考。

"现在,我自己变得沮丧了,"我说,"所以我从不去想这些事情。从来不去想,可在谈话时,我就会把我心里的这些感想不假思索地说了出来。"

"我曾怀有希望。"

"希望被打败吗?"

"不是。比这要好。"

"不会有比这好的了。除非是打胜了。那样,也许会更糟。"

"有很长一段时间,我曾期盼着胜利。"

"我也是。"

"现在,我不知道了。"

"不是胜,就是败。"

"我不再相信胜利了。"

"我也不信。可我也不相信会战败。尽管那样也许会更好。"

"那么,你相信什么呢?"

"睡觉。"我说。听到我说睡觉,他站了起来。

"很抱歉待了这么长时间。不过,我很喜欢跟你谈谈的。"

“很高兴能再聚在一起说说话。我刚才说睡觉,并无其他的意思。”

我们站起来,在黑暗中握手告别。

“我现在睡在 307 那边了。”他说。

“我明天一早出发去救护站。”

“等你回来了,我来看你。”

“到那时,我们再一起出去散步,聊天。”我送他到门口。

“不要下去了,”他说,“你回来了真好。尽管对你来说,不是那么好。”他把手放在了我的肩膀上。

“对我来说,也挺好的,”我说,“晚安。”

“晚安。再见!”

“再见!”我说。我觉得自己困得要死。

# 第二十七章

利纳尔迪进来时我醒了,可他并没有跟我说话,随后我又睡着了。凌晨天还没亮,我就动身了。我走时,利纳尔迪还睡着。

以前我从未见过班西扎高原,此次来到我上次负伤的河边的上游,行驶在曾被奥军占领的山坡上,心中有种异样的感觉。这里新修了一条陡峭的山路,路上有许多卡车。在远处公路变得平坦的地方,有树林和很陡的山峦笼罩在雾中。有些树林是很快被拿下的,所以没有遭到毁坏。再往前走,没有了山体做掩护的公路,在它的两侧和上面都搭了席子做屏障。公路中止在一个被炸毁的村庄前。村子那边再往上面去就是前线了。这里架着许多大炮。虽然房屋损毁得很严重,但一切组织得井然有序,处处都立有指示牌。我们找到了基诺,他给我们煮了些咖啡,后来我跟他见了几个人,到各个救护站里看了看。基诺说英国人的救护车在班西扎那边的拉夫内运送伤员。他很佩服英国人的工作精神。有的时候,敌军还向这边开炮,他说,不过,造成的伤亡不大。现在雨季来了,生病的人多了起来。奥军声称要进攻,但他不相信。我方也说要进攻,但新的部队一点儿也没有补充上来,所以他认为也没可能。这里食物短缺,他很想在到了戈里察之后好好地吃上一顿。他问我昨晚吃什么了,我告诉了他,他说我真有口福。他尤其对我提到的甜点印象深刻。其实,我并没有给他细加描述,只说是一道甜食,我想他一定以为那是一种比面包、布丁更高级更精致的点心了。

他问我知道他将被派往哪里吗?我说我不知道,不过,别的几辆救护车是在卡波雷托那边的。他希望到那个地方去。那是个怡人的小镇，他喜欢镇子后面高耸的山峰。他是个好小伙，每个人似乎都喜欢他。他说在圣加布里埃尔打的那一仗败得很惨，还有在洛姆展开的进攻也是一塌糊涂。他说奥军在我们上边的泰尔诺瓦山脉的林地里布置了许多门大炮，一到晚上就对道路进行炮轰。最叫他胆寒的是敌人海军的大炮。我会识别出它们来的，因为它们的弹道是平直的。你刚听到那边轰的一声，尖厉的嘶鸣声马上就过来了。他们通常是两门炮齐发，两颗炮弹接连而至，炸开的弹片很大。他让我看了一块弹片，一个足有一英尺长的锯齿形的金属片。看上去像是巴比特合金。

"我并不觉得它们的威力有多大，"基诺说，"可却怪吓人的。这些出膛的炮弹听上去好像都是冲着你发射过来的。先是轰的一声，随即便是嘶鸣和爆炸声。如果一听见就把你吓个半死，即使不受伤又有何用?"

他说，在我们对面的敌人阵地上，现在出现了克罗地亚人和马扎尔人①。我们的部队目前还处在进攻态势。可是如果奥军一旦发动进攻，我们既没有线路进行联络，也没有地方可退。靠近高原的那些低矮的山岭，本是很好的防守阵地，可却没有人去组织，没有人去防守。不过，话说回来，我对班西扎这个地方怎么看呢?

我原以为它是一个比较平坦的高原，却没有想到它会如此高低不平。

"高地上的平原，"基诺说，"但却没有平原。"

我们又回到了基诺住的那所房子的地下室里。我说我认为一个顶部平坦且有一定深度的山脊，实际上比一些相连的小山更容易防守。我争辩说，往山上进攻并不比平地上进攻难。"那要取决于它们是什么样的山，"他说，"看看圣加布里埃尔山吧。"

"是的，"我说，"不过，问题是出在了山顶，山顶太平坦了。让他们很容易地攻了上来。"

---

① 克罗地亚在中古时期是一王国，后成为奥地利王室的领地，马扎尔人系匈牙利的主要民族。

“并非是那么容易攻上来的吧。”他说。

“你说的也对,”我说,“可这是一个特别的个例,因为与其说它是一座山,还不如说它是个要塞。奥军已经经营它好多年了。”我的意思是说,从战术上来讲,凡是带有一定机动性的战争,用一连串的山作防线,并不可取,因为很容易被敌人包抄。作战时你要尽可能地多一些机动性,而在山上则不可能有很大的机动性。而且,从山上往下射击,往往会射高。如果侧翼一旦失守,那些精兵良将就会被困在高山顶上。我并不认同山地战。我曾对它做过许多的思考,我说。你抢占了一个山头,他夺取了另一个,但当真正解决问题时,人人都得从山上下来。

“那么,在以山作为边界的地方,你又将如何应对呢?”他问。

“对这个问题,我还没有想出解决的办法,”我说。我俩都笑了起来。“不过,以往奥军总是败在维罗纳附近的方形要塞。对方把他们诱下山来,然后在山下将他们消灭。”

“你说得没错,”基诺说,“可当时奥军的对手是法国人,当在别国的领土上作战时,你在解决那些军事上的问题时,总能保持清楚的头脑。”

“是的,”我赞同道,“如果是在你自己的国家,你不可能那么科学冷静地做出处置。”

“俄国人却做到了,他们将拿破仑诱入了圈套。”

“是的,可他们有幅员辽阔的国土。在意大利,如若你想要诱敌深入,给拿破仑设置陷阱,那你就得退到布林迪西(位于意大利东南端的海港城市)去了。”

“一个条件很恶劣的地方,”基诺说,“你去过那里吗?”

“去过,但没有停留。”

“我是个爱国主义者,”基诺说,“可我对布林迪西或是塔兰托(也是位于意大利东南端的海港城市)却怎么也爱不起来。”

“你喜欢班西扎吗?”我问。

“那是片神圣的土地,”他说,“可我还是希望能在它上面种上更多的马铃薯。你知道吗,在我们刚到这里的时候,我们发现了奥军在这儿种下的马铃薯。”

“这儿真的缺少食物吗?”

“我自己在这儿从没吃过饱饭,虽然我能吃到也没饿过肚子。伙食很平常,前线的部队吃得不错,可支援的部队就不行了。有什么地方出了问题。食物本来是应该充足的。”

“角鲨鱼都卖到别的地方去了。”

“是的,他们供给前方部队尽可能多的食物,可后方的部队就缺粮少炊了。他们把奥军种下的马铃薯和林子里的栗子都吃光了。该给他们吃得好一点儿。我们都是能吃的汉子。我确信食品一定是够吃的。让士兵们填不饱肚子是很糟糕的。你留意到了吗,这会让他们在思想上产生动摇。”

“是的,”我说,“这样一来,只能是输掉而不可能赢得这场战争了。”

“我俩就不要再谈打败仗啦。人们对此已谈论得够多了。我们今年夏天所做的努力不会是徒劳的。”

我没有再说什么。每当听到神圣、崇高、奉献牺牲这样的字眼和一些堂而皇之的表达时,我总是觉得很尴尬。我们经常听到这样的字眼,有时是列队站在雨中,只有高喊的词语穿过风雨声进入我们的耳鼓,我们也读到它们,是在别人张贴在旧公告上的新公告上读到的,如今已经过去了这么长的时间,我没有看到任何神圣的东西,那些所谓光荣的事物也并不光荣,生命的牺牲就像芝加哥的屠宰场,所不同的只是这肉体没有经过加工便被埋掉了。有许多字眼你根本听不进去,到最后,只是地名还有点儿尊严。一些数字和一些日期,还有这些地名,就是一切你值得提起并具有点儿意义的东西了。与具体的村名、路号、河流的名字、部队的番号和日期相比,诸如光荣、名誉、勇气或是神圣这样的抽象名词就显得有些粗鄙了。基诺是个爱国者,他说的话有时会造成我们之间的隔阂,可他是个好小伙,我能理解他作为一个爱国者所说的这些话。他是个天生的爱国者。他和佩杜齐离开班西扎、开小车返回戈里察去了。

那天一直下着暴雨。雨被风卷着倾泻下来，到处是积水和泥泞。被毁房屋的泥灰被浇得水湿，呈现出灰色。雨在傍晚的时候停了，我从第二救护站的位置看到了秋雨过后乡下光秃秃的景象，乌云还聚集在山顶上，遮挡起公路的席子在湿得往下滴水。太阳在落下去之前出来一小会儿，照耀着山脊那边掉光了叶子的树木。在那边山脊上的林子里有奥军的许多大炮，可只有几门发射了炮弹。我望着在前线附近一处被炸毁的农房上空突然出现的榴霰弹的烟团，那轻柔的烟团中发出黄白色的光。你先是看到闪光，然后听到炸裂声，接着就看到球状的烟团在风中变形，扩散。在一栋栋房屋的废墟中间和在救护站那座破房子旁边的公路上，散落着许多铁丸，不过，那天下午他们并没有对救护站附近进行炮击。我们装了两车伤员，沿遮盖着湿漉漉的席子的公路行驶，最后的一抹阳光从席子的缝隙之间照射进来。在我们走出有遮掩的公路、驶入山路时，太阳已经落山了。我们沿着没有遮挡的公路继续行驶，在拐了一个弯后，来到旷野上，当驶进由席子搭起的方形拱道时，天又下起了雨。

晚上刮起大风，凌晨三点钟时泻下瓢泼大雨，此时听到了炮击声，克罗地亚人越过山中的草地，穿过片片的树林，进入前沿阵地。他们在一片漆黑中冒雨进行战斗，我们二线的被吓坏了的士兵组织反击，把他们赶了回去。雨中炮火轰鸣，火箭齐发，全线都响起了机关枪和步枪的嗒嗒声。他们再没有发动进攻，前线变得更加安静了，在暴风雨的肆虐声中，我们能听到远在北面的猛烈炮击。

伤员们陆续地来到救护站，有些是被担架抬来的，有些是走来的，还有些是被人穿过原野背来的。他们都被淋得水湿，吓得够呛。我们把伤员从救护站的地下室里抬上来，放到担架上，装满了两辆救护车，在我关紧第二辆车的车门时，我发现落在我脸上的雨点变成了雪花。偌大的雪片在雨中急速地落下来。

到第二天天亮时，风仍在猛烈地刮着，但是雪停了。雪花一落在湿湿的地面上便融化了。现在，雪又变成了雨，落了下来。天亮后敌人又有一次进攻，可未能成功。这随后的一整天我们都在等待，可一直等到太阳落下了他们也没再进攻。而在南面，在长满树木的长长的山脊下面奥军炮火集中的地方，则开始了炮击。原想会对我们这边进行的炮击，却没有到来。天色渐渐地黑下来。村子后边田野上的大炮开火了，炮弹呼啸着远去，听起来倒也舒心。

我们听说敌人在南面的进攻没有奏效。那天晚上没有再攻击，可听说他们突破了北面的防线。深夜传来消息，要我们做好撤退的准备。救护站的上尉告诉了我这个消息。他是从旅部听到的。过了一会儿，他接了电话回来，说这是谣言。旅部接到的命令是，无论发生什么情况，班西扎这边都要严防死守。我问了有关防线被突破的事，他说他在旅部听说奥军已突破二十七军团的防线，正在向卡波托雷逼近。在北线，一整天都在进行着激烈的战斗。

“如果这些龟孙子们把他们放进来，我们就完蛋了。”上尉说。

“是德军在进攻。”一个医务军官说。德军这个词听起来让人胆寒。我们可不想跟德军扯上任何关系。

“德军有十五个师参加了进攻，”这位医务军官说，“他们已经突破了防线，我们就要被切断退路了。”

“在旅部，他们说这道防线将要坚守。他们说德军还没有完全突进来，我们将在马焦雷山附近一带的山脉中设立防线。”

“他们是从哪儿听到的这一消息？”

“从师部。”

“我们要撤退的消息也来自师部。”

“我们是在军部的领导下工作，”我说，“可在这里我受你的领导。自然你要叫我走，我就会走。但命令一定要下得准确。”

“命令就是，我们将留在这里。你负责把伤员从这里运往后送站。”

“有时候，我们也要把伤员从后送站运往野战医院，”我说，

“请告诉我,我还没有经见过撤退——一旦撤退,所有的伤员该如何处置?”

“他们不撤退。带走所有能带走的,留下其余的。”

“那么,我们的救护车里将装运什么呢?”

“医疗设备。”

“好的。”我说。

第二天晚上开始了撤退。我们听说德军和奥军已冲破北面防线,正沿着大峡谷向奇维达莱和乌迪内进发。撤退进行得颇有秩序,只是天气湿湿的显得沉闷。夜间,我们缓慢地行驶在拥挤的公路上,经过了在雨水中跋涉的士兵、炮队、马车、骡子和卡车,所有的一切都在从前线撤离。这撤退像进攻,显得毫不慌乱。

那天晚上,我们协助设立在高原村庄里的野战医院进行撤离,负责把伤员运往靠河的普拉瓦;第二天又在雨中奔波了一整天,帮助普拉瓦的医院和后送站撤离。雨一直下个不停,班西扎的部队在十月的秋雨中撤下了班西扎高原,渡过了河,今年春天就是在这里,我们取得了重大的胜利。第二天中午,我们进入戈里察。雨已经停了,整座镇子几乎撤空了。在我们沿着街道行驶时,看见有人正把招待士兵的窑姐儿从妓院里接出来,帮她们上到卡车上。一共有七个女孩儿,她们都戴着帽子,穿着外套,提着箱子。其中的两个在哭。剩下的那几个,有一个在朝着我们笑,并伸出她的小尖舌头上下地抖动。她的嘴唇挺丰满,厚厚的,有双黑色的眼睛。

我停下车,走过去跟老鸨说话。她说,招待军官的姑娘们一大早就离开了。她们去哪里啦?去科内利亚诺了,她说。卡车开动了。那个厚嘴唇的姑娘又一次朝我们伸着舌头。老鸨跟我们挥着手。那两个姑娘仍然在哭。其他的女孩儿们饶有兴致地观览着这座小城。我回到了救护车里。

“我们该跟她们一块儿走,”博内洛说,“那样我们的旅程就会快乐得多啦。”

“我们会有一个快乐的旅程的。”我说。

“我们会有一个倒尽霉的旅程。”

“这正是我想说的。”我说。我们开上了进入别墅的车道。

“我很想看看,一些粗鲁的汉子爬上卡车要搞她们的样子。”

“你觉得他们会吗?”

“会的。在第二军团里的每个人都认识这位老鸨。”

我们到了别墅的门前。

“人们都管她叫女修道院院长,”博内洛说,“虽说这些姑娘们是新来的,可人们都认识这位老鸨。这些姑娘们一定是在撤退前刚刚招来的。”

“她们会乐一阵子的。”

“我也说她们会有一阵子乐的。我真想不给钱干她们一通。不管怎么说,他们在妓院里要钱要得太狠了。是政府在敲我们的竹杠。”

“把车开出来,让机械师检查一下,”我说,“换换机油,检查一下差速器。给车加满油,睡一觉。”

“是,中尉长官。”

别墅里空荡荡的。利纳尔迪跟医院一起撤离了。少校带着医院的医务人员乘坐指挥车也走了。窗户上留下一张纸条,让我装上大厅里堆放的医疗器件,去往波代诺内。机械师检查完车已经走了,我从别墅出来又折回到了车库。当我在车库时,又开进来两辆救护车,司机从车上跳了下来。天又开始下雨了。

“我真的是——太困了,从普拉瓦到这里的路上,我睡着了三次,”皮亚尼说,“我们准备干什么,中尉?”

“我们将给车换换油,涂点儿机油,加满汽油,然后把它们开到前面,把他们留下的破烂东西装到车上。”

“然后就出发吗?”

“不,我们先睡上三小时。”

“基督,我好想睡觉,”博内洛说,“我开车的时候迷糊着了好几回。”

“你的车怎么样,艾莫?”我问。

“还好。”

“给我拿件工作服,我帮你换机油。”

“不用你帮我,中尉,”艾莫说,“这点活儿,不费什么事的。你去整理你的东西吧。”

“我的东西都整理好了,”我说,“我去把他们留下的东西搬到外面。车子弄好之后就开到我这边来。”

他们把车开到了别墅的前面,我们把堆在门廊里的医院设备都装上了车。东西装好后,三辆车依次停在了车道的树底下,雨还在下着,我们回到了别墅里。

“把厨房的火弄着,烤烤你们的衣服。”我说。

“我不在乎我身上的衣服干不干,”皮亚尼说,“我想睡觉。”

“我在少校的床上睡,”博内洛说,“我就在那个老东西睡过的地方睡。”

“我不在乎我睡在哪儿。”皮亚尼说。

“这里有两张床。”我打开屋门说。

“我从来不知道那间屋子里有什么。”博内洛说。

“这是老甲鱼的屋子。”皮亚尼说。

“你们两个睡在这里,”我说,“到时我会叫醒你们。”

“如果你睡过了头,叫醒我们的就是奥地利人了,中尉。”博内洛说。

“我不会睡过的,”我说,“艾莫去哪儿啦?”

“他去厨房了。”

“快睡吧。”我说。

“我这就睡,”皮亚尼说,“我一整天都在车上坐着打瞌睡。我的眼睛困得怎么睁也睁不开。”

“脱掉你的靴子,”博内洛说,“这是老甲鱼的床。”

“我才不管他什么老甲鱼呢。”皮亚尼仰面躺在床上,穿着泥靴子的脚伸得直直的,头枕着胳膊。我去到厨房。艾莫点着了炉火，上面坐了一壶水。

“我想做点儿实心面，”他说，“等睡醒时，我们会觉得饿的。”

“你不困吗，巴尔托罗梅奥？”

“不太困。等水开了，我就离开。火会自己熄灭的。”

“你最好还是睡上一会儿，”我说，“我们可以吃干酪和罐头牛肉。”

“还是面条好，”他说，“热乎点儿的吃的对这两个无政府主义者有好处。你去睡吧，中尉。”

“在少校的房间里有张床。”

“你在那儿睡吧。”

“不用，我到我从前的屋子里去睡。你想喝一杯吗，巴尔托罗梅奥？”

“等我们走时再喝吧，中尉。现在喝，对我没有任何好处。”

“如果你在三小时后醒了，我还没有来叫你，你来喊醒我好吗？”

“我没有表，中尉。”

“在少校房间的墙上挂着一个表。”

“好的。”

我出了厨房，穿过餐厅和门厅，顺着大理石的楼梯，上到了我跟利纳尔迪住过的屋子。外面仍然下着雨。我走到窗户那里，望着窗外。天色渐渐地暗下来，我看着在树下排成一溜的三辆救护车。在雨中的树木往下滴着水珠。天气很冷，有雨珠凝聚在枝条上。我回到利纳尔迪的床上，躺下来睡着了。

出发前我们到厨房吃饭。艾莫给我们准备了一大盆实心面，把洋葱和罐头肉切碎放在了里面。我们围着餐桌坐下，喝着从别墅地窖里拿上来的两瓶红酒。外面黑了下来，雨还在下着。坐在桌子前的皮亚尼还是睡意十足。

“比起进攻，我更喜欢撤退，”博内洛说，“在撤退中，我们还能喝上巴勃拉酒。”

“现在,我们喝巴勃拉,也许明天我们就喝雨水了。”艾莫说。

“明天我们就到乌迪内了。我们在那儿将喝香槟酒。那里是逃避兵役者住的地方。快醒醒,皮亚尼!我们明天将在乌迪内喝香槟酒!”

“我醒着呢。”皮亚尼说。他把他的盘子里盛上了实心面和肉。“你没有找到番茄酱吗,巴尔托?”

“没有。”艾莫说。

“我们将在乌迪内喝香槟。”博内洛说。他把他的杯子里倒满了清澈的巴勃拉红酒。

“在到达乌迪内之前,我们可能喝——”皮亚尼说。

“你吃饱了吗,中尉?”艾莫问。

“吃饱了。递给我瓶酒,巴尔托罗梅奥。”

“我给每部车里都备了一瓶酒。”艾莫说。

“你睡了吗?”

“我的觉不多。我睡了一小会儿。”

“明天我们将睡在国王的床上。”博内洛说。他现在的感觉好极了。

“明天,或许我们将睡在——”皮亚尼说。

“我将和女王一起睡觉。”博内洛说。他看着我,看我对他的玩笑话做何反应。

“你要和谁睡——”皮亚尼睡眼惺忪地说。

“这是背叛,中尉,”博内洛说,“难道这不是背叛吗?”

“住嘴,”我说,“你们喝了点儿酒,就不是自己了。”外面雨下得大了起来。我看了看我的手表,是九点半。

“该出发了。”我说着站了起来。

“你和谁一起走,中尉?”博内洛问。

“和艾莫。我们后面是你。再后面是皮亚尼。我们出去后走去往科尔蒙斯的那条公路。”

“我担心我会睡着。”皮亚尼说。

"好吧。我跟你开一辆车。博内洛在我后面。艾莫殿后。"

"这样最好,"皮亚尼说,"因为我太困了。"

"我开车,你先睡上一会儿。"

"不用。我能开,只要我知道若是我睡着时旁边有人能叫醒我。"

"我会叫你醒着的。去关灭屋子里的灯,巴尔托。"

"不如就开着它们吧,"博内洛说,"这个地方对我们已经没用了。"

"我屋里还有一个能上锁的小箱子,"我说,"你能帮我把它拿下来吗,皮亚尼?"

"我们去拿,"皮亚尼说,"走,阿尔多。"他跟博内洛下车进了门厅。随后,我听见了他们上楼的声音。

"这个地方不错。"巴尔托罗梅奥·艾莫说。他把两瓶红酒和半块奶酪放进他的帆布背包里。"我们再也不会碰到这么好的地方啦!我们往什么地方撤呢,中尉?"

"他们说撤往塔利亚门托那边。医院和设防区将在波代诺内一带。"

"这个镇子比波代诺内好。"

"我不熟悉波代诺内,"我说,"我只是路过了那里一次。"

"那个地方不怎么样。"艾莫说。

# 第二十八章

在我们的车开过镇上时，仍然下着雨，整个城镇漆黑一片，空荡荡的，除了行进在主干道上的成队列的部队和大炮。也有许多卡车和马车，穿过其他街道汇集到主干道上。在我们经过了制鞋厂上了主道时，由部队、卡车、马车和大炮汇聚起来的浩浩荡荡的人群正缓缓地行进。我们在雨中慢腾腾地前行，车子的散热器几乎碰上了前面卡车的尾板，那辆车上的物资堆得高高的，上面散着湿淋淋的帆布。不多一会儿卡车停了。整个队伍都停下了。卡车又启动，我们跟着往前走了一点儿，又停住了。我下了车，在卡车和马车之间，在湿漉漉的马脖子下面朝前走。前面堵塞的队列望不到头。我离开公路，踩着踏板过了水沟，沿着水沟那边的田野向前走，从路边的树木间望过去，看得见大路上停滞不动的车马和部队。我往前走了大约一英里。这被堵塞的队伍仍然没有动起来的迹象，尽管在被堵车辆的那一边我看见有队伍在行进。我返回到救护车里。这一堵塞怕是会延伸至乌迪内了。皮亚尼伏在方向盘上睡着了。我上了车，在他旁边也睡了。几个小时之后，我听到前面卡车的挂挡声。我叫醒了皮亚尼，车发动后移动了几码远，便停了，过了一会儿，又走了起来。雨还在下着。

到了深夜时，又停下了。我下了车，去看跟在后面的艾莫和博内洛。在博内洛的车上，有两个工兵队的中士跟他在一起。在我上来时，他们显得有些拘谨。

“他们是奉命留下来修桥的，”博内洛说，“他们没有找到自己的部队，我就让他们上来了。”

“请中尉先生允准。”

"我允准。"我说。

"中尉是美国人,"博内洛说,"他会允许任何人搭个便车的。"

其中的一个中士笑了笑。另一个问博内洛我是来自北美还是南美的意大利人。

"他不是意大利人。他是北美的英格兰人。"

这两个中士不太相信,却表现得很有礼貌。我离开他们,去找后面车上的艾莫。艾莫的车里有两个姑娘坐着,他靠在座位的角上抽着烟。

"巴尔托,巴尔托。"我说。他大声地笑起来。

"跟她们聊聊,中尉,"他说,"我听不懂她们的话。嘿!"他用手在女孩儿的大腿上很友好地拧了一下。那个女孩儿紧扯着她的围巾,推开了他的手。"嘿!"他说,"告诉中尉你叫什么,你在这里干什么。"

这个女孩儿狠狠地盯着我。另外那个女孩儿低下了头。盯着我看的姑娘用我一点儿也听不懂的土话咕哝了几句。她长得很丰满,皮肤黑黑的,看上去十六岁左右。

"是姐姐吗①?"我问,指着另一个女孩儿。

她点了点头,笑了。

"好的。"我说着拍了一下她的腿。在我触到她时我感觉到她一下子就变得紧张了。那个妹妹始终不肯抬起头来。她比姐姐小一岁左右。艾莫把手放在了那个较年长的女孩儿的腿上,她推开了他的手。艾莫朝她笑着。

"好人。"他指着他自己。"好人,"他又指指我,"不要害怕。"那女孩儿用眼睛狠狠地盯着他。这姐妹俩像是一对受到惊吓的小鸟。

"如果她不喜欢我,干吗要搭我的车?"艾莫问,"我一跟她们招手,她俩就上来了。"他把脸转向那个女孩儿。"不必害怕,"他

---

① 原文是意大利语。

说，“没有××的危险，没有地方××。”看得出来，她听懂了这个词，而且只听懂了这个词。她看着他，眼睛里充满惊恐。她紧紧地拽着她的围巾。“车里放满了东西，”艾莫说，“没有××的危险。没有地方××。”每当他说出这个下流的字眼，那个姑娘就变得紧张。后来，她僵直地坐着，眼睛看着他，哭了起来。我看见她紧咬着嘴唇，泪水顺着她胖胖的脸颊往下淌。妹妹一直低着头，握着姐姐的手，两人依偎地坐着。那个本来有点儿凶、年龄稍大一点儿的，开始哭了起来。

“我想我是吓着她了，”艾莫说，“我并不是存心要吓唬她。”

巴尔托罗梅奥拿过来他的背包，取出干酪，切下来两块。“给你，”他说，“不要哭了。”

那姐姐摇摇头，仍然在哭，可妹妹接过干酪，吃了起来。过了一会儿，妹妹把那第二块干酪递给了姐姐，两人一起吃着。姐姐一边吃一边还在啜泣。

“她一会儿就会没事了。”艾莫说。

他好像突然想到了什么。“是处女？”他问挨着他的那个女孩。她使劲地点着头。“也是处女吗？”他指指妹妹。两个女孩儿都使劲地点头，那个年龄大一点儿的用土语说了句什么。

“好了，”艾莫说，“好了，没事啦。”

两个女孩儿的心情似乎好了点儿。

我离开那里回皮亚尼的车上去，让她们继续跟艾莫在一起，艾莫仍坐在车座的角上。被阻塞的车辆并没有动，只是车马旁有队伍一直在经过。天上下起了大雨，我想车流中有时的停顿可能是由汽车的接线淋湿造成的，更可能的是驾车的人和拉车的马睡着了。再说，即便每个人都醒着，城市里仍然可能会出现交通阻塞。马车和机动车辆混杂在一起，就常常会造成堵塞。它们彼此之间互不相让。农民的马车也差不多是如此。现在有两个好女孩儿跟巴尔托在一起。在撤退的大军中可没有两个处女的安身之处。真正的处女。或许还是很虔诚的教徒。如果没有战争，这个时候我们大家可能都在睡觉。我会倒头睡在床上。床和床板。像块床板一样在床上睡得死死的。凯瑟琳现在正躺在床上,身下铺着床单,上面盖着被单。她会朝哪一边睡呢?也许她还没有睡着。也许她躺在床上正想着我呢。吹吧,吹吧,你这西风。哦,它吹起来啦,下的不是小雨,而是大雨。快看呀!基督啊,但愿我的爱人现在就在我的怀里,我又睡在了我的床上。我的爱人凯瑟琳。我甜蜜的爱人凯瑟琳,像雨一样降至我的身边来吧。让风儿把她吹到我的身边来吧。噢,我们都置身在其中。没有一个人能够逃脱,小雨无法让其平息。"晚安,凯瑟琳,"我大声地说,"我希望你能睡得好。如果实在觉得不舒服,亲爱的,那就把身子侧向另一边睡,"我说,"让我给你弄来点儿冷水。再过一会儿,天就亮了,那时你就会觉得好多了。我真的很抱歉,这小东西搞得你这样不舒服。尽量闭上眼睛睡吧,亲爱的。"

我总在睡觉,她说。在你睡觉时你一直在说梦话。你没事吧?

凯瑟琳,你真的在这里吗?

当然,我在这儿。我不会离开。离开不离开,我们都永远在一起。

你这么温馨,这么可爱。你不会在晚上离开我吧?

当然不会。我永远在这里。你什么时候要我来,我就来。

"娘的,"皮亚尼说,"车子又动开啦。"

"我刚才迷糊着了。"我说。我看了看表。是凌晨三点钟。我把手伸到座位后面拿了一瓶巴勃拉酒。

"你睡着时说话的声音真大。"皮亚尼说。

"我做了个梦,梦中我在讲英语。"我说。

雨渐渐地小了,车子终于行驶起来。可在拂晓前又停下了,天亮时,我们发现我们是停在了较高的路段,在公路的前方,撤退的大军望也望不到头,道路上的一切都停滞着不动,除了步兵在缝隙中穿行着。我们又开始向前移动,不过,在白天便能看清楚这行进的速度有多慢了,我明白如果我们还想要到达乌迪内,只能是下了主干道、穿过乡下走。

到了晚上,很多农民从乡间的各条道上也会聚到这一撤退的人流里,他们的马车上装着各种家用品:一面面镜子夹在床垫中间,车上还拴着鸡和鸭。雨又下大了,在我们前面的这辆马车上放着一台缝纫机。他们把值钱点儿的东西都拿到车上来了。雨中的女人们有的蜷缩着身体坐在车上,有的贴在马车旁走着。现在,队伍里多了狗这个成员,它们钻在马车底下跑。路上到处是泥泞,路边渠沟里的水也快要满上来了,路旁树木那边的田野看上去已经被雨下得太湿、太软了,车没法从上面开过去。我下了车,沿着公路走了一段,看看会不会有叉出的路口,通往乡间。我知道这样的岔道有很多,可我不想走上一条通不到任何地方的路。我不可能记住这些个岔路口,因为我们平时总是在公路上一驶而过地经过了它们,而且,这些乡下的路看上去都很相似。我知道,我们要想到达乌迪内,必须找到一条小路不可。没人知道奥军现在在哪里,现在的情况如何,但可以肯定的是,一旦雨停了,敌机就会飞过来,对这撤退大军狂轰烂炸。那时,只要有几个人弃车而逃,或者是几匹马被炸死在路中央,整条道路的交通就会完全堵塞。

现在,雨下得不像刚才那么大了,我想天也许会放晴的。我继续沿着路边往前走,随后看到一条穿越两边田野通往北面的小道,路边种有树篱。我想我们最好还是走这条路,于是急忙回去找我们的车队。我告诉皮亚尼离开大路走小路,又到后面去告诉博内洛和艾莫。

“如果这条道不通,我们可以再返回、插进到队伍中。”我说。

“他们俩怎么办?”博内洛问。那两位中士正坐在他的旁边。他们没有刮脸,可在这大清早看见还是挺有军人气质的。

“留下他们,可以帮我们推车。”我说。我接着去告诉艾莫,我们准备试着穿过田野。

“这对处女姐妹怎么办?”艾莫问。两个姑娘都睡着了。

“她们两个没多大用处,”我说,“你应该找个能推动车的人。”

“她俩可以坐到车子后面去，”艾莫说，“车里还有地方。”

“好的，如果你还想留着她们的话，”我说，“找一个肩宽臂粗的上来，帮着推车。”

“意大利狙击手，”艾莫笑着说，“他们的肩膀最宽。有人测量过的。你觉得可以吗，中尉？”

“可以。你怎么样？”

“挺好。就是觉得肚子饿得咕咕叫了。”

“那条路上，应该会有人家，到时我们停下来吃饭。”

“你的腿怎么样啦，中尉？”

“还好。”我说。站在车子的踏板上往前看，我能望见皮亚尼的车正往那边开，然后从光秃秃的树篱中间我看到他的车已开到了小路上。博内洛拐下主道，紧随在皮亚尼后面，我和艾莫跟着前面的两辆救护车，沿着两边有树篱的小路向前行驶。这条路通到了一个农户家。我们发现皮亚尼和博内洛把车已停在了农家院子里。屋子又矮又长，门前有一个葡萄棚架。院子里有一口井，皮亚尼正从井里打水，灌在汽车的水箱里。长时间挂着低档行驶，水箱里的水早烧干了。这里已经没有人住了。我向身后的路望了望，农房要略微高出这片平原，站在这里，我们可以眺望整个乡间，小路、树篱、田野，部队撤退的主干道两边的树木，尽收眼底。那两位中士在屋子里到处翻找东西。车上的两个姑娘此时也醒了，在望着这个农家的院子，望着水井和停在房子前面的另外两辆救护车，还有在井边的三个司机。其中的一位中士从屋子里出来，手里拿着一架钟表。

“把它放回去。”我说。他看了看我，折回到屋里，出来时手里没了钟表。

“你的那位同伴呢？”我问。

“他去厕所了。”他上到他刚才坐着的那辆救护车上。他担心我们会丢下他走了。

“早饭怎么办，中尉？”博内洛问，“我们吃点儿东西吧。用不了多长时间的。”

“你觉得这条路能走得通吗?”

“能通的。”

“好的。让我们来吃点儿东西吧。”皮亚尼和博内洛走进了屋子。

“下来吧。”艾莫对那两个姑娘说。他伸出手去帮她们。那个当姐姐的摇了摇头。她们不打算进到这种被人遗弃的屋子。她们看着我们走了进去。

“这两个女孩子不好说话。”艾莫说。我们一起走进去。房间很大,可光线暗淡,给人一种凄凉之感。博内洛和皮亚尼进了厨房。

“没有留下什么吃的,”皮亚尼说,“他们把东西全都收拾走了。”

博内洛在厨房笨重的桌子上切下一大块干酪。

“干酪哪儿找到的?”

“地窖里,皮亚尼还发现了红酒和苹果。”

“能吃上一顿不错的早餐了。”

皮亚尼正在从一个柳条筐包着的酒罐上取下木塞。他侧过罐子,给一个铜锅里倒满了酒。

“闻起来味道还行,”他说,“找几个大杯子来。”

两位中士走了进来。

“吃些干酪,中士。”博内洛说。

“我们应该赶快走。”一个中士说,吃着他的那份干酪,喝着一杯酒。

“我们会走的。不要着急。”博内洛说。

“部队要靠吃饱肚子行军。”我说。

“什么?”中士问。

“吃饱了,才好走路。”

“没错。可是没有时间了。”

“我相信这两个家伙一定是已经吃过了。”皮亚尼说。两个中士看着他。看得出来,他们很恨我们这伙人。

“你熟悉这条路吗?”一个中士问我。

“不熟悉。”我说。他们互相看了对方一眼。

“我们最好还是赶紧动身。”第一位中士说。

“我们这就出发。”我说。我喝下了又一杯红酒,在吃过干酪和苹果以后,这酒的味道还真的不赖呢。

“带上干酪。”我说着走了出去。博内洛拎着那一罐子酒跟着出来了。

“这个罐子太大了。”我说。他有点儿惋惜地看着这一大罐酒。

“我觉得也是,”他说,“把酒装到我们的水壶里些吧。”他把水壶里都倒满了酒,有一些洒到了院子里的石头地面上。临了,他提起罐子,把它放在了院门里面。

“奥军无须砸下门板,就能看到这罐酒了。”他说。

“我们出发吧,”我说,“皮亚尼和我走在前面。”那两位中士已经坐在了博内洛的旁边。两个姑娘正吃着干酪和苹果。艾莫在抽着烟。我们沿着那条小路前行。我回头看了看跟在后面的两辆车和那座农房。那是一个用石头砌成的很坚固很不错的房子,井边的铁栏也做得很别致。我们前面的路又窄又泥泞,路两边是高高的树篱。紧跟在后面的是那几辆救护车。

# 第二十九章

中午的时候,我们的车陷在道路旁的泥泞里,据我们估算,那地方距离乌迪内大约还有十公里。雨在前晌时就停了,我们三次听到飞机到来的轰鸣声,看着它们从头顶上飞过,向我们的左前方飞去,然后便听到了它们在主干道上的狂轰烂炸。我们在纵横交错的小路上穿行,走了不少的冤枉路,但是当走不通、倒了回来时,总能再找到另外一条路,让我们离乌迪内越来越近。艾莫的救护车就是在前面的路走不通、向后倒车时,陷进了路边湿软的泥土里,原地不动的旋转使车轮越陷越深,直到汽车的差动齿轮也触到了泥浆。现在要做的就是,把轮子前面的泥土挖出来,垫进去树枝,让轮子上的铁链不至于打滑,我们在后面一起推车,直到把车推到公路上来。我们都下了车,来到这辆车子的周围。两个中士在看了看陷进去的汽车,仔细检查了一下轮子后,二话没说,便起身沿着公路走了。我追上了他们。

"回来,"我说,"去砍一些树枝。"

"我们必须得走了。"其中的一个中士说。

"赶快干活,"我说,"去砍些树枝。"

"我们必须得走了。"一个中士说。另一个没有吭声。他们急着要走,眼睛不愿意跟我对视。

"我命令你们回到车子这里,砍一些树枝过来。"我说。前面开口说话的那个中士转过身来。"我们必须得走了。再过一会儿,敌人就会包围上来。你无权命令我们。你不是我们的长官。"

"我命令你们去砍树枝。"我说。他们扭转身,沿着公路走了。

"站住。"我说。他们继续沿着两边是树篱的泥泞的道路往前走。“我命令你们站住!”我大声喊。他们加快了脚步。我打开枪套,掏出手枪,瞄准那个饶舌的中士,开了一枪。我没有打中,两人开始跑了起来。我又连打了三枪,撂倒了一个。另一个钻过树篱,看不见了。他跑着穿过田野时,我隔着树篱向他开枪。我打空了弹夹,又换上了一个。第二个中士已经跑得太远,手枪很难打得着了。他低着头,在远处的田野上疾跑。我往空弹夹里重新装上子弹。博内洛走了过来。

“让我来结果了他。”他说。我将手枪递给他,那个工兵中士头朝下横躺在不远处的路中央。博内洛走过去,俯下身子,拿枪对准那人的脑袋,扣动了扳机。枪没有打响。

“你得先扣起扳机来。”我说。他扣起扳机,连开了两枪。接着,他抓住中士的腿,把他拖到路边,靠在了树篱那里。他走了回来,把手枪给了我。

“这个狗娘养的,”他说,他朝中士那边看着,“你看到我对他开枪了吗,中尉?”

“我们必须赶快弄点儿树枝来,”我说,“我打中另外的那个中士了吗?”

“我想没有,”艾莫说,“他已经跑得太远,手枪的子弹打不到了。”

“这个混账东西。”皮亚尼说。我们一起动手去砍树枝。车上的东西也都搬了下来。博内洛挖开了轮子前面的泥土。做好这一切准备后,艾莫上去发动车,他挂上了挡,车轮旋转着,把树枝和泥浆都抛了起来。我使劲地推,直到我们都觉得身上的骨头都要散架了,陷进去的车还是纹丝没动。

“把车来回地动一动,巴尔托。”我说。

他先倒车,然后再往前开。结果车轮又往深陷了一截。车子的差动齿轮再一次卡到土里,车轮在它们旋下的坑里空转着。我直起了身子。

“我们用绳子拉拉看。”我说。

"我看没用,中尉,因为你不能把陷进去的车直着来拉。"

"我们必须试一试,"我说,"再也没有其他的办法可想啦。"

皮亚尼和博内洛的车只能沿着狭窄的路直直地向前开。我们用绳子把两辆车拴在一起,拉了起来。陷进去的轮子只是向侧边动了动,顶在了车辙上。

"没有用,"我说,"停下吧。"

皮亚尼和博内洛下了车,走过来。艾莫也从他的车上下来了。那两个姑娘在公路前面大约四十码远的石墙上坐着。

"怎么办,中尉?"博内洛问。

"我们再挖挖土,垫上树枝,试最后一次。"我说。我抬眼望着前面的路。这都是我的错。是我把他们带到了这里。太阳快要从云层中出来了,中士的尸体就躺在树篱旁边。

"我们把他的上衣和斗篷剥下来,垫在车轮底下。"我说。博内洛走过去,脱他的衣服。我去砍树枝,艾莫和皮亚尼挖开轮子前面和轮子之间的土。我把斗篷撕成两片,放到陷在泥里的车轮下面,然后放上树枝,防止车轮打滑。准备好了后,艾莫到车上去发动。车轮转动起来,我们推呀,推呀。但是,一点儿用也没有。

"真该死,"我说,"车上还有你要的东西吗,巴尔托?"

艾莫和博内洛爬到车上,拿下干酪,两瓶红酒和他的斗篷。随后,博内洛坐在轮子后面,翻起中士的上衣口袋。

"扔掉那件衣服吧,"我说,"巴尔托的那两个女孩儿怎么办?"

"她们可以坐到驾驶室后面去,"皮亚尼说,"我想,我们的车子也走不了多远了。"

我打开了救护车后面的门。

"来吧,"我说,"坐到里面去。"两个女孩儿爬上去,坐在了角落里。她们似乎并没有注意到刚才开枪的事。我回头望了望那条路。中士穿着他很脏的长袖内衣,躺在那里。我上了皮亚尼开的车,我们出发了,打算穿过一片田野。到了公路延伸进农田的这个地方,我下了车,走在前面。如果我们能穿过这块地,我们便能到对面的一条公路上。可我们就是开不过去。田里的土太软太湿了。我们的车子最终陷了进去,连轮毂也一起陷了进去,我们把车留在田里,步行着向乌迪内进发。

在我们来到通回到主干道的那条路上时,我朝前指着那条路对两个姑娘说:

“顺着这条路走,你们就碰到撤退的人群了。”她们愣愣地看着我。我掏出钱夹子,给了她们每个人十里拉。“走这条路,”我指着前面说,“就能找到朋友!找到亲人!”

她们没有听懂我的话,只是紧紧地攥着手里的钱,开始沿着这条路往前走。她们边走边回头看,好像是怕我再抢回那些钱似的。我望着她们沿路走去,紧紧地裹着她们的围巾,回头担心地看着。三个司机都大声地笑起来。

“如果我也朝那个方向走,你会给我多少钱,中尉?”博内洛问。

“敌人很快就会上来的,她们最好还是待在人群里,不要单独走。”我说。

“你要给我两千里拉,我就径直走到奥地利去。”博内洛说。

“他们会把你的钱抢跑的。”皮亚尼说。

“或许那时战争就结束了。”艾莫说。我们沿着公路急速地前行。太阳正从云层里面钻出来。靠近路边有一片桑树。透过这片桑树林,能看见那两辆深陷在农田里的篷式救护车。皮亚尼也在回头望着。

“要想拖出这两辆车,他们得修上一条路。”他说。

“基督啊,要是我们有几辆自行车就好了。”博内洛说。

“在美国,有人骑自行车吗?”艾莫问。

“以前有。”

“在这里,骑自行车是件很了不起的事,”艾莫说,“有辆自行车,很稀罕的。”

“基督啊,有辆自行车就好了,”博内洛说,“我走路不行。”

“那是枪声吗?”我问。我觉得我似乎听到了很远之外有枪声。

“我听不出来。”艾莫说。他在仔细地听。

“我想是的。”我说。

“我们首先看到的将会是敌人的骑兵。”皮亚尼说。

“我认为他们根本没有骑兵。”

“基督啊,我希望他们没有,”博内洛说,“我不想被该死的骑兵用长矛捅死。”

“你着实向那个中士开枪,动真格的了,中尉。”皮亚尼说。我们的步子迈得很快。

“是我打死了他,”博内洛说,“我在这场战争中,还没有杀过人,在我这一生中我一直想干掉一个中士。”

“你是在他完全动掸不得的情况下杀死他的,”皮亚尼说,“在你射击的时候,他不是在飞奔。”

“那不重要。值得我记住的是,我打死了一个狗娘养的中士。”

“在你将来忏悔的时候,你会怎么说呢?”艾莫问。

“我将说,‘祝福我,神父,我杀死了一个中士。’”他们都笑了。

“他是一个无政府主义者,”皮亚尼说,“他平时是不去教堂的。”

“皮亚尼也是一个无政府主义者。”博内洛说。

“你们真的是无政府主义者吗?”我问。

“不是,中尉。我们是社会主义者。我们都是伊莫拉人①。”

“你们去过那里吗?”

“没有。”

“基督可以证明,那是个好地方,中尉。战后你来好了,我们会让你大开眼界的。”

---

① 伊莫拉是意大利北部波洛尼亚省一座古城。

“你们都是社会主义者吗?”

“都是。”

“那是座美丽的城镇吗?”

“太棒啦。你从未见过像那样的镇子。”

“你们是怎么成为社会主义者的?”

“我们都是社会主义者。每个人都是。我们一直是社会主义者。”

“你来吧,中尉。我们叫你也成为一个社会主义者。”

前面的路拐向了左边,因为正前方有一座小山,在一堵石头墙的后面,有一个苹果园。在爬坡的这段路上,他们都停止了讲话。我们一起急匆匆地走着,在跟时间赛跑。

# 第三十章

后来,我们走上了一条通向河边的路。在河桥这边的公路上,被遗弃的卡车和马车排成了一条长龙。周围看不到一个人。水位涨得很高,桥梁的中央被炸断了;桥的石拱掉入河里,浑浊的河水在它上面流过。我们上到河沿,看从什么地方可以渡河。我知道在河的上游有一座铁路桥,我想我们能从那里过去。小路上又是水潭又是泥泞。我们没有看到任何部队;只有被遗弃的卡车和物资。走在河堤下面的这一路,连个人影也没有见着,只有湿漉漉的灌木丛和泥泞的路面。我们来到堤堰上,终于看到了那座铁路桥。

"多美的一座桥。"艾莫说。这是一座长长的铁路桥,横跨在一条平日里干涸的河床之上。

"没有人来炸毁这座桥,"皮亚尼说,"他们都跑了。"

"也许埋了地雷,"博内洛说,"你先过,中尉。"

"听这个无政府主义者说的话,"艾莫说,"让他先过。"

"我去吧,"我说,"就是有地雷,一个人踩上去也不会爆炸。"

"你瞧瞧,"皮亚尼说,"这就是有头脑。你为什么就没脑子呢,无政府主义者?"

"要是我有脑子,就不会在这儿了。"博内洛说。

"这话说得中肯,中尉。"艾莫说。

"说得中肯。"我说。现在,我们贴近到桥边。天空又聚集起乌云,下起了小雨。大桥看上去很长,很坚固。我们爬上了路堤。

"一次过一个人。"我说着走上铁桥。我仔细查看着枕木和铁轨,看看有没有地雷绊发线或是炸药,结果什么也没有发现。从枕木间的缝隙望下去,能看到卷着泥沙的河水在急淌。越过湿漉漉的田野,依稀能看到雨中的乌迪内。过了桥后,我回头又望了望。就在河上游不远的地方,还有一座桥。在我正眺望的当儿,一辆黄泥色的小轿车开上了那座桥,桥的两边很高,一旦上了桥,车体就看不到了。可在它上桥前,我看见了司机,他旁边的那个人,还有后排座上的两个人。他们都戴着德国人的钢盔。小车过桥后,行驶到林木和被遗弃的车辆后面不见了。我向正在过桥的艾莫,皮亚尼和博内洛挥手,让他们过来。我下了桥,蹲在铁道路堤旁边。艾莫也跟着下到了我这里。

“你看见那辆轿车了吗?”我问。

“没有。我们都在看你过桥。”

“一辆德国人的指挥车过了上边的那座桥。”

“一辆指挥车?”

“对。”

“圣母马利亚呀。”

其他的人也来了,我们都蹲在路堤后面的泥泞里,观察着铁轨边上的那座桥,以及那边的树木、排水沟和公路。

“你是不是认为我们已经被切断后路了,中尉?”

“我不知道。我只知道德国人的一辆指挥车沿着那条公路开过去了。”

“你不是在开玩笑吧,中尉? 这不会是你脑中出现的幻觉吧?”

“别开玩笑了,博内洛。”

“喝一杯怎么样?”皮亚尼说,“如果我们真的被包了饺子,我们还不如先喝上一杯。”他解下身上的水壶,拿掉上面的木塞。

“快看! 快看呀!”艾莫说,指着前面的公路。在那座石桥的顶端,我们看见有德国人的钢盔在移动。他们伏着身子,像是长着神秘的翅膀,在向前滑行。待他们下了桥后,我们才完全看清楚,原来他们是自行车部队。我看到了第一排两个人的脸。他们面色红润,看上去都很健康。他们的钢盔很大,戴上遮住了前额和脸的两侧。他们的卡宾枪扣在自行车的把上。手雷是手柄朝下挂在腰间的皮带上的。钢盔和灰色的军服都被淋湿了，可他们骑得却很轻松，不断地看着前面和两边。两个人一排——然后是四个一排，后面又是两个一排，再后面是十二个一排；又是一组十二个一排的——然后是一排一个人的。他们都不说话，就是说话我们也听不见，因为河水的咆哮。一到他们上了公路，便消失在我们的视线之外了。

"圣母玛利亚呀。"艾莫说。

"他们是德国人，"皮亚尼说，"这些人不是奥地利人。"

"为什么不在这里留下一些部队，阻击他们？"我说，"为什么不把那座桥炸毁？为什么不沿着路堤配备上一些机枪？"

"你告诉我们呀，中尉。"博内洛说。

为此，我感到很气愤。

"这一切真是荒唐透顶。在河的下游一点儿，他们炸毁了一座小桥。而在这里，他们给敌人留下一座通向主干道的桥梁。我们的人都到哪里去了？他们为什么不尝试着阻止敌人呢？"

"你告诉我们这其中的原因，中尉？"博内洛说。我不再吭声。这又不关我的事；我要做的就是带着三辆救护车抵达波代诺内。这个任务我还没有完成。现在我要做的就是去波代诺内。也许，我甚至连乌迪内也去不了了。眼下最当紧的是保持镇静，不要被打死或是被俘虏。

"你不是打开一壶酒吗？"我问皮亚尼。他把壶递给了我。我喝了一大口。"我们还是动身吧，"我说，"不过，也不必着急。你们想吃点儿东西吗？"

"这里不是停留的地方。"博内洛说。

"好吧。我们现在出发。"

"我们还在路堤下面走吗——避开别人的视线？"

"我们最好还是到路堤上面去。敌人也可能从这座桥上过来。我们可别还没看到他们，就让他们出现在我们的头顶上。"

我们沿着铁道往前走。在我们的两边都是广袤的湿漉漉的平原。在前面平原的尽头是乌迪内山。从山上的城堡往下,是乌迪内城里此起彼伏的屋顶。我们能看到山里的钟楼和塔楼。山下面的田野里有许多桑树。在前面不远的地方,我看见有一处铁轨被拆了。枕木被掀起来,扔到了路堤下面。

“卧倒! 快卧倒!”艾莫说。我们卧倒在路堤旁。又有一队德国人的自行车部队沿着公路行驶过来。我从堤顶望过去,看见他们一直向前骑走了。

“他们看到了我们,却没有停下。”艾莫说。

“我们在路堤上走,会被打死的,中尉。”博内洛说。

“他们注意力不在我们身上,”我说,“他们另有任务。如果他们突然出现在我们的上面,那我们才危险呢。”

“我宁愿在别人看不到的地方走。”博内洛说。

“好吧。我们还沿着铁路走。”

“你认为我们能穿插过去吗?”艾莫问。

“可以的。他们目前的人数还不算多。我们在夜晚走。”

“那辆指挥车不知是来干什么的?”

“鬼才知道。”我说。我们继续沿着铁轨前行。博内洛在路堤下面的泥浆里走累了,也来到上面。现在,铁轨向南去,离开了主干道,因此大路上有什么情况我们也看不到了。运河上的一座小桥被炸,我们攀着还剩下的桥身,过了运河。我们听到前面响起了枪声。

我们又上到运河那边的铁道上。这条铁路穿过田野直通到城里。我们看到前面还有别的铁路线。北面是德国自行车部队刚才走过的那条公路;南面是一条穿过田野的岔路,两边都种植着茂密的树木。我想我们最好还是抄小路向南走,绕过城,穿过乡野向坎波福尔米奥和通往塔利亚门托的大路走。走乌迪内那边的岔路小道,可以避开撤退的大队人马。我知道有许多小路可以穿过这片平原。我开始往路堤下面走。

“跟上。”我说。我们可以抄小路，绕到城的南面。大家都下了路堤。从小路那边突然有人朝我们开了一枪。子弹射进路堤的泥土里。

“快撤回去。”我喊。我开始往路堤上爬，脚在泥浆里打滑。我的几个人都跑在我的前面。我拼力爬上路堤。从茂密的灌木丛里又射过来两颗子弹，正在横穿过铁轨的艾莫踉跄了几下，脸朝下栽倒了。我们把他拖到路堤的另一边，让他仰面躺下。“让他的头冲着路堤上方。”我说。皮亚尼把他的身体转了过来。艾莫躺在路堤边上的泥泞里，脚朝着堤堰下方，断断续续地吐着血。在雨中我们三个人蹲在他的身边。子弹是从他脖子后面稍靠下一点儿的地方射进去的，然后向上从右眼下面穿出。在我正帮他堵住两个流血的窟窿时，他死了。皮亚尼放下他的头颅，用一块急救纱布擦干净了他的脸。

“这些狗娘养的。”他说。

“这不是德国人干的，”我说，“德国人不可能出现在那个地方。”

“意大利人，”皮亚尼说，他把这个词用作了形容词，“Italiani[①]！”博内洛没有作声。他坐在艾莫旁边，可眼睛并没有看着他。艾莫中枪倒下时，帽子滚下了路堤，皮亚尼捡起艾莫的帽子，盖在他的脸上。然后，他拿出了水壶。

“你要喝一口吗？”皮亚尼把水壶递给博内洛。

“我不喝。”博内洛说。他转过来面朝着我。“沿着铁道走，这样的事情随时都可能发生在我们每个人身上。”

“不对，”我说，“那是因为我们正要穿过田野。”

博内洛摇着头。“艾莫死了。”他说，“下一个死的是谁，中尉？我们现在去哪里？”

“这是意大利人开的枪，”我说，“开枪的不是德国人。”

---

① 意大利语，可译为意大利佬。

"我想,如果是德国人的话,他们会把我们都打死的。"博内洛说。

"意大利人对我们的威胁比德国人的更大,"我说,"这后卫部队已成惊弓之鸟,对什么都害怕。而德国人则知道他们的目标是什么。"

"你说的有道理,中尉。"博内洛说。

"我们现在去哪儿?"皮亚尼问。

"在天黑之前,我们最好找个地方隐蔽起来。如果我们能向南走,我们就安全啦。"

"为了证明他们一开始就没打错人,他们还会向我们射击的,"博内洛说,"我不想让他们再拿我们几个开刀。"

"我们尽量找一个靠近乌迪内的地儿,隐蔽起来,然后等天黑后穿插过去。"

"那么,让我们走吧。"博内洛说。我们从路堤的北面下来。我回头望了望。艾莫顺着躺在堤坡上的泥泞里。他看上去很小,两条胳膊贴着身体,裹着绑腿的两条腿和沾满泥浆的靴子连在一起,脸上盖着他的帽子。他僵直地躺在那里,已全无了生命的体征。雨还在下着。在我所认识的人里,他是我最喜欢的朋友。我的口袋里装着他的证件,我会写信给他的家人。过了前面的这片田野,有一幢农房,在它的周围环绕着树木,邻近还有些其他的农场建筑物。二楼上有一个用柱子撑起的阳台。

"我们之间最好隔开一点儿距离,"我说,"我走在前面。"在田间有一条小路通向那里。

在穿过这片地时,我真的不知道会不会有人从靠近农舍的树丛里,或是从屋子里,向我们开枪。我朝着农舍走去,渐渐地我完全看清了它的结构。二层上的阳台连着仓房,在阳台下面的柱子之间有干草露了出来。院子是用石头砌的。树上都在滴着水珠。院子里有一架两轮马车,没有装货,它的车辕在雨中高高地立起。我穿过院子,站在了阳台下面。房门开着,我走了进去。博内洛和皮亚尼也跟着我走了进来。屋里很暗。我折到厨房。在一个大敞口的炉子里,有烧下的灰烬。在灰烬的上方,吊着几个锅,可锅里都是空的。我四处留意地查看,没有找到任何可以吃的东西。

“我们到仓房里去避一避,”我说,“你觉得你能找到什么吃的吗,皮亚尼?找到后就拿到仓房来。”

“我去找找看。”皮亚尼说。

“我也去。”博内洛说。

“好吧,”我说,“我到上面去看看仓房。”在下面的牛栏里,我发现有一节石头梯子通到楼上。下雨时,牛栏里有股香香的干草的味道。牛儿都不见了,也许是主人离开时连它们一同带走了。仓房里装着半屋子的干草。在仓顶上有两个窗户,一个用木板钉了起来,另一个是一扇朝北开的狭窄的老虎窗。仓里有一道斜槽,干草叉起来后可以顺着斜槽溜到牛栏里。天光从窗户上照进来,泻到下面的地板上,大车进来,车上的干草在那里被叉起送到楼上。我听着雨点打在屋顶上,鼻子里闻着干草的气息,等下了楼时,闻到的是牛栏里纯正的干牛粪味儿。我们可以把那扇朝南开的窗户上的木板撬开一块,以观察院子里的情况。从另一个窗可以看到北面的田野。从这两扇窗户我们可以爬到屋顶,再下到地面,或者我们可以从斜槽上滑下来,如果楼梯到时不方便用的话。这是一个很大的仓房,如果听到有人来了,我们可藏在干草堆里。这似乎是个不错的地方。我确信,要不是他们向我们开火,我们已经穿过田野,到南部去了。那个地方不可能有德国人。德国人是从北面,从奇维达莱沿着公路开过来的。他们不可能从南边穿越过来。意大利人甚至更危险。他们已经吓破了胆,对看到的任何人都可能开枪。在昨晚的撤退中,我们听说许多德国人穿着意大利人的军服,混在北边撤退的队伍中间。我对此并不相信。这种事在战争中屡见不鲜。敌人常常用这样的法子来对付你。可你从没听说过我们的人有谁穿着德国人的军服,去扰乱他们的。也许有人这样做了,但似乎很难。我不相信德国人会这么做。我认为他们没有这么做的必要。根本没有必要再去扰乱我们的撤退。撤退大军的浩荡和公路的稀少和堵塞,已经让我们的撤退乱成了一锅粥。根本没有任何人来下过任何命令,更别说德国人了。可他们还会把我们当作德国人,来枪杀我们。他们打死了艾莫。干草散发着香味,躺在仓房的草堆上,让我仿佛一下子回到了过去。我们躺在干草堆里聊天,用气枪打落在仓房墙头高高的三角切口上的麻雀。后来,仓房不见了,有一年他们又砍掉了铁杉林,以前的一片树林现在只剩下了树墩、干枯的树梢、树枝和丛生的杂草。你不能退回去。如果你不再往前走了,那会怎么样?你再也回不到米兰。如果你回了米兰,会发生什么事?我听着在北面乌迪内那边开火的声音。我能听到机关枪的嗒嗒声。可没有炮声。这说明了一点:他们一定已经在沿路布置下了一些兵力。我在半明半暗的仓房里往下看,瞧见皮亚尼站在了卸草的地板上。他胳膊下面夹着一根很长的香肠,两瓶酒,还有一个罐子。

"上来吧,"我说,"这里有个梯子。"接着,我意识到我该帮他拿东西,便下到一层。躺在干草堆里,我的精神有些恍惚,几乎快要睡着了。

"博内洛呢?"我问。

"我一会儿告诉你,"皮亚尼说。我们上了梯子。到了上面的干草上,放下手里的东西。皮亚尼掏出带起子的小刀,取掉瓶上的木塞。

"他们在瓶口上封了蜡,"他说,"想必这酒还可以。"他笑着。

"博内洛呢?"我问。

皮亚尼看着我。

"他走了,中尉,"皮亚尼说,"他想做俘虏。"

我没有说话。

"他担心我们会被打死。"

我拿着酒瓶,仍然沉默着。

"你知道我们都不相信这场战争,中尉。"

"为什么你没走?"我问。

"我不想离开你。"

"他去哪儿了?"

"我不知道,中尉。他走了。"

"好吧,"我说,"你把香肠切一下好吗?"

皮亚尼在暗淡的光线中看着我。

"在我们说话时,我就把它切好了。"他说。我们坐在干草上,吃着香肠,喝着红酒。这酒一定是这家人留着办婚宴用的。已经放了很长时间,连酒的颜色也变了 。

"你从这个窗户监视外面,路易吉,"我说,"我到另一个窗口监视。"

我们刚才一个人拿着一瓶酒喝,现在我提着我的那瓶酒过了对面,平躺在干草上,从那扇窄窄的窗户望着雨中的乡野。我不知道我期待看到什么,可除了田野,光秃秃的桑树和正在落下的雨点,我再也看不到任何东西。我喝着这红酒,可喝得一点儿也不带劲。他们把这酒保存的时间太长,已经什么味也没有,失掉它的品质和颜色了。我望着外面的天色黑下来;夜降临得很快。这会是一个漆黑的雨夜。天一黑,放哨就没用了,于是我过到皮亚尼那边。他躺着睡着了,我没有叫醒他,在他身边坐了一会儿。他长得很壮,睡得很沉。没多久,我叫醒了他,我们出发了。

这是一个非常奇特的夜晚。我也不知道我在期待什么,也许是死亡,在漆黑一片中射过来的子弹和奔逃,然而,什么也没有发生。我们伏在公路边的水沟后面,看着一个营的德国军队从公路上走过,待他们过去后,我们横穿过公路向北进发。我们在雨中有两次和德国人离得很近,可他们并没有发现我们。从北面绕过城的时候,没有看到一个意大利人,没多久我们就汇入到撤退的队伍里,一整夜朝着塔利亚门托行进。在这之前,我还从未意识到这撤退大军的规模有多浩荡。不单单是军队,整个国家都在退却。我们走了一整夜,行进的速度比车辆快得多。我走得很累,那条伤腿也痛了起来,可是我们争取到了时间。这样看来,博内洛决定去当俘虏的想法,就显得有些可笑了。路上并没有危险。我们两次与德军擦肩而过,也没有发生任何事情。要不是艾莫被打死,我们似乎就是平安无事了。在沿着铁路线公开地行走时,也没有任何人找我们的麻烦。那次的枪击发生得太突然,太没有缘由了。我不知道博内洛现在会在哪里。

“你觉得怎么样,中尉?”皮亚尼问。我们正沿着公路上拥挤着车辆和部队的这一边走。

“还好。”

“我厌倦了这样地走。”

“哦,现在需要做的就是走路。我们不必再担心了。”

“博内洛是个傻瓜。”

“他是个傻瓜。”

“你会怎么处置他。中尉?”

“我也不知道。”

“你能不能就把他当作被敌人俘虏了来处理?”

“我不知道。”

“你也明白,要是战争继续打下去的话,他们会找他家人的麻烦的。”

“战争不会继续打下去了,”一个士兵说,“我们要回家。战争结束了。”

“大家都在回家。”

“快点儿,中尉。”皮亚尼说。他想超过那几个士兵。

“中尉?哪个是中尉?打倒军官!”

皮亚尼抓住了我的胳膊。“我最好还是叫你的名字吧,”他说,“他们可能会制造麻烦的。他们已经枪毙了一些军官。”我们挤过人群,超过了他们。

“我不会如实地打这份报告,免得给他的家人带来不幸。”我继续着我们刚才的谈话。

“如果战争结束了，怎么写也没事，”皮亚尼说，“但我认为战争还结束不了。要是能结束，那就太好啦。”

“我们很快就会知道结果的。”我说。

“我不相信战争会结束。人们都以为战争就要结束了，可我不相信。”

“回家去①！”一个士兵在喊，“我们要回家！”

“要是我们都能回家，那敢情好，”皮亚尼说，“你想回家吗？”

“想。”

“我们绝对回不了家。我认为战争还得打下去。”

“和平万岁②！”一个士兵喊。

“他们把他们的步枪扔掉了，”皮亚尼说，“在行军当中，他们把枪取下来，扔掉了。然后，他们就高喊口号。”

“他们不应该丢掉武器。”

“他们在想，如果没有了武器，他们就不用打仗了。”

黑暗中，我们冒雨沿着路边行进，我看到许多部队的士兵身上还背着枪，枪管从他们的斗篷上面突了出来。

“是哪一个旅的？”一个军官大声问。

“Brigata di Pace③，”有个人喊，“和平旅的！”那个军官没有吭声。

“他说什么了？那个军官说什么了？”

“打倒军官！和平万岁④！”

“我们走。”皮亚尼说。我们经过了两辆英国人的救护车，它们被丢弃在一个车辆堆里。

“这是来自戈里察的车，”皮亚尼说，“我认识这两辆车。”

“他们走得比我们远。”

---

① 这里原文是意大利语。

② 这里原文是意大利语。

③ 意大利语：和平旅。

④ 这里原文是意大利语。

“那是因为他们动身比我们早。”

“我纳闷儿这些司机都跑到哪里去了?”

“也许到了前面。”

“德国人在乌迪内城外停下了,”我说,“这些人们都将能够渡过河去了。”

“是的,”皮亚尼说,“这就是我认为战争之所以会继续打下去的原因。”

“德国人本来能够继续前进的,”我说,“我纳闷儿他们为什么要停下。”

“我不知道。我对这种战争一窍不通。”

“我想,他们是在等他们的补给跟上来吧。”

“我不知道。”皮亚尼说。他在单独一个人时,要温和得多。当和人们在一起时,他是很能跟人争辩的。

“你结婚了吗,路易吉?”

“你知道我结婚了。”

“这就是你不想当俘虏的原因吗?”

“是其中的一个原因吧。你结婚了吗,中尉?”

“没有。”

“博内洛也没有。”

“单凭一个人结没结婚,说明不了任何问题。不过,我倒是认为,一个结了婚的人可能会想回到他妻子身边的。”我说。我很高兴能扯到妻子的话题。

“是的。”

“你的脚怎么样?”

“挺疼的。”

拂晓前我们抵达塔利亚门托河,沿着暴涨的河水的堤岸往下走,来到那座所有车辆和人马都须经过的桥。

“他们应该是能守住这条河的。”皮亚尼说。黑暗中洪水涨得很高。河面变得很宽阔,水面上打着漩儿。木桥几乎有四分之三英里长，平时在多石的河床几条狭窄的水道里浅浅流淌的河水，现在涨溢得几乎触到了桥面底下的木板。我们顺着河岸，设法挤到了正在过河的人群当中。在雨中缓缓地前行，离开下面的洪水只有几英尺，桥面上很挤，我的前面是炮车上的一只弹药箱，我从桥边看着下面。因为不能按照我们自己的行军速度走了，我觉得很疲惫。我并没有将要渡过桥的那种激奋感。我在想，如果飞机在白天轰炸了它，那会是怎样的一种情形。

"皮亚尼。"我说。

"我在，中尉。"皮亚尼挤在稍靠前一点儿的地方。没有人说话。人们都想尽快过了桥：只有这一个念头。我们快过去了。在前面桥头的两边站着一些军官和宪兵，晃着手电筒。我看到他们在夜空映衬下的身影。在我走近他们的时候，我看见一个军官指了指人群中的一个人。随后，一个宪兵过去，拽着那个人的胳膊，把他揪了出来。他带着他下了公路。我们几乎跟他们打了个照面。军官们在审视着人群中的每一个人，有时他们相互说上几句，走上前去，用手电筒照着某个人的脸。在我们就要走到他们对面时，他们又抓出了一个。我看到了那个人。他是一位中校。在他们把手电筒晃到他身上时，我看见他袖标上的那几颗星。他的头发是灰色的，身体肥胖，矮小。宪兵们把他拖到一排军官的后面。待我们迎面碰上时，我见他们其中的一两个人看着我。随后，有一个人指着我，跟一个宪兵说了几句。那个宪兵随即贴着人群边上，朝我走过来，抓住了我的衣领。

"你干什么？"我说，朝他的脸上击了一拳。我看见他帽檐下面的脸上（留着两边上翘的小胡子）有鲜血淌下来。另一个人挤过人群赶来。

"你要干什么？"我说。他不回答。他在寻找抓住我的机会。我伸手到后面去掏手枪。

"难道你不知道你不能这样随便碰一个军官吗？"

有一个人从身后抓住了我，把我的胳膊从后面使劲往上拧，拧得我都快要脱臼了。我向他转过身来,另一个人趁机上来卡我的脖子。我用脚踢他的胫骨,用左膝撞他的腹股沟。

“如果他抵抗,就向他开枪。”我听见一个人说。

“你们这是要干什么?”我想喊,可声音却大不起来。他们把我拽到了公路边上。

“如果他抵抗,就向他开枪,”一个军官说,“把他带到后面去。”

“你们是什么人?”

“你会知道的。”

“战时执法队。”另一个军官说。

“为什么你们不告诉我站到前面来,而让这些人来扯着我?”

他们没有理我。他们不必回答我的问题。他们是战时执法队。

“把他押到后面那群人那儿去,”第一个军官说,“你们听到了吧,他说意大利语带着外国口音。”

“你也是,你——”我说。

“把他押到那些人那儿去。”第一个军官说。他们押着我经过了路下边站着的一排军官,走向靠近河堤田野里的一群人。这时,有人开了几枪。我看见步枪射击发出的火光,随后听见了枪声。我们走到了这群人里。有四个军官站在一起,他们的前面有个人,两个宪兵一边一个站在这个人的两侧。一群人由宪兵看押着。另有四个宪兵站在审讯官的旁边,胳膊倚在他们的卡宾枪上。他们是头戴宽边帽的宪兵。那两个抓我的人把我推到等着被审问的人群里。我注视着军官们正在审讯的这个人。他就是刚才从人群里被拽出来的那个矮小、肥胖、灰色头发的中校。审讯者具有意大利人惯有的那种老练、冷酷和高傲的做派,只许他们开枪打人,而不许别人朝他们打枪。

“你在哪个旅?”

他告诉了他们。

“哪个团?”

他告诉了他们。

“你为什么没有跟你的团在一起?”

他告诉了他们。

“难道你不知道一个军官应该跟他的部队在一起吗?”

他说他知道 。

这个军官问完了。另一个军官开口道:

“就是你和像你这样的人,致使野蛮的种族进入我们祖国这块神圣的土地。”

“你说什么?”中校说。

“就是因为像你们这样的人的背叛行为,使我们失去了胜利的果实。”

“你经历过撤退吗?”中校问。

“意大利永远不会撤退。”

我们站在雨中,听着这番审讯。我们面朝那些军官。被押的人站在前面,靠近我们这一边。

“如果你们打算枪毙我,”中校说,“请马上开枪好了,无须再问。你们的问话太愚蠢。”他在胸前画了个十字。军官合议了一下。有个人在一本白纸上写下几句话。

“逃离了他自己的部队,下令处决。”他说。

两个宪兵把中校押往河边。上了年纪的中校在雨中走着,帽子被摘掉了,一边跟着一个宪兵。我没有看他们枪毙他,可我听到了枪声。他们正在问另外一个人。这个军官也是离开了他的部队。他们不允许他做任何解释。在他们从那摞子白纸上宣读对他的判决时,他大声地哭着,枪决他时,他们又在审问下一个了。只要刚被问完的这一个在执行枪决,下一个跟着就在审讯中。很显然,他们这么做肯定不会讯问出任何结果的。我不知道我是该等着他们问我,还是现在就挣脱逃走。显然我是个穿着意大利军服的德国人。看得出来,他们脑子里就是这么想的,如果他们还有脑子、还会思考的话。他们都是年轻人，正在拯救他们的国家。在塔利亚门托那边，第二军团正在整编。他们正在杀掉所有脱离了部队的校级以上的军官。他们也在从速处决穿意大利军服的搞煽动的德国人。他们都戴着钢盔。这里只有我们两个戴着钢盔。一些宪兵也有钢盔。其余的都戴着宽边帽。我们管这种人叫飞机。我们站在雨里，依次挨个儿地被审问，被枪决。到目前为止，他们枪毙了所有被审问的人。这些审讯官自身绝无任何危险，所以判决起别人的死刑来，既优雅超脱，又大义凛然。现在，他们正在问一个前线团的上校。又有三个军官被带到我们这里。

"他的那个团去了哪里？"

我注视着那些宪兵。他们正在盯着新来到这里的人。其余的在看着上校。我一弯腰，抽出身子，推开我两侧的宪兵，低着头，拼力往河那里跑。跑到河边，我脚下一滑，扑通一声就进入河中。河水很冷，我尽可能地潜在水中不上来。我能感觉到强大的水流在卷着我，我一直潜在水中，直到我觉得我要再不上来就永远上不来了。浮出水面，吸一口气，我就又潜了下去。穿着这么多衣服，还有脚上的靴子，让我很容易便能潜在水中。在第二次浮上来换气时，我看见前面有根木头，游过去用一只手抓住了它。我把头埋在木头后面，甚至不想从木头上看过去。我不想看河岸那边。在我奔跑时有人向我射击，在我第一次游上来换气时也有人射击。在我快要浮出水面时，还是听到有人射击。现在，没有枪声了。这根木头在洪流中打着转儿，我用一只手扶着它。我看了看岸边，河岸似乎往后溜得很快。河里的木头树枝多了起来。河水很冷。我经过了一个长满灌木丛的小岛。我用两只手抱着木头，任凭它带着我漂流。现在已经看不见河岸了。

# 第三十一章

在急流中间，你很难判断在河里所待时间的长短。待的时间似乎很长，却也许只是很短的一会儿。河水很冷，水位很高，洪水来的时候，河沿上的东西都被卷到水里，顺流而下。我很幸运，恰巧碰上了一块重木，我躺在冰冷的水里，把下巴支在木头上，两只手很轻松地扒在上面。我担心会抽筋，希望能尽快靠向岸边。我在河中漂流，划着一道长长的弧线。天开始亮起来，我都能看清楚沿岸的矮树丛了。前面有一个长满了灌木丛的小岛，水流开始朝着岸边的方向涌，我在想我是否应该脱下靴子和衣服，试着向岸边游去，但我还是打消了这个念头。我想我怎么也能够上得了岸的，若是光着脚上去了，会对我有诸多的不便。因为我还得去往梅斯特雷呢。

我看着河岸到了近前，紧接着又离我而去，随后离我又更近了点儿。水流渐渐地慢下来，现在我挨着河岸更近了，都能看得清柳树丛里细小的枝条了。这根木头慢慢地转着圈儿，堤岸又到了我的身后，我知道是遇上了涡流。我缓缓地打着转儿。当我再一次看到堤岸时，它靠得我更近了，我用一只胳膊抱着木头，用另一只游着，试图靠近堤岸，却没有成功。我担心会被水流冲入涡流，于是我一只手抓着木头，把我的腿抬了起来，用双脚抵住木头的一边，使劲朝着岸边推。我能看清楚灌木丛了，可尽管我使足了力气，拼命地游，水流还是把我冲远了。我当时想，我会因为我的靴子而被淹死的，但是我仍在奋力地划水，待我再抬眼看时，发现河岸正在向我靠近，我便不顾两只靴子的沉重，用手脚不断地划水，蹬水，直到抵达了岸边。我抓住了一根较粗的柳树枝，却没有力量把自己拽上来，但我知道我现在不会被淹死了。在这之前，我从没想到过，抱着一根木头我也有可能被淹死。经过这番用力和拼搏，我觉得胃和胸腔又空又想吐，只好就这样抓着树枝先恢复一下体力。在恶心的感觉过去以后，我连拽带爬地上到柳树丛里，双臂抱着一棵柳树，手紧紧地抓着树枝，又休息了片刻。临了，我从灌木丛里钻了出来，穿过柳树林，爬到了河沿上面。这时天已经蒙蒙亮了，河岸上没有一个人。我展展地躺在堤堰上，听着河水的咆哮和淅沥的雨声。

歇息了一会儿后，我站了起来，沿着堤岸往前走。我知道在到达拉蒂萨纳之前，再没有桥可以让我过河。我推测我现在所在的河堤对面可能是圣维托。我开始想我下一步该如何行动。前面有一条其水流入河内的沟渠。我朝着它走了过去。自从上岸后，我还没有看见过一个人，我在渠堰边的灌木丛旁坐下来，脱掉靴子，把里面的水倒出来。我脱下上衣，从里面的口袋掏出放着钱和证件的皮夹子（里面的东西都湿了），然后拧干了它上面的水。我脱下裤子、衬衣、内衣、内裤，一一将它们拧干。在用手拍打和揉搓了一会儿我的身体后，我又穿好了衣服。我的帽子丢了。

在穿上衣之前，我先把袖子上缀的那几颗布星星撕了下来，和钱一起装进了里面的口袋。钱都湿了，但还完好。我数了一下，一共是三千多里拉。我的衣服湿乎乎、黏糊糊的，我拍打着胳膊，以保持血液的流通。我穿着羊毛内衣，我想只要多活动，就不会着凉。宪兵们在路边，拿走了我的手枪，我把枪套放在外衣里面。我没有斗篷，雨水打在身上觉得很冷。我爬到渠堰上面。天已经大亮了，整个乡野都是湿乎乎的，一副无精打采的景象。远近湿漉漉的田野一片荒凉；在平原的尽头，我远远望见有个钟楼耸立在高地上。我上了公路。前面有支部队沿着公路迎面而来。我一瘸一拐地靠着路边走，他们从我身边经过，并没有理会我。他们是一个机枪分队，正朝河的上游开去。我沿着公路继续前行。

那一天，我穿过了威尼斯平原。那是一个较低洼、较平坦的地区，一下雨，就显得越发平坦。在它靠海的那一边，是一些盐沼地，很少有公路。公路都是沿着河口通向海边的。要穿越这片平原，你必须沿着沟渠边的小路走。我是从平原的北面往南行，已经穿过了两条铁路线和许多条公路，最后我终于走到一条小路的尽头，走到一条沿沼泽地修建的铁路线。这是一条从威尼斯到里雅斯特的干线，有着很高很坚固的路堤、结实的路基和两条铁路。离开轨道不远有一个旗站，能看见有个士兵在把守。铁路线那边有座桥，桥下是一条流向沼泽地的河流。我看见在桥那里也有一个士兵守卫。在我穿过田野向北走时，我曾看见一列火车在这条铁路线上行驶（在平地上很远便能看得见），我想也许会有一趟列车从波多格鲁罗开过来。我趴在路堤上，观察着那几个哨兵和铁道两边的情况。桥头的那个卫兵顺着铁路线朝我趴着的这边走了几步，转身又折回了桥头。我趴在那里，等着火车的到来，肚子里觉得很饿。我先前见过的那列火车很长，行驶得十分缓慢，我相信我一定能爬上去。就在我几乎要放弃希望的时候，我看见一趟列车开了过来。那机车直开过来，显得越来越大。我看了一下桥头的守卫。他正在离我近的桥这边巡逻，不过是在铁轨的另一边。当火车驶过来时，就会挡住了他的视线。我注视着车头离我越来越近。它开得很吃力。我看见它后面挂了很多节车皮。我知道车上会有卫兵，我想看到他们所在的位置，但是因为被遮住了视线，我没能看见。机车快要开到我趴着的地方了。机车到了我面前，甚至在平路上它也在喘息着前行，接着，我看见火车司机从我眼前闪过，我站起来，向行驶中的车厢靠近。即使有卫兵巡逻，我在铁路边站着，也不会成为怀疑的对象。几节封闭的装货的车厢驶了过去。然后，我看到一节很低的上面遮着帆布的车皮（人们叫它们无盖货车）过来了。我站着，直等到它快要从我身边过去了时，才纵身一跃，抓住了车皮后面的把手，攀了上去。我身子缩在无盖货车和后面高高的装货车厢的车檐之间。我觉得没有人会看到我。我抓着把手，猫着身子，脚下踩着车钩。火车快要开到那座河桥的对面。

我还记着桥头的那个卫兵。在火车驶过的时候,他向火车这边看着我。他还是个孩子,钢盔戴在他的头上,显得很大。我轻蔑地盯视着他,他的眼睛看向了别处。他一定以为我是这趟火车上的一个工作人员。

我们的车皮过去了。我看见他仍然朝这边很不自在地望着,瞅着后面的车厢一节一节地开过去。我弯下身子,去看盖在上面的帆布是如何被固定的。帆布边缘上有扣眼,用绳子穿过系在车厢上。我掏出小刀,割断绳子,把胳膊伸到了帆布里面。雨中的帆布绷得很紧,帆布下面是硬鼓鼓的东西。我四下看了看。前面的那节车厢有个卫兵,不过,他正在看着前面。我松开扶手,朝帆布下面钻。前额突然碰到了什么,把我猛烈地撞了一下,我感觉有血从额头上流下来,不过,我还是坚持着爬了进去,平躺在了里面。随后,我转过身来,系住了帆布上的绳子。

放在这帆布下面的是大炮。它们有股浓浓的机油和润滑油的味儿。我躺在下面,听着雨滴在帆布上的声响和车轮碾过铁轨的咔嚓声。有一点儿光透进来,我躺着看着这些大炮。在炮身上还罩着帆布套。我想它们一定是从第三军团那里运往前线的。我前额上被撞的地方肿了起来,我静静地躺着,让血凝结,从而止住了流血,临了,我抠掉了伤口周围的血痂。这算不了什么。我没有手帕,便用手指蘸着从帆布上滴下来的雨水,拂掉了脸上的血迹,又用袖子擦干净了脸。我不想引起别人的怀疑。我知道在火车到达梅斯特雷之前,我就得设法下去,因为他们会来查看这些大炮的。他们损失不起,也忘记不了这些大炮。我的肚子饿极了。

# 第三十二章

我躺在平板货车的车板上，上面盖着帆布，身体挨着大炮，我感到阴湿寒冷，饥肠辘辘。后来，我翻过身子，手臂垫在头下面，趴在了车板上。我的膝盖现在有些僵硬，可这一路上它的表现却令人满意。瓦伦蒂尼大夫的手术做得不错。我撤退中步行的那一半路程，还有在塔利亚门托河里与水流搏斗的那一段，靠的都是他（给我做了手术）的这个膝盖。这一个就是他的膝盖了。另一个还是我自己的。医生们给你进行手术和治疗，临了，你的身体就不再是你自己的了。头颅是我的，腹腔里的器官还是我的。我肚子非常的饿。我能感觉到它里面在翻江倒海。头是我的，但是不能拿来使用，不能用来思考，只能去回忆，回忆一点儿事情，不能太多。

我能想一想凯瑟琳，但是我知道，在我不能确定是否还能再见到她的情况下，去想念她，我会发疯的，所以我不愿意去想她，要想也只能想一小会儿，只是在列车这样缓缓地咔嚓咔嚓地移动中间，在略微有光漏进来时，我和凯瑟琳一块儿躺在这平板货车的车板上。躺在硬邦邦的车板上，不去思考，只去感觉，我已离开太长时间，衣服湿湿的，车板只是有些轻微的有间歇的颠簸，内心孤寂，孤单单一个人只能将湿衣服和硬车板当作妻子。

你并不喜欢这平板货车的车板，不喜欢罩着帆布套的大炮，或是金属上涂了凡士林的味道，或是漏雨的帆布，不过，躺在帆布下面，有大炮做伴，那感觉还是挺好挺美的；可你喜欢和爱着的那个人，你也知道，甚至你就是假想她在这儿也不可能；你现在看得很清楚，也很冷静——与其说是冷静，倒不如说是清楚和空洞。这样趴在车板上，你什么也看不到，你经历了一个军队的退却，另一个军队的向前。你丢掉了你的救护车和你的部下，就像一个铺面巡视员在一场大火中损失掉了他商店里的货物。只是没有上保险。你现在解脱了。你不用再承担任何责任了。如果他们在着火后就要枪毙铺面巡视员，只因为他们说话总带有外国口音，那么，等商店重新开业后，就不能指望铺面巡视员会再归来。他们会去找别的干的；如果世上还有别的营生，如果警察还没有逮捕了他们的话。

愤怒，连同职责，都一起被河水给冲走了。尽管从宪兵用手抓着我衣领的那一刻起，我的职责就中止了。我想脱掉军装，尽管我对穿着并不在意。我已取下袖标上的星，可那只是为了方便起见。这与荣誉毫无关系。我并不反对和怨恨他们。我已经洗手不干了。我希望他们都能有好的运气。他们中有善良的，有勇敢无畏的，有头脑冷静的，有明白事理的，他们个个该有好运。但战争不再是我的舞台，我希望这趟该死的列车快快到达梅斯特雷，好让我能饱餐一顿，不再思想。我不能再想了。

皮亚尼会告诉他们，宪兵把我给枪毙了。他们在枪杀了那些人们后，会翻他们的口袋，拿走他们的证件。死者身上不能再有任何证件。他们会声称说我是淹死在河里了。我不知道我美国的亲人会听到怎样的说法。负伤战死了，或是其他的什么原因。上帝啊，我太饿啦。我很想知道食堂的牧师怎么样了。还有利纳尔迪。他或许在波代诺内。如果他们没有再继续往后撤的话。哦，我永远不会再见到他了。我再也见不到他们中的任何人了。那段生活已经结束了。我不相信他染上了梅毒。人们说，如果治疗得及时，也不是什么太严重的病。但是他会担心。如果我染上了，我也会担心的。给了谁也会担心的。

我生来就不爱思考。我天生好吃。上帝啊，我是的。跟凯瑟琳一块儿吃饭，喝酒，睡觉。或许今晚就能办到。不，这不太可能。可明天晚上呢，先是美餐一顿，完了睡在干净的床单里，与凯瑟琳再不分离，永远地相伴相随。也许，马上就得动身。她会跟我一起走的。我知道她会。我们什么时候走呢？这是需要想一想的。天色暗了下来。我躺在那里，考虑着我们该往哪里去。有很多的地方可以去。

# 第四部

# 第三十三章

在天快亮、火车慢下来进入米兰站时，我从车上跳了下来。我横穿过轨道，从车站上的一些建筑物之间绕到了外面的马路上。一家酒店已经开门，我走进去喝咖啡。酒店里有股清晨的刚刚打扫过的气息，咖啡杯子里都放着调羹，桌子上有玻璃杯底留下的一圈一圈的水渍。店主在吧台后面。有两个士兵坐在餐桌前。我站在吧台那里，喝了一杯咖啡，吃了一块面包。咖啡被牛奶冲成了灰色，我用面包把上面的那层奶皮蘸了起来。店主看着我问：

"要杯格拉帕酒吗？"

"不，谢谢。"

"算我的，"他说着给我倒了一小杯，推到了我这边，"前方的战事怎么样啦？"

"我不清楚。"

"他们喝多了。"他说，用手指着那两个士兵。他的话不假。他俩看上去确实喝多了。

"告诉我，"他说，"前方的战事怎么样啦？"

"我不知道前方的情况。"

"我看着你沿车站的那堵墙走过来的。你刚下了火车。"

"军队都在撤退。"

"我读过报纸。到底发生了什么？是不是战争要结束了？"

"我觉得不会。"

他从一个小瓶子里给我的玻璃杯斟满格拉帕酒。"要是你有麻烦，"他说，"我可以收留你。"

"我没有麻烦。"

"一旦有麻烦,你可以来我这里。"

"在什么地方待呢?"

"就在这座楼里。许多人都待在这儿。凡是遇上了什么麻烦的,都在这里。"

"遇上麻烦的人多吗?"

"那要看你对'麻烦'怎么理解了。你是南美人吗?"

"不是。"

"会说西班牙语吗?"

"会一点儿。"

他把柜台上的酒渍擦了擦。

"现在出境比较难,可并非没有可能。"

"我并不想要离开。"

"你可以在这儿想待多久,就待多久。你会发现我这个人是很可靠的。"

"我今天早晨还得出去一趟,不过,我会记住这个地址,以后再回来。"

他摇了摇头。"听你这么说,你就不会回来了。我原以为你真有麻烦。"

"我没有。不过,一个朋友的地址,还是值得记住的。"

我拿出一张面额十里拉的钞票放在吧台上,支付喝咖啡的钱。

"跟我喝一杯格拉帕酒好吗?"我说。

"不用了。"

"喝一杯嘛。"

他给两个杯子里斟上了酒。

"记住来这儿,"他说,"不要叫别人把你弄走。你在这里是安全的。"

"我一定记着。"

"你确定吗?"

“是的。”

他是认真的。“让我来告诉你,你不要穿着这件衣服到处地走。”

“为什么?”

“在你袖子上取掉星的地方,布的颜色很明显不一样。”

我没有吱声。

“如果你没有证件,我可以给你。”

“什么证件?”

“休假的。”

“没有这个必要。我有证件。”

“好吧,”他说,“不过,一旦你需要,我能给你搞到你想要的任何证件。”

“这些证件需要多少钱?”

“这要看你要的是什么证件。我不会敲你的竹杠的。”

“我现在不需要。”

他耸了耸肩膀。

“我没事。”

见我要走,他说:“不要忘了我是你的朋友。”

“不会的。”

“希望再次见到你。”他说。

“好的。”我说。

出来后我绕开车站走,因为那里站着宪兵。我在小公园旁边租了一辆马车,我告诉车夫医院的地址。到了医院,我去了门房的住处。他妻子拥抱了我。门房跟我握了手。

“你平安回来了。”

“是的。”

“你吃了早饭了吗?”

“吃了。”

“你好吗,中尉?你好吗?”他的妻子问。

"挺好的。"

"你不跟我们一块儿吃早饭?"

"不了,谢谢。告诉我巴克利小姐现在还在医院吗?"

"巴克利小姐?"

"那位英国女护士。"

"他的女朋友。"他的妻子说。她笑着拍了拍我的肩膀。

"不在了,"门房说,"她离开了。"

我的心蓦然间沉了下去。"你确定吗?我说的是那位金发、高个子的英国姑娘。"

"是的。她去了斯特雷萨(意大利一疗养旅游胜地)。"

"她什么时候走的?"

"两天前,她和另外的那个英国姑娘一块走的。"

"好的,"我说,"我希望你们能为我保守秘密,不要告诉任何人你们曾见到过我。这很重要。"

"我绝不会告诉任何人的。"门房说。我给他一张十里拉的钞票。他把它推开了。

"我发誓不告诉任何人,"他说,"我不要钱。"

"我们能为你做些什么呢,中尉?"他的妻子说。

"只要做好这一点就行了。"我说。

"我们会守口如瓶的,"门房说,"有需要我做的,就告诉我好吗?"

"好的,"我说,"再见。后会有期。"

他们站在门口,目送着我离开。

我坐进马车里,给了车夫西蒙斯的住址。西蒙斯是我那两位学唱歌的熟人中间的一个。

西蒙斯住在城里很远的地方,靠近马根塔门(米兰的西门)。我去了他家时,他还躺在床上,睡意未消。

"你起得真早,亨利。"他说。

"我是搭凌晨的火车到的米兰。"

"这一全线的大撤退是怎么回事？你是从前线回来的吗？抽支烟吗？烟在桌子上的盒子里。"这是一间很大的屋子，床靠墙摆着，屋子的另一头是一架钢琴，一个梳妆台和一张桌子。我坐在床前的一把椅子里。西蒙斯靠着枕头坐在床上，抽着烟。

"我陷入困境了，西姆。"我说。

"我也是，"他说，"我总是处在窘境当中的。你抽烟吗？"

"不。"我说，"若是去瑞士，需要什么手续？"

"你吗？意大利人是不会让你离开这个国家的。"

"是的。这一点我知道。可是，瑞士那边呢，他们会怎么做呢？"

"他们会扣留你。"

"我知道。可具体的程序是什么？"

"没有什么。很简单。你可以去任何地方。我想，你只要写份报告什么的就可以了。你为什么要这么做？你是在逃避警察吗？"

"还说不上来。"

"你要不想说，就不必告诉我。不过，听听也许蛮有意思的。这里啥事也没有，平淡得很。在皮亚琴察演唱，我失败得很惨。"

"对你的失败，我深表同情。"

"噢，真的——我失败得很惨。可我唱得还可以。我打算在这里的利瑞歌歌剧院再唱一场。"

"我愿意去听听你的演唱。"

"谢谢你的美意。你的处境是不是已经很糟糕？"

"我也不太清楚。"

"你不想说，就不必告诉我。你是如何侥幸离开那倒霉的前线的？"

"我想我已经彻底脱离了这场战争。"

"好样的。我一向知道你有头脑。有什么我能帮你的吗？"

"你总是那么忙。"

“不忙,我亲爱的亨利。一点儿也不忙。很高兴能为你做点什么。”

“咱俩个头差不多。你愿意出去帮我买一套便服吗?我有衣服,可我把它们都放在罗马了。”

“你曾经住在那儿,是吗?那是个很脏的地方。你怎么会住到那里去的呢?”

“我当时想做一名建筑师。”

“那不是造就建筑师的地方。你用不着买衣服。我这儿的衣服随便你挑。我的衣服里一定有你合身的,你穿上一定很棒。你到换衣间里,那儿有个衣橱。你随便试。我亲爱的亨利,你不需要买任何衣服。”

“我宁愿让你去帮我买,西姆。”

“我亲爱的亨利,对我来说,让你穿我的,比让我出去为你买,要容易得多。你有护照吗?没有护照,你走不远的。”

“有的。我的护照还在。”

“那么,穿好衣服,我亲爱的亨利,马上动身前往老赫尔维希亚吧(古时欧洲中部一地区的罗马名,相当于现在瑞士的西部)。”

“还不行。我得先去趟斯特雷萨。”

“那就更好了,我亲爱的朋友。你划条船直接就到那边了。如果我不再演唱的话,我就跟你一块去了。可我还想再试试。”

“你可以真假嗓子变换着唱。”

“我亲爱的朋友,我会学着真假嗓子变换着唱的。尽管我能真唱。怪就怪在这里。”

“我敢打赌,你能唱好。”

他躺倒在床上,抽着烟。

“不要对我期望过高。尽管我能唱。说起来也真滑稽,可是我真的能唱。我喜欢唱歌。你听。”他高唱起《非洲女》,他的脖子胀了起来,周围的血管暴突出来。“我能唱,”他说,“不管他们喜欢还是不喜欢。”我往窗户外面看了看。“我下去一趟,把出租马车打发走。”

“完了就上来，亲爱的朋友，我们一起吃早饭。”他一骨碌从床上下来，站直了，来了个深呼吸，开始做起屈伸运动。我下楼去支付车钱。

# 第三十四章

穿上便服,我觉得像是在化妆舞会上。我穿军装已经有不短的时间了,我很怀念凭你的衣服便能识别出你身份的那种感觉。裤子十分肥大。我买了从米兰到斯特雷萨的火车票。还买了一顶新帽子,我戴不上西姆的,可他的衣服还合身,只是有股烟草味儿,我坐在车厢里,戴着新帽子,穿着旧衣服,望着车窗外的景物,这伦巴第区的乡野像我的心情一样,沉郁,阴湿。车厢里有几个飞行员,他们似乎都看不起我。他们尽量不往我这边看,对我这样年龄却不当兵的,很是鄙视。我并没觉得自己受到侮辱。要是放在过去,我会辱骂、滋事,跟他们干仗的。他们在加拉拉泰下了车,我很高兴车厢里留下了我自个儿。我有报纸,可并没有去读,我怕读到有关战争的消息。我打算忘掉战争。我已单独媾和了。我感到一种从未有过的孤独,直到火车到达斯特雷萨,我才舒了口气。

在车站,我本以为会有旅馆的人员前来接客的,却没有。旅游的旺季早已过去,没有人来接站。我拎着包(西姆的包)下了火车,包很轻,里面只有两件衬衣;雨还下着,我站在车站的屋檐下面,等着火车开过去。我在车站找了一个人,问他是否知道有什么旅馆还在营业。巴罗美群岛大饭店还开着,还有几个较小的旅馆也一年四季在营业。我拿着包开始冒雨向巴罗美大饭店赶去。我看见一辆马车沿街驶来,便向车夫打招呼。最好是乘一辆出租马车去到旅馆。我们的马车行驶到了这家酒店的入口处,一个门房打着伞出来,很有礼貌地迎我进去。

我挑了一个顶好的房间。它又宽敞又明亮,窗户外面就是马焦雷湖。眼下乌云笼罩着湖面,不过在阳光明媚时这湖水一定很美。我跟旅馆的人说，我在等候妻子的到来。屋子里有一张硕大的双人床，那种为新婚夫妇准备的大床，上面铺着缎面的床罩。这家饭店十分豪华。我穿过长长的走廊，走下很宽的楼梯，经过不少的房间，来到酒吧间。我认识那位酒吧侍者，我坐在吧台前的高凳上，吃着咸杏仁和炸土豆条。马丁尼酒喝起来让人觉得神清气爽。

“你穿着便装来这里干什么？”在给我调好了第二杯马丁尼酒后，酒吧侍者问。

“来休假。为身体康复批给我的假。”

“这么大的酒店，没有人住。我不知道他们为什么还要开着它。”

“你最近钓鱼了吗？”

“我钓到了几条很好看的鱼。每年的这个时候，你都能钓到一些很不错的鱼。”

“你收到过我寄的烟草吗？”

“收到过。你收到我寄的明信片了吗？”

我大声地笑起来。我就没能够搞到烟草。他想要的是美国烟斗烟丝，可不知是我的亲戚没有给寄出来，还是中途叫人扣留了。不管怎么说，烟丝从未寄到过我这里。

“我会从别的地方给你搞一些的，”我说，“你能告诉我，你在城里见过两个英国女孩儿吗？她们是前天来到这儿的。”

“她们没有住在这个酒店。”

“她们是护士。”

“我见到过两个护士。等一下，我去查一下，看看她们在哪里。”

“这其中的一个是我的妻子，”我说，“我来这里就是找她的。”

“另一位是我的妻子。”

“我不是在开玩笑。”

“请原谅我开的这个愚蠢的玩笑，”他说，“我刚才没听明白你的话。”他查去了，走了好大一会儿。我吃着橄榄、咸杏仁和炸土豆条，一边照着吧台里面的镜子，端详着穿便服的我。酒吧侍者回来了。“她们在挨着火车站的那家小旅馆里。”他说。

“有三明治吗？”

“我打电话要一些过来。因为现在这儿没有什么客人，所以也就不准备什么食物了。”

“真的没有一个人住在这里了吗？”

“有的。很少的几个。”

三明治送来了，我吃了三块，又喝了几杯马丁尼酒。我从没喝过这么爽口、这么香醇的酒。它们让我觉得自己更像个文明人了。这段时间，我喝了太多的红酒和格拉帕酒，吃了太多的面包、干酪、劣质的咖啡。我坐在桃花心木柜台前的高凳上（周围是黄铜饰物和镜子），什么也不去想。酒吧侍者问了我个问题。

“不要再谈这场战争。”我说。战争已经离开我很远，很远。或许，根本就没有什么战争。这里也没有任何战争。就在此刻，我意识到战争对于我来说已经结束了。不过，我并不觉得战争真的结束了。我觉得自己就像个逃学的孩子，心里还想着在某一时刻学校正在发生的事情。

我到了她们住的旅馆时，凯瑟琳和海伦·弗格森正在吃晚饭。站在门廊里，我看见她俩坐在餐桌旁。凯瑟琳的脸没有朝着我这边，我看见了她长长的头发，娇媚的脸颊，秀美的脖颈和肩膀。弗格森正在说着什么。见我进来，她停住了。

“天呀。”她说。

“你好。”我说。

“噢，是你！”凯瑟琳激动地说。她的脸上一下子放出光彩。她高兴得似乎都不敢相信这是真的。我过去吻了她。凯瑟琳脸红了，我在桌前坐了下来。

“你这个惹事精，”弗格森说，“你来米兰这里干什么？你吃饭了吗？”

“没有。”端饭菜的女孩儿正好进来，我告诉她给我拿来一个盘子。这时间凯瑟琳一直看着我,她的眼睛里都是喜悦。

“你穿着便装做什么?”弗格森问。

“我进内阁了。”

“你是有麻烦了。”

“高兴点儿,弗吉。高兴点儿嘛。”

“我看见你就高兴不起来。我很清楚你给这位姑娘所造成的不便。你在我眼里,就是个扫把星。”

凯瑟琳一直冲着我笑,在桌子底下用她的脚碰我。

“没有人找我的麻烦,弗吉。是我自找苦吃。”

“我真的忍受不了他,”弗格森说,“他只会鬼鬼祟祟地用他意大利人的诡计害你。在这方面,美国人比意大利人更坏。”

“苏格兰人是一个很讲道德的民族。”凯瑟琳说。

“我不是那个意思。我是说他那意大利人的鬼鬼祟祟。”

“我鬼鬼祟祟吗,弗吉?”

“对。你比鬼鬼祟祟还糟。你就像一条蛇。一条穿着意大利军装的蛇:在你的脖子上还系着斗篷。”

“我现在已经不穿意大利军服了。”

“这正是你鬼鬼祟祟的又一例证。你在整个夏天都谈情说爱,把这位姑娘搞得有了孩子,现在我想你就该开溜了吧。”

我冲着凯瑟琳笑,她也朝我笑着。

“我们俩将一起开溜。”凯瑟琳说。

“你俩是一丘之貉,”弗格森说,“我为你感到羞愧,凯瑟琳·巴克利。你没有羞耻感也没有荣誉感,你像他一样鬼鬼祟祟。”

“不要,弗吉,”凯瑟琳拍着弗格森的手说,“不要这么责备我。你知道我们彼此喜欢。”

“把你的手拿开,”弗格森说。她的脸红了。“如果你还知道羞耻的话,你就不会是现在这个样子。天知道你怀这个孩子已有几个月了,你觉得好玩,现在是满脸的笑容,因为引诱你的人回来了。你不知羞耻,你无情无感。”她哭了起来。凯瑟琳过去,用胳膊搂住了她。在她站在那儿安慰弗格森的当儿,我看不出她的身材有任何变化。

“我才不在乎我这么做呢,”弗格森啜泣地说,“我觉得这太可怕了。”

“好了,好了,弗吉,”凯瑟琳安慰着她,“我知道羞耻。不要哭了,弗吉。不要哭了,我的好弗吉。”

“我不哭了,”弗格森抽泣着,“我不哭了。我哭还不是因为你现在的糟糕处境。”弗格森拿眼睛瞪着我。“我恨你,”她说,“就是因为凯瑟琳也不能让我不恨你。你这个鬼鬼祟祟的美国裔意大利佬。”她的眼睛和鼻子都哭得红红的。

凯瑟琳对我笑着。

“不许你一边搂着我,一边冲着他笑。”

“这就是你的不对了,弗吉。”

“我知道的,”弗格森啜泣着,“你们两个都不必在意我。我心里难受。我显得不理智了。这我知道。我希望你们两人幸福。”

“我们很幸福,”凯瑟琳说,“你真好,弗吉。”

听到这里,弗格森又哭了。“我不希望你们的幸福是以现在这种方式。为什么你们不结婚呢?你不是另有女人吧?”

“没有。”我说。凯瑟琳笑起来。

“这没有什么好笑的,”弗格森说,“很多男人都另有老婆的。”

“我们会结婚的,弗吉,”凯瑟琳说,“如果那能让你高兴的话。”

“不是让我高兴。是你自己该想着结婚的。”

“我们一直都没有腾出空来。”

“是的。我知道。忙着怀孩子呢。”我本以为她又要哭了,结果她转而变得刻薄起来。“我想,你今晚就会跟他走掉了吧?”

“是的,”凯瑟琳说,“如果他要我走的话。”

“那我怎么办?”

“你害怕一个人待在这里?”

"是的,我怕。"

"那么,我将和你待在一起。"

"不,你跟着他走吧。马上跟他走。我不想再看见你们两个人。"

"我们最好还是先把晚饭吃完。"

"不。你们现在就走。"

"弗吉,你理智点儿好吗?"

"我说了,你们两个马上走。走得远远的。"

"我们走。"我说。弗吉搞得我有点儿厌烦了。

"你们真的想走。你们瞧,你们甚至想留下我一个人孤零零地吃晚饭。我一直想着来意大利的湖区看看,谁知却是这样的一个结果。呜,呜。"她哭泣着,临了,看着凯瑟琳,她哽咽住了。

"我们将一直待到晚饭后,"凯瑟琳说,"如果你想让我留下,我是不会离开你的。我不会留下你一个人,弗吉。"

"不。不。我要你走。我要你走。"她擦干了眼里的泪,"我这么不讲道理。你们不要介意我。"

端饭菜的女孩儿被这一顿哭也搅得心神不宁。现在她送进来了下一道菜,看见情形有了好转,她的心情也变轻松了。在酒店的那天,我们度过了一个美好的晚上,在我们的屋子外面,是长长的空荡荡的走廊,我们的鞋子放在屋外门口,房间里铺着厚厚的地毯,窗外下着连绵的雨,明亮的屋子里显得舒适,欢悦,关灭了灯后,光洁的床单和舒坦的大床令人兴奋,让我们有回到家的感觉,不再觉得孤单,夜里醒来,发现爱人就睡在身边,没有离开;其他的一切似乎都不真实,不重要了。我们困了就一起睡觉,如果一个醒了,另一个也就醒了,所以并不觉得孤寂。男人常常希望能一个人清静一下,女人亦然,如果两个人十分相爱,他们就会嫉妒对方的独处,不过,我可以毫无夸张地说,我们俩从来没有过这样的感觉。我们在一起时,也会感到孤独,可那孤独说到底是我们与世人之间的隔阂。这种类似的感觉我以前只有过一次。那时,我跟许多女孩儿混在一起,可是却觉得自己很孤独,而且越是那样的场合,你会越发感到寂寞。然而,当我们俩在一起时,我们从未觉得自己孤独过,也从未害怕过。我知道夜晚与白昼不同:一切都不相同,夜晚的事情不能在白天加以解释,因为它们在白昼还不存在,对于孤寂的人来说,一旦他们的孤寂开始,漫漫长夜是最难度过的。但是,和凯瑟琳在一起,你几乎感觉不到夜晚与白天的不同,除了觉得晚上的时光更加美好之外。如果人们给这个世界带来如此多的勇气,那么,世界为了打垮他们,不得不杀死他们,当然它能杀死他们。世界会打垮每个人,在这之后,许多人因此而变得强大。对那些不愿被打垮的人,世界便杀死他们。它不偏不倚地杀死那些善良的、温和的和英勇无畏的。如果你不是这三种人,世界也一定会杀死你,只是不那么急迫不那么匆忙罢了。

我还记着那天早晨醒来的情形。凯瑟琳依然睡意蒙眬,明媚的阳光从窗户上照了进来。雨已经停了,我从床上起来,走过屋子到了窗户那里。窗户下面是花园(虽然枝杈现在都是光秃秃的,可整个景观还是错落有致),铺着沙砾的小径,林木,湖边的石壁,在阳光下闪烁的湖水和远处的山峦。我站在窗前望着外面,待我扭转身来,我见凯瑟琳醒了,正在看着我。

“你好吗,亲爱的?”她说,“今天天气不错,是吗?”

“你感觉怎么样?”

“很好。我们度过了一个美好的晚上。”

“你要吃早饭吗?”

她想吃。我也想,于是,我们在床上吃起早饭,十一月的太阳从窗子泻进来,盛着早餐的托盘搁在我的膝上。

“你不想看报纸吗?在医院时你不总是要报纸看吗?”

“不想,”我说,“我现在不想读报纸了。”

“是不是仗打得太糟糕,你甚至都不想在报纸上读到它了?”

“我不要读它了。”

“我真希望我也跟你一起在前线来着,那样我就会知道一切了。”

“我会告诉你这一切的，要是我能在脑子里把它理清楚的话。”

“如果他们看到你没有穿着军装，他们会逮捕你吗？”

“他们或许会朝我开枪的。”

“那么，我们就不待在这里了。我们离开这个国家。”

“我也是这么想的。”

“我们离开吧。亲爱的，你不能在这儿傻待着。告诉我你是怎么从梅斯特雷来到米兰的？”

“我搭了一辆火车。那时我还穿着军装。”

“你那时有危险吗？”

“不太危险。我身上装着一份调令。在梅斯特雷时，我改了它上面的日期。”

“亲爱的，你在这里随时都有被捕的可能。我可不想这样。这么做太傻了。如果他们抓住了你，我们会去哪里呢？”

“让我们不要再想这样的事了。我想它都想烦了。”

“要是他们来拘捕你，你怎么办？”

“开枪打他们。”

“你看你有多傻，在我们离开这里之前，我不让你走出这家饭店。”

“我们打算去什么地方呢？”

“不要这么商量着来了，亲爱的。我们将去往你说的任何地方。但是，一定要找到一个马上可以去的地儿。”

“瑞士就在湖的那一边，我们可以去那里。”

“那太好了。”

天空聚集起乌云，湖面上变得暗了下来。

“我希望我们不要总像罪犯那样活着。”我说。

“亲爱的，不要这么说。你过逃犯似的生活，时间并不长。我们永远不会像罪犯一样生活。我们将过上快乐幸福的生活。”

“我觉得自己像是个罪犯。我逃离了部队。”

“亲爱的,你理智点儿好吗。你不是逃离了部队。那只是意大利人的军队。”

我笑了起来。“你真是个好姑娘。让我们回到床上去吧。我觉得在床上的感觉好。”

过了一会儿后,凯瑟琳说,“你并没有觉得自己像个罪犯,是吗?”

“是的,”我说,“跟你在一起时,没有过。”

“你真是个傻男孩儿,”她说,“不过,我会照顾好你的。你不觉得我很棒吗,亲爱的,我早晨起来,从没恶心呕吐过?”

“你棒极了。”

“你不晓得你找了一个多么好的妻子。不过,我并不介意。我们将去到一个他们抓不到你的地方,然后,过我们美好的生活。”

“让我们马上就到那儿去。”

“我们会的,亲爱的。我愿意随时去往你想要去的任何地方。”

“现在,我们什么也不要想。”

“好的。”

# 第三十五章

凯瑟琳顺着湖边去看望住在小旅馆里的弗格森，我坐在酒吧间里读着报纸。酒吧间里有很舒适的皮椅，我坐在一个皮椅里读报，直到酒吧侍者进来。意大利军队没能守住塔利亚门托河。他们退回到皮亚韦河。我还记得这条河。开往前线的铁路在圣多纳附近跨过这条河。河水在这里变得很深、很窄，流得很慢。再往下是滋生蚊虫的沼泽地和运河。那里有一些漂亮的别墅。在战前，我有一次去科蒂纳丹佩佐（在意大利北部的阿尔卑斯山附近），在那里，沿着山间的皮亚韦河走了几个小时。从山上望下去，它像一条出鳟鱼的河流，水流湍急，形成一道道浅滩，在岸边岩石的阴影下面是一片片的水潭。在卡多雷，公路离开了皮亚韦河。我在想这河流上游的部队是如何撤下来的。这时酒吧侍者走了进来。

“格雷菲伯爵刚才向我问起了你。”他说。

“谁问起我？”

“格雷菲伯爵。你以前在这里住时他也在这儿住的那位老人。”

“他也在这里？”

“是的，他和他的侄女一块儿来的。我告诉了他你也在。他想邀请你打台球。”

“他现在在哪儿？”

“他出去散步了。”

“他身体还好吗？”

“看上去他比以前更年轻了。在昨天晚饭前，他一连喝了三杯香槟鸡尾酒。”

“他的台球打得还是那么好吗？”

“是的。他打败了我。我告诉他你在这里，他高兴极了。这儿没有一个人陪他玩。”

格雷菲伯爵九十四岁了。他和梅特涅①是同时代人，是一位白发、白胡子、举止优雅的老人。他曾经在奥地利和意大利两国的外交部门任职，他每年的生日宴会是米兰社交界的一件大事。他正奔着一百岁活呢，他打着一手娴熟的台球，这与他那九十四岁的脆弱身体形成了鲜明的对照。还是旅游旺季时我在斯特雷萨碰到过他一次，我们玩着台球，喝着香槟酒。我以为这是个很好的习俗，他一百分让我十五分，仍然赢了我。

“你为什么一开始没告诉我他在这里？”

“我忘记了。”

“还有谁在这儿？”

“没有你认识的人啦。酒店一共只住着六个人。”

“你现在有事吗？”

“没有。”

“我们去钓鱼吧。”

“我只能离开一个小时。”

“好的。带上钓鱼线。”

酒吧侍者穿了件外套，我们便动身了。我们到了湖边，上了条小船，由我划桨，酒吧侍者坐在船尾，缠开带有旋转匙形诱饵和铅坠的鱼线，钓湖中的鳟鱼。我们沿着湖岸划着，酒吧侍者手里扯着鱼线，偶尔向前把鱼线抖动几下。斯特雷萨沿着湖边的这一带，显得格外冷清。满眼都是一排排光秃秃的树木、关闭的酒店和上锁的别墅。我划向贝拉岛，靠近了岛边的石壁，那儿的水突然变深，你能看见石壁在清澈的湖水中折射成倾斜的，伸进湖底；接着，我们又朝北划向鱼人岛。此时的太阳躲进了云层，湖水变冷，变暗。

---

① 梅特涅(1773—1859)，曾任奥地利帝国外交大臣。

虽然看到往水面上游的鱼荡起一些水圈，可并没有鱼儿咬钩。

我划到鱼人岛的对面，那里停靠着一些船只，岛上有渔民正在补织渔网。

“我们上去喝一杯好吗？”

“好的。”

我把船停靠在石码头，酒吧侍者拽起鱼线缠好，放在了船底，把鱼饵挂在船舷的上缘。我跳上岸，拴住小船。我们走进一家小咖啡店，在光光的木头桌子前坐下，要了味美思酒。

“你划船累了吧？”

“不累。”

“回去时我划吧。”他说。

“我喜爱划船。”

“也许，你拿着钓鱼线，我们的运气会好起来。”

“好吧。”

“告诉我，战局到底怎么样了。”

“非常糟糕。”

“我不必再去上阵。我年龄太大了，像格雷菲伯爵了。”

“或许，你还得上前线呢。”

“明年，他们会招我们这个阶层的人去当兵。但我不会去。”

“那你怎么办？”

“离开这个国家。我不愿意去打仗。我曾在阿比西尼亚（埃塞俄比亚的旧称）打过一仗。真晦气。你为什么要去打仗呢？”

“我也不知道。我是个傻瓜。”

“再来一杯好吗？”

“好的。”

回去时是侍者划船。我们划到斯特雷萨上边的湖面去钓鱼，然后，又回到离岸不远的地方去钓。我一边望着十一月发暗的湖水和冷清的岸边，一边紧紧地抓着鱼线，隐隐感觉到鱼饵在旋转匙形上转动对鱼线的扯动。侍者荡着长桨，小船每往前涌一下，鱼线就跟着抖动一下。有一次,鱼咬钩了:鱼线突然绷紧,向后猛扯。我赶紧拉线,觉得有鳟鱼挂在了鱼线上,接着钓鱼线又抖动了一下。鱼脱钩跑了。

“这条鳟鱼大吗?”

“很大。”

“有一次,我一个人出来钓鱼,我用牙齿咬着鱼线,鱼线猛地一绷,差点儿把我的牙都拽了下来。”

“最好的方法是把鱼线在腿上缠上几圈,”我说。“这样,你既能感觉到鱼儿的咬钩,又不至于扯掉牙。”

我把手伸进水里。水很凉。现在,我们几乎已经到了大酒店的对面。

“我得回酒店了,”侍者说,“我得在那儿,十一点是鸡尾酒时间。”

“好的。”

我把鱼线拉上来,缠绕在一个两端有凹口的棍子上。侍者把小船靠在石壁间一个凹进去的停泊处,用链子把它锁了起来。

“你多会儿想用船,”他说,“就来跟我拿钥匙。”

“好的,谢谢。”

我们进了酒店,上了酒吧间。我不想在上午这么早的时间再喝酒,于是,我上楼回到我的房间。女侍刚打扫完屋子,凯瑟琳还没有回来。我躺在床上,尽量什么也不去想。

等凯瑟琳回来,一切又都好了起来。弗格森在楼下,凯瑟琳说。她是过来一起吃午饭的。

“我知道你不会介意的。”凯瑟琳说。

“不会的。”我说。

“你怎么啦,亲爱的?”

“我也不知道。”

“我知道。你是没有事情可做。你现在只有我,而我又出去了。”

"说得没错。"

"很抱歉,亲爱的。我知道,突然一下无事可做了,那种感觉一定不好受。"

"在我以往的生活中,总是有做不完的事情,"我说,"现在,要是你不在我身边,我在这个世界上就一无所有了。"

"但是,我会和你在一起的。我只离开了两个小时。难道你就没有任何事情可做了吗?"

"我跟酒吧侍者去钓鱼了。"

"你觉得有趣吗?"

"有趣。"

"我不在的时候,你不要想我。"

"我在前线时就是这么做的。不过,那个时候,我还有事情可做。"

"丢了职业的奥赛罗。"她开玩笑地说。

"奥赛罗是个黑人,"我说,"再说,我也没有嫉妒心。我心里太爱你了,别的什么也装不下了。"

"你能不能心平气和,好好地对弗格森呢?"

"我对弗格森总是不错的,除了她骂我的时候。"

"对她好一点儿。想想我们俩彼此拥有,而她什么也没有。"

"我觉得她并不见得想要我们所拥有的。"

"尽管你人聪明,可你还是不太懂事,亲爱的。"

"我会好好对她的。"

"我知道你会这么做的。你真好,亲爱的。"

"她吃了饭不会留下来吧?"

"不会。我会送她走的。"

"完了,我们就上楼来。"

"当然啦。那你认为我会做什么呢?"

我们下楼来跟弗格森一起吃午饭。酒店和它的餐厅的豪华给她留下深刻的印象。我们吃了一顿丰盛的午餐,喝了好几瓶卡普里白葡萄酒。格雷菲伯爵进到餐厅后同我们鞠躬打招呼。他的侄女，长得有点儿像我的外祖母，跟他在一起。我把格雷菲伯爵的情况讲给凯瑟琳和弗格森听，弗格森听得津津有味。气派、奢华的酒店由于住的客人少而显得空荡荡的，不过，饭菜很好，酒也很提神，最后，酒带起了我们大家的兴致。凯瑟琳感觉棒极了。她很快活。弗格森也变得欢悦起来。我自己也感觉挺好的。午饭后，弗格森回了她的旅馆。她想午饭后回去躺一会儿，她说。

下午四点来钟的时候，有人敲我们屋子的门。

"谁呀？"

"格雷菲伯爵想知道，你是否能和他打会儿台球。"

我看了看手表；我已经摘掉了手表，放在了枕头底下。

"你要去吗，亲爱的？"凯瑟琳小声地问。

"我想最好还是去吧。"手表上显示是四点一刻。我大声对门外的人说，"告诉格雷菲伯爵，我在五点钟到台球室。"

差一刻五点的时候，我吻了凯瑟琳，到洗澡间去换衣服。我边系领带边注视着镜中的自己，穿着便服，连我看着自己都觉得陌生。我得记着再买些衬衫和袜子。

"你不会走得时间长吧？"凯瑟琳问。床上的她显得娇媚，可爱。"你能把梳子递给我一下吗？"

我看她梳着头，她的脑袋略微斜过一点儿，让她的秀发都从一边散落下来。外面已经黑了，床头的灯光照在她的头发、脖颈和肩膀上。我走过去吻她，握着她拿梳子的手，她的头向后仰在了枕头上。我亲吻着她的脖子和她的肩膀，我觉得我爱她快要爱得晕过去了。

"我并不想去。"

"我也不想让你去。"

"那么，我不去了。"

"不。你还是去吧。你只是走一小会儿，完了你就回来了。"

"然后，我们让他们把晚饭送上来吃。"

“你快去快回。”

我发现格雷菲伯爵已在台球室里。他正练习击球,在台球桌上方灯光的映衬下,他显得很脆弱。在牌桌上稍离开灯光一点的地方,有一个盛着冰的银桶,里面的冰块上面露出两瓶香槟酒的瓶颈和木塞。我向台球桌这边走来,格雷菲伯爵直起身子,迎了上来。他伸出了他的手,“你也在这里,真是件幸事。你能来和我打球,真是太好了。”

“非常感谢你的邀请。”

“你痊愈了吗?他们告诉我你在伊松佐河附近负了伤。我希望你的身体还跟从前一样好。”

“我很好。你好吗?”

“哦,我一直都挺好的。只是变老了。我能察觉出我年老的迹象了。”

“我不相信。”

“是真的。比如说,我现在更容易讲出意大利语了。我控制自己不去说意大利语,可是在我累了时,我就觉得讲意大利语要容易得多。因此我知道我一定是变老了。”

“我们俩可以说意大利语。我也有点儿累了。”

“哦,不过,你累了,讲英语对你来说会更容易一些。”

“是美语。”

“是的。美语。那就请你讲美语吧。那是一种听上去很悦耳的语言。”

“我好长时间没有见到过美国人了。”

“你一定很想念他们。一个人总是想念他自己国家的人,尤其是他自己国家的女人。我有这种体验。我们玩一会儿,还是你觉得太累了?”

“我并不是真的累。我刚才说的是玩笑话。你将让给我多少分呢?”

“你最近玩得多吗?”

"从没玩过。"

"你打得不错。我一百分让你十分吧?"

"你抬举我了。"

"十五分?"

"可以,不过,你还是会赢了我的。"

"我们玩点儿赌注怎么样?你总希望玩点儿赌注的。"

"我觉得这样好。"

"好的。我让给你十八分,我们玩一分一个法郎的。"

他打的一手好球,加上他让我的分,在打到五十分时我只领先四分。格雷菲伯爵按了墙上的电铃,唤来了酒吧侍者。

"请打开一瓶香槟。"他说。然后跟我说,"我们先提提精神。"酒凉得喝起来像冰,不带甜味,很醇。

"我们可以说意大利语吗?你介意吗?现在,我年老的特征开始显现出来了。"

我们继续打球,打几下,呷上一两口香槟,讲话用意大利语,不过很少说话,都在专心致志地打球。格雷菲伯爵打到了一百分,我加上他让我的十八分,只得了九十四分。他笑了,拍了拍我的肩膀。

"现在,我们打开另一瓶酒,你来跟我谈谈战争。"他等着我坐下来。

"谈点儿别的好吗?"我说。

"你不想谈战争?好吧。你最近在看些什么书呢?"

"什么也没看,"我说,"恐怕我让你感到乏味了吧。"

"没有。不过,你应该坚持阅读的。"

"战争期间能出来什么好书呢?"

"有法国人巴比塞①写的《火线》。还有《布里特林先生看穿了

---

① 亨利·巴比塞(1873—1935),法国记者、作家,一战期间在战壕里写成《火线》,揭露战争的罪恶。

一切》[1]。"

"不,他没有看穿。"

"什么?"

"他没有把这一切看穿。医院里有这些书。"

"那么,你一直在阅读了?"

"是的,但是没有好的作品。"

"我认为,《布里特林先生》是对英国中产阶级灵魂的一种很好的研究。"

"我不知道灵魂为何物。"

"可怜的孩子。没有一个人知道灵魂是怎么回事。你信教吗?"

"晚上信。"

格雷菲伯爵微笑着,用手指转动着杯子。"我本想在我老了的时候我就会变得虔诚了,可是,我没有,"他说,"很是遗憾。"

"你愿意死后还有来生可活吗?"我刚一问完,便即刻觉得我跟他谈到死,极为不妥。不过,他对我提到这个词,倒没有介意。

"这要依生活的质量而定。这一辈子过得快乐,我就希望永远活下去,"他笑着说,"我这一辈子几乎是快活的。"

我们坐在软软的皮椅里,冰桶里放着香槟酒,我们中间的桌子上摆着酒杯。

"如果你能活到我这样的年龄,你便会发现许多事情挺奇怪的。"

"你从未显得老过。"

"确切地说,是身体老了。有时候,我担心我的手指会像一根粉笔那样被轻易地折断。精神并没有老,也没有变得更有智慧。"

"你很有智慧的。"

"不,这是一个很大的误判:人老就有智慧。他们并没有变得

---

① 这是英国作家威尔斯的一部反战小说,出版于 1916 年。

聪明起来。他们只是变得小心谨慎了。”

“或许,那就是智慧。”

“那是一种乏味的智慧。你最看重的是什么?”

“我爱的人。”

“我也是。这不是智慧。你珍爱生命吗?”

“珍爱。”

“我亦如此。因为它是我所拥有的一切。还有举办生日宴会。”他笑起来。“或许,你比我聪明。你不举办生日聚会。”

我们同时举起酒杯,喝了一口。

“你对战争怎么看?”我问。

“我认为战争是很愚蠢的行为。”

“谁会赢得这场战争?”

“意大利。”

“为什么?”

“因为意大利是个比较年轻的国家。”

“年轻一些的国家总是赢得战争吗?”

“在一段时间里,它们会。”

“在那以后,又会发生什么呢?”

“它们也渐渐变成了比较老的国家。”

“你刚才说你并不聪明。”

“亲爱的孩子,那不是聪明,那是愤世嫉俗。”

“在我听起来蛮有智慧的。”

“也不是什么大智慧,我可以给你举出许多相反的例证。不过,这也不赖。我们喝完香槟了吗?”

“快喝完了。”

“再来一些?等喝完了,我就得换衣服去了。”

“也许,我们把现在还有的喝完就好了。”

“你确定不想再要点儿了吗?”

“是的。”

他站了起来。

“我希望你好运连连，快乐，身体非常非常健康。”

“谢谢你。我希望你永远好好地活着。”

“谢谢。我已经差不多就活到永远了。如果你将来变虔诚了，等我死后请为我祈祷。我已经跟我的好几位朋友讲过，让他们为我祈祷。我原想着我慢慢也能变得虔诚起来，可是我没有。”我觉得他是在苦笑，但我也说不准。他太老了，脸上已经布满了皱纹，所以当他笑的时候，他的皱纹差不多都会动了起来，完全没有了层次感。

“我兴许会变得非常虔诚的，”我说，“不管怎么说，我将为你祈祷。”

“我一直期盼着我能变得虔诚。我所有的家人在临终前都是很虔诚的。可这种事不知怎么的，一直没能在我身上发生。”

“还有的是时间。”

“或许，已经太晚了。我也许已过了再会有宗教情感的年龄。”

“我的这种情感只有在晚上的时候，才会到来。”

“也是在那个时候，你谈情说爱。不要忘了，爱情也是一种宗教的情感。”

“你是这样认为的吗？”

“当然。”他往桌子那里迈了一步，“你真好，来跟我打球。”

“很高兴能和你一起玩。”

“我们一起从楼梯走上去吧。”

# 第三十六章

那天晚上,来了暴风雨,我醒了,听到雨点鞭挞着窗上的玻璃。雨从开着的窗户泻进来。有人在敲我的门。为了不吵醒凯瑟琳,我轻轻地下床来到门前,开门一看,原来是酒吧侍者。他穿着外套,手里拿着打湿的帽子。

“你现在说话方便吗,中尉?”

“你有事?”

“是一件非常严重的事情。”

我看了看四周。屋子里没有开灯。我看见地板上有从窗户溅进来的雨水。“进来吧。”我说。我拉着他进到洗澡间,从里面反锁上门,打开了灯。我坐在浴缸边上。

“怎么啦,埃米里奥?你有麻烦了?”

“不。是你有麻烦了,中尉。”

“是吗?”

“他们准备在早晨逮捕你。”

“什么?”

“我来是告诉你这件事的。我今天进城了,在一家咖啡馆里,我听到了他们的谈话。”

“我明白了。”

他站在那里,他的外套也淋湿了,手里拿着湿透的帽子。他没有吱声。

“他们为什么要逮捕我?”

“因为跟战争有关的什么事情。”

“你知道是什么事吗?”

“不知道。我只知道他们了解你以前是以军官的身份来这里的，现在你却穿着便服。在这场大撤退之后，他们什么人都扣留。”

我考虑了一下。

“他们什么时间来逮捕我？”

“早晨。我不知道确切的时间。”

“你说我该怎么办？”

他把帽子放进脸盆里。它湿得一直往地板上滴水。

“如果你没有什么把柄在他们手里，被捕也不是什么可怕的事。不过，被逮捕总不是什么好事——尤其是现在。”

“我不想被拘捕。”

“那么，去瑞士吧。”

“怎么去？”

“划我的船。”

“正有暴风雨呀。”我说。

“暴风雨已经过去了。还有风浪，但你们不会有事的。”

“我们什么时候走？”

“现在就走。他们也许会在凌晨来逮捕你。”

“我们的行李怎么办？”

“把它们打包好。让你的夫人穿好衣服。东西我来拿。”

“你现在去哪里？”

“我就等在这里。我不想让任何人看见我在外面的走廊。”

我开门出来后又关好门，来到卧室。凯瑟琳已经醒了。

“什么事，亲爱的？”

“没什么事，凯特，”我说，“你愿意马上穿好衣服，乘只小船，去往瑞士吗？”

“你愿意吗？”

“不，”我说，“我愿意再回到床上。”

“发生了什么事？”

“酒吧侍者说他们要在早晨来逮捕我。”

“这酒吧侍者是不是疯了?”

“他没有。”

“那么,请快一点儿,亲爱的,赶紧穿上衣服出发。”她坐在床边,还没有完全睡醒。“在洗澡间里的就是酒吧侍者吗?”

“是的。”

“那么,我不洗漱了。请看着另一边,亲爱的,我马上把衣服穿好。”

她脱下睡衣时,我看到了她白皙的脊背,然后,我看向了别处,因为她想要我这么做。她怀孕的肚子渐渐地大了起来,她不愿意让我看到她现在的样子。我穿着衣服,听着敲击在玻璃窗上的雨声。我并没有多少东西要装进包里。

“我的包里还空着许多地方,凯特,你有东西要放吗?”

“我差不多已经收拾好了,”她说,“亲爱的,我还是不明白,为什么酒吧侍者还要待在洗澡间里?”

“嘘——他等着把我们的包拿下去呢。”

“他真好。”

“他是我的一个老朋友,”我说,“有一次,我差点儿就给他寄去了烟斗烟丝。”

我从开着的窗户看向漆黑的夜里。我看不见湖泊,只有黑暗和雨声,不过,风刮得小了下来。

“我好了,亲爱的。”凯瑟琳说。

“好的。”我去到洗澡间那里。“这是行李,埃米里奥。”我说。酒吧侍者拎过我们的两个提包。

“你真好,这么帮我们。”凯瑟琳说。

“这没什么,夫人,”酒吧侍者说,“我很乐意帮你们,这样我也不至于有麻烦了。”他跟我说,“我将拿着这些行李走员工楼梯下去,直接去到小船那儿。你们就好像是要散步那样地走出去。”

“这样的夜晚散步,很富于诗意。”凯瑟琳说。

“尽管是个糟糕的夜晚。”

"我正好还有把雨伞呢。"凯瑟琳说。

我们走过长长的走廊,走过宽宽的楼梯上的厚厚的地毯。在楼梯口的门旁边,有门房坐在他的桌子后面。

他看见我们时显得很惊讶。

"你这是要出去吗,先生?"他问。

"是的,"我说,"我们想沿着湖边走走,看看暴风雨。"

"你有雨伞吗,先生?"

"没有,"我说,"我这件外套能防雨。"

他不甚相信地看着我的外套。"我去给你拿把伞,先生。"他说。他去了,回来时带回一把很大的雨伞。"这把伞有点儿大,先生。"他说。我给了他十里拉。"噢,先生,你真好。太谢谢你啦。"他说。他帮我们打开了门,我们进入雨中。他朝凯瑟琳笑着,凯瑟琳也冲着他笑。"别在暴风雨中太久,"他说,"你们会淋坏的,先生,夫人。"他是二门房,他的英语还是从意大利语逐字逐句地翻译过来的。

"我们一会儿就回来。"我说。我们打着那把偌大的伞,顺着小路,走过黑漆漆、湿漉漉的花园,抵达公路,然后,横穿过马路,到了湖边搭有棚架的小径上。现在风是由岸上向着湖中刮了。十一月的风又阴冷又潮湿,我知道这是山里在下雪了。我们经过了不少沿着码头停靠的小船(都用铁链锁着),来到酒吧侍者的船停泊的地方。贴着石壁的湖水显得很暗。酒吧侍者从旁边的一排树木中间走了出来。

"包都放在船上了。"他说。

"我想支付了你这条船的钱。"我说。

"你身上有多少钱?"

"不太多了。"

"你完了汇给我吧。"

"多少钱?"

"你想给多少?"

“告诉我多少钱。”

“若是你能到了湖的那一边，就给我五百法郎吧。如果你平安到达了，你是不会在意我要的这个数目的。”

“不会的。”

“这是些三明治。”他把一包三明治递给了我。“酒吧间里有的东西，我都给你拿到这儿来了。这是一瓶白兰地，还有一瓶红酒。”我把它们放进我的提包里。“让我把这些东西的钱给你。”

“好的，给我五十里拉吧。”

我把钱给了他。“这种白兰地质量很好的，”他说，“你可以放心地给你的夫人喝一点儿。她最好现在就上船吧。”他把住贴着石壁一起一落的船，我把凯瑟琳扶进到船里。她坐在船尾，裹紧了她的斗篷。

“你知道怎么走吗？”

“沿湖北上。”

“你知道有多远？”

“过了卢伊诺。”

“这中间要经过卢伊诺、坎内罗、坎诺比奥和特兰扎诺。你只有到了布里萨戈，才算进入瑞士。你得穿过特玛拉山。”

“现在几点了？”凯瑟琳问。

“十一点。”我说。

“如果不停地划，你们应该在早晨七点能到达那儿。”

“有那么远吗？”

“三十五公里。”

“我们怎么走？在这样的雨天，我们得有一个指南针。”

“不用。你们划向贝拉岛，绕到马德雷岛的另一边，顺着风走。风会把你们带到帕兰扎。在那儿你们会看到灯火。然后，沿着湖岸向北走。”

“或许，风向会改变的。”

“不会，”他说，“风会这样地连续刮上二天。这风直接从马塔龙峰那边吹来。船上有个罐子,可以用来舀水。"

"让我现在就把船钱垫付上一些吧。"

"不用的,我愿意碰碰运气。如果你们平安过去了,你们再尽你们所能付给我。"

"好吧。"

"我不相信你们会淹死。"

"好的。"

"顺着风,沿着湖岸北上。"

"知道了。"我迈进小船里。

"你把住酒店的钱留下了吗?"

"留下了。我把钱放到一个信封里,留在屋子里了。"

"好的。祝你们好运,中尉。"

"也祝你好运。多谢。"

"如果你淹死了,你是不会感谢我的。"

"他说什么了?"凯瑟琳问。

"他说祝我们好运。"

"也祝你好运,"凯瑟琳说,"非常感谢你。"

"你准备好了吗?"

"好了。"

他弯下腰,把我们推离岸边。我把船桨伸进水里,挥动着一只手跟他告别。酒吧侍者招手示意说不必客气。我望着酒店的灯火,把船划了出去,直直地划了出去,直到酒店的灯光消失在我的视线之外。湖面上浪花翻涌,不过,我们是顺风而行。

# 第三十七章

我迎着风在黑暗中划着。雨基本上停了,只是在劲风中有时还夹着雨丝。夜很黑,风刮得很冷。我能看见在船尾的凯瑟琳,却看不见船桨下到水中的湖面。桨很长,把柄上没有皮套,很容易滑出手中。我划桨,提桨,向前倾身,桨入水,下压,用力,我尽可能轻松地划着。我不需要摆平桨面那么划,因为我们是顺风。我知道我的手会起泡,想尽可能地叫它们晚点儿起来。船身很轻,划起来并不费力。我在黑漆漆的水域中前行,什么也看不见,心里希望着快一点儿划到对面的帕兰扎。

我们没有看到帕兰扎。风在湖面上猛烈地刮着,我们经过了将帕兰扎隐在黑暗里的岬角,就没有见到帕兰扎的灯火。当我们最终望到一些灯光的时候,我们已经在湖上划了很远,快到了茵特拉的湖岸。在好长一段时间里,我们没有见过湖岸或是任何的灯光,只是在一片漆黑中稳稳地破浪前行。有时一个大浪抬起小船,黑暗中我的桨会空划而下不到水中。湖上波涛汹涌;我不停地划,直到船突然贴近到一个凸出在湖上的岩岬,浪撞击着它,激起高高的水浪,随后又落了下来。我用力扳着右桨,用另一支桨倒着划,才又回到宽阔的湖面;岩岬看不见了,我们继续向北行进。

“我们在横穿过湖面。”我对凯瑟琳说。

“不是要先看到帕兰扎才行吗?”

“我们已经过了它,尽管没有看到。”

“你怎么样,亲爱的?”

“我挺好的。”

“我划一会儿吧。”

“不用,我能行。”

“可怜的弗格森,”凯瑟琳说,“早晨她会去酒店找我们,结果发现我们已经走了。”

“我现在对这一点儿倒不太担心了,”我说,“我担心的是,我们能否在天亮前进入瑞士水域,免得让海关警卫看到我们。”

“还远吗?”

“大约还有三十公里。”

我一整夜地划。到后来我的手终于起泡了,疼得几乎连船桨也握不住。有好几次,我们几乎与湖岸相撞。我一直在贴着岸划,因为我担心在湖中迷失方向,耽误了时间。有时候我们离湖岸如此之近,都能看清楚一排排的树木,沿湖的公路和后面的大山了。雨停了,风吹散乌云,月亮露出了脸儿,回头望,我能看到卡斯塔尼奥拉黑乎乎的长岬,湖上翻滚着白色的浪花,再远处,月光洒在山峰皑皑的白雪上。不一会儿,云层遮住月亮,大山和湖泊又消失了,不过,夜已不像刚才那么黑,我们已能看见湖岸。岸上的景物看得清清楚楚,于是我往湖中间划,划到如果海关警卫沿着帕兰扎的马路巡逻他们不会看到的地方。当月亮再次从云层中出来时,我们已能看清岸边山坡上的白色别墅和掩翳着树木的白色公路。我一刻也不停地划着。

湖面渐渐变宽,在湖对岸那边的山脚下,我们看见一些灯光,猜测那应该是卢伊诺。在对岸的大山之间出现一个楔形的山谷,我想那一定就是卢伊诺了。如果是,我们就没有耽搁时间。我收回船桨,靠在了座位上。我已经划得非常非常疲惫。我的胳膊、肩膀和后背都在发痛,我的手更是疼得厉害。

“我能撑住那个大伞,”凯瑟琳说,“张开伞,乘着风向前走。”

“你会把舵吗?”

“我觉得我行。”

“你拿着这支桨,把它放在你的胳膊底下,紧贴着船边把舵,让我来撑住雨伞。”我到了船尾,告诉她怎么来握着桨。我拿过门房给我们的那个大伞，面对船头坐下，张开了伞。伞啪的一声撑开了。我抓着伞的两边，用伞柄钩住座位，横跨着坐在伞柄上。风满满地吹在打开的伞面上，我拼力地抓住伞的两边，我觉得船猛地突然加速了。风猛烈地吹着伞面，小船在飞快地行驶。

“我们这样子航行，可真带劲。”凯瑟琳说。我满眼看到的都是伞骨。雨伞被风拉拽着，吃着很大的力，我觉得我们一路被它推着走。我用两条腿使劲蹬住船板，让伞贴住身体，突然雨伞歪了一下；我觉得一根伞骨啪的一声弹在我的前额上，我想抓住被风吹弯了的伞顶，可整个伞一歪，给从里到外翻转了过来，我本来是一直撑着一个灌满风的帆，现在却是横跨在一个泄了气的破伞的手柄上。我把伞柄从座位上拿下来，把伞放在船头，回转身来跟凯瑟琳取船桨。她正咯咯地笑着。她抓住我的手，笑得停不下来。

“你怎么啦？”我把桨接了过来。

“你撑着伞的样子真笑人。”

“我想也是。”

“不要生气，亲爱的。太逗啦。你看上去有二十英尺宽，那么用情地抱着伞的边缘处——”她笑得哽咽住了。

“还是我来划吧。”

“先休息一下，喝点儿酒。这是我们的一个值得纪念的夜晚，我们已经走了很远的水路。”

“我得先把船划出浪谷。”

“我给你去拿酒，休息一会儿，亲爱的。”

我又抬起桨，划着前行。凯瑟琳打开提包，她给我递过来一瓶白兰地。我用小刀捅开了木塞，美美地喝了一大口。这酒味道醇美，热辣辣的，一股热劲霎时间传遍我的全身，我心里觉得暖和，又高兴。“这瓶白兰地真是不错。”我说。月亮又被云彩遮住，不过，岸上的景物已经能看得清了。前面似乎又有一个岩岬从岸边延伸至湖中很远。

“你觉得身上暖和吗，凯特？”

“我挺好的。就是坐得身子有点儿发僵。”

“把船里的水舀出去，你就可以放下脚来了。”

我继续划船，听着船架的吱扭和船桨入水的拍击声，还有在船尾座位底下铁罐舀水刮着船底木板发出的声音。

“你能把那个舀水的铁罐子给我一下吗？”我说，“我想喝点水。”

“这罐子很脏的。”

“没事的。我把它洗一洗。”

我听到凯瑟琳俯向船边用湖水洗罐子的声音。随后，她把汲满了水的罐子递给了我。喝了白兰地，我感到口渴，这湖水像冰块一样凉，凉得我直倒牙。我望了望前面的湖岸。我们更加接近那个长岬了。在前面的湖湾里有灯光在闪烁。

“谢谢。”我说，把铁罐递了回去。

“别客气，”凯瑟琳说，“你想喝，我再给你舀过来。”

“你不想吃点儿东西吗？”

“不。我一会儿就会饿了。省到那个时候再吃。”

“好的。”

前方看上去像是岩岬的那一条，结果是一个又长又高的陆岬。我划到湖中更远的地方去绕过它。湖面现在变得窄多了。月亮又出来了，如果海关警察在向湖中瞭望，他们便能看到我们的小船在湖上形成的阴影。

“你怎么样，凯特？”我问。

“我没事。我们还远吗？”

“我觉得不会超过八公里了。”

“划船而行，这可是段很长的路程，可怜的宝贝。你累坏了吧？”

“没有。我挺好的。只是手有点儿疼。”

我们继续向北行进。在右边湖岸的山上有一个缺口，形成一条低平的湖岸线，我想那一定是坎诺比奥了。我开始离开湖岸，在靠近湖心的地方往前划,因为从现在起,我们随时有可能遇到海关警察。在左岸前面不太远的地方是一座圆顶状的高山。我觉得很累。尽管没有多远了,可当你体力不支时,这点儿距离就会显得很远。我知道我在经过了那座山后,朝北至少还得走上五英里,才能到达瑞士的水域。月亮快要落下去了,可就在它要落下去的当儿,天空再次布满乌云,眼前又成了黑漆漆的一片。我们荡在湖心,我划一会儿,歇一会儿,我抬起船桨,让风吹着桨叶走。

“让我划一会儿吧。”凯瑟琳说。

“我觉得,这不是你做的活儿。”

“瞎说。这对我有好处。会让我的身体不至于坐得太僵。”

“我觉得我不应该让你划,凯特。”

“尽瞎说。适当地划划船,对怀孕的女人是有益的。”

“好吧,你慢慢地小心点儿划。等我到了后面,你再上前面来。走过来时,手扶住两边的船舷。”

我坐到船尾,穿上外套,把衣领竖了起来,看着凯瑟琳划船。她划得不错,只是船桨太长,让她不好应付。我打开提包,吃了几块三明治,喝了一大口白兰地。我顿时觉得身体舒服了许多,我又喝了一口白兰地。

“你累了就告诉我。”我说。过了一会儿,我又说,“当心别让桨捅着你的肚子。”

“如果捅到了,”凯瑟琳在划着桨的间隙说,“那生活也许就变得简单多了。”

我又喝了一口白兰地。

“你还行吗?”

“行的。”

“在你想停下的时候,就告诉我。”

“好的。”

在又喝了一口白兰地后,我扶着两边的船舷走上前来。

“不用,我这不是划得挺好吗?”

"到船后面去吧,我休息好了。"

有一阵子,我借着酒劲,划得轻松、稳当。可没多久,我就深一桨浅一桨地胡乱地划起来,由于喝了白兰地后用力过猛,我胃里涌起一股淡淡的褐色胆汁的味道。

"给我舀点儿水喝好吗?"我说。

"好的。"凯瑟琳说。

天亮前,下起了毛毛细雨。风停了,或者是沿湖岸线蜿蜒的大山为我们挡住了风。知道天很快就要亮了,我振作起精神,拼力地划起来。我不清楚我们现在到了什么地方,我想尽快进入瑞士的水域。在天亮起来时,我们已经离岸边很近,能看见岸上的岩石和树木了。

"那是什么?"凯瑟琳说。我倚着桨倾听,是一艘汽艇突突地在湖上行驶。我让小船紧贴着岸边,静静地待了一会儿。突突声越来越近;接着,看见汽艇在雨中开到我们后面不远的地方。在船尾有四个海关警察,他们将戴着的阿尔卑斯山式的帽子拉得很低,斗篷的领子都竖着,卡宾枪横着背在后面。大清早地巡逻,他们看上去好像都还没有睡醒似的。我能看见他们帽子上的黄颜色和他们斗篷领子上的黄色徽章。汽艇继续行驶着,消失在了雨中。

我又把船划到湖中间。我们已经离得边境很近,我不想叫沿路巡逻的哨兵喊住我们。我让船处在我刚刚能看到岸的位置,就这样在雨中划了四十五分钟。汽艇的突突声又响起过一次,我停着小船不动,直到它走远了。

"我想,我们已经进入瑞士了,凯特。"我说。

"是真的吗?"

"我们还无法做出确切的判断,除非我们看到了瑞士的军队。"

"或者是瑞士的海军。"

"瑞士的海军可以说我们已经见过了。我们最后听到的那艘汽艇或许就是瑞士海军的。"

“到了瑞士，让我们好好地吃顿早饭。他们的早餐有面包卷、黄油和果子酱等。”

现在，天色已经大亮了，天上下着清凉的细雨。风仍然在湖的北面刮着，翻腾的白色浪尖从我们眼前退走，向北边涌去。我现在可以肯定，我们是在瑞士这个国度了。在离开湖岸一些的树木后面修建了许多房子，离岸不远处有一个村子，村民的房屋都是用石头砌成的，在山坡上有些别墅，还有一座教堂。我一直注视着沿着湖岸的那条公路，可并没有发现任何的巡逻兵。公路跟湖挨得越来越近，我看见一个士兵从路边的咖啡馆出来。他穿着灰绿色军装，戴着德国兵那样的钢盔。他的脸色看上去很健康，留着一撮牙刷形状的胡子。他在看着我们。

“向他招手。”我跟凯瑟琳说。凯瑟琳挥起手臂，那个士兵有点儿不好意思地笑着，也招了招手。我放慢了划船的速度。我们正在经过村子前面的湖水。

“我们一定已经到达瑞士境内了。”我说。

“我们需要确认一下，亲爱的。我们可不想让他们在边境上把我们遣返回去。”

“边境线早过了。我想这是海关边镇，是布里萨戈。”

“这儿还会不会有意大利的兵？在海关边镇，通常都驻着两国的人员。”

“在战争时期不一样。我认为他们是不会让意大利人过了边境线的。”

这是一座美丽的小镇。靠码头停着许多捕鱼的船，架子上搭着渔网。尽管下着雨（十一月的雨），可整个镇子依然显得欢悦，洁净。

“我们就在这里上岸吃早饭好吗？”

“好的。”

我使劲划动左边的桨，向岸边靠近，在接近了码头时，我把船头弄直，横着停靠在了湖边。我收起桨，抓住码头上的一个铁环，跳到岸边湿漉漉的石头上,我到瑞士这个国家了。我拴好小船,把手伸给船中的凯瑟琳。

“上来吧,凯特。这到达了的感觉真好。”

“提包怎么办?”

“先留在船上吧。”

凯瑟琳迈了上来,我们两个都在瑞士的国土上了。

“多可爱的一个国家。”她说。

“是不是感觉很棒?”

“让我们吃早饭去!”

“这不是个很美好的国家吗?我喜欢我的脚踏在这片土地上的感觉。”

“我的身体太僵了,我不能够很好地感觉。不过,它感觉的确像是个非常美好的国家。亲爱的,你意识到了吗,我们已经来到这儿,离开了那个血雨腥风的地方了?”

“是的。我真的意识到了:我以前从未这样清楚地意识到过什么。”

“看那些漂亮的房子。那个广场不是也很美吗?这边有个我们可以吃早饭的地方。”

“这雨下得不是也很爽吗?意大利从未下过这样的雨。这雨下得多怡人。”

“我们在这里了,亲爱的!你意识到我们在这里了吗?”

我们进到咖啡馆里,在一张很干净的木头桌子前坐下来。我们激奋得像在梦里。一个白洁、举止优雅、系着围裙的女人走上前来,问我们要点儿什么。

“面包卷、果子酱和咖啡。”凯瑟琳说。

“抱歉,战争时期我们没有面包卷。”

“那么,就面包吧。”

“我们有烤面包。”

“好的。”

“我还要几个煎鸡蛋。”

“这位先生来几个鸡蛋?”

“三个。”

“要四个,亲爱的。”

那女人走开了。我吻了凯瑟琳,把她的一只手紧紧地攥在我的手里。我们相互望着对方,在咖啡馆里。

“亲爱的,亲爱的,感觉真美,是吗?”

“真棒。”我说。

“我并不在意这儿有没有面包卷,”凯瑟琳说,“我想它们想了一个晚上,不过,我并不在意,我一点儿也不在意。”

“我想,他们很快就会逮捕我们了。”

“不要管他们,亲爱的。我们先吃了早饭再说。吃过早饭以后,你就不会那么担心他们逮捕我们了。因为他们对吃饱了肚子的我们,什么也不能做。我们是有着合法身份的英国和美国公民。”

“你有护照,是吗?”

“当然。噢,我们不要谈这件事了。让我们高兴点儿。”

“我再也不能比现在更高兴了。”我说。一只很肥的灰猫,尾巴像一根羽毛那样直直地立着,从那头走到我们的桌子这边,弓着身子在我的腿上蹭着,每蹭一下,都会发出呼噜声。我俯下身子,去抚摸它。凯瑟琳在非常快乐地冲着我笑。“咖啡上来了。”她说。

早饭后,他们逮捕了我们。我们穿过村子走了一会儿,然后到码头拿我们的提包。一个士兵守在我们的小船那里。

“这是你们的船?”

“是的。”

“你们从哪里来?”

“从湖的那边。”

“那么,我不得不请你们随我走一趟了。”

“行李怎么办?”

“可以拿着。”

我提着行李,凯瑟琳走在我身边,士兵在我们后面,就这样一起朝着海关的那间老房子走去。在海关,一位很瘦很有军人气质的中尉对我们进行了询问。

“你们的国籍?”

“美国和英国。”

“我看看你们的护照。”

我把我的护照递给了他,凯瑟琳从她的小包里取出了她的。

他拿着它们仔细地看了很长时间。

“为什么你们划着一条小船,以这样的一种方式进入瑞士?”

“我是运动员,”我说,“划船是我喜好的运动。只要有机会,我都不会错过。”

“为什么你划到这里来了?”

“来做冬季运动。我们是旅行家,我们想进行一些冬季运动。”

“这里可不是搞冬季运动的地方。”

“我们知道。我们想去到有冬季运动的地方。”

“你们在意大利做什么?”

“我一直在学习建筑,我表妹学习艺术。”

“你们为什么离开那里?”

“我们想进行一些冬季锻炼。一直在打仗,建筑也学不成。”

“请你们在这里等一下。”中尉说。他拿着我们的护照去到后面的楼里。

“你太了不起了,亲爱的,”凯瑟琳说,“就坚持这么说。你想做冬季运动。”

“你对艺术有了解吗?”

“我知道鲁本斯[1]。”凯瑟琳说。

“画的人物又笨拙又肥胖。”我说。

“提香[2]。”凯瑟琳说。

“提香画中人物的橙红色头发，”我说，“知道曼特尼亚吗[3]？”

“不要问我太难的，”凯瑟琳说，“不过，我知道他——很冷峻的一位画家。”

“非常冷峻，”我说，“画了许多钉子眼[4]。”

“你会看到我成为一个好妻子的，”凯瑟琳说，“我将能跟你的顾客们自如地谈论艺术。”

“他来了。”我说。那位瘦瘦的中尉走进了这间屋子，手里拿着我们的护照。

“我得把你们送到洛迦诺去，”他说，“你们可以叫辆马车，我们的一个士兵会跟你们一块去。”

“好的，”我说，“我们的船怎么办？”

“船被没收了。你们的包里装着什么？”

他检查了那两个提包，拿起里面还剩有少半瓶的白兰地。“你愿意跟我喝一杯吗？”我问。

“不啦，谢谢。”他直起了身子。“你带有多少钱？”

“两千五百里拉。”

我的话给他留下了不错的印象。“你的表妹呢？”

凯瑟琳有一千二百多里拉。中尉听后很满意。他对我们的态度也不那么傲慢了。

“如果你们想进行冬季运动，”他说，“文根是一个很好的选择。我父亲在文根开着一家上好的旅店。一年四季二十四小时

---

① 鲁本斯（1577—1640），佛兰德斯画家，巴洛克艺术的代表。

② 提香（1488—1576），意大利文艺复兴时期威尼斯派最杰出的代表。

③ 曼特尼亚（1431—1506），意大利文艺复兴初期的一位画家。

④ 曼特尼亚在其画作《哀悼基督》中，在基督尸体上画出许多钉到十字架上的钉痕。

营业。”

“那真是太好了，”我说，“你能给我那家旅馆的名字吗？”

“我将把它给你写在一张卡片上，”他说着把卡片极有礼貌地递给了我，“这位士兵会把你们送到洛迦诺。他会暂时拿着你们的护照。有些遗憾，不过，这是必要的。我有理由相信，在洛迦诺他们会给你们办理签证，或是警方许可证。”

他把护照递给了那位士兵，提着行李，我们动身往村里走，去预定出租马车。“嗨。”中尉叫住了那个士兵。他在他耳边用德国的俗语说了些什么。那个士兵把步枪横挎在背上，拎起了背包。

“这是一个伟大的民族。”我跟凯瑟琳说。

“非常讲求实际。”

“太感谢你了。”我对中尉说。他挥着手跟我告别。

“为你服务！”他说。我们跟着士兵折回到村子里。

我们乘着马车去往洛迦诺，那个士兵和车夫坐在前面的座位上。在洛迦诺，他们也并没有为难我们。他们问了我们一些问题，表现得很有礼貌，因为我们有护照，也有钱。我认为他们并不相信我们说的话，连我自己都觉得这理由编得牵强，不过，这就跟在法庭上一样。你需要考虑的不是合乎不合乎情理，而是在法律上能不能讲得通，然后不做任何解释地坚持这一理由。我们有护照，我们愿意在这儿花钱，这就足够了。所以，他们给了我们临时签证。无论何时，这一签证都可能被撤销。不管去到哪里，我们都要向当地的警察报告。

我们可以去我们想要去的任何地方吗？可以。我们想到哪里呢？

“你想去哪里呢，凯特？”

“蒙特勒①。”

“那是个好地方，”一位官员说，“我想你们会喜欢那个地

① 蒙特勒位于日内瓦湖的东畔，是个田园诗般的小镇，瑞士历史上最为悠久的旅游疗养地，并有专线火车通向风光迷人的山顶。

方的。”

“这里的洛迦诺也不错，”另外的一个官员说，“我相信，你们一定会非常喜欢这里的。洛迦诺是一个很有魅力的城市。”

“我们想去一个可以进行冬季运动的地方。”

“蒙特勒那里可没有什么冬季运动。”

“你怎么能这么说呢，”另一个官员说，“我就来自蒙特勒，在蒙特勒到伯尔尼高地的铁路沿线，肯定有冬季运动。你要是否认这一点，那是不诚实的。”

“我不否认。我只是说在蒙特勒没有冬季运动。”

“对此，我也表示质疑，”另一个官员说，“我质疑你的这一说法。”

“我坚持我的这一认为。”

“我质疑你的这一说法。我自己就在蒙特勒的街道上乘过小雪橇。我不是一次而是多次这么做过。乘小雪橇无疑是一种冬季运动。”

另一个官员转向了我。

“乘小雪橇是你心目中理想的冬季运动吗，先生？我跟你说，你在洛迦诺这里会过得非常舒适，非常愉快的。你会发现这里的气候宜人，环境优美。你会非常喜欢这里的。”

“这位先生已经表达了他想去蒙特勒的愿望。”

“乘小雪橇是怎么回事？”我问。

“你瞧瞧，他就从未听说过乘小雪橇！”

第二个官员认为，这是对他的观点的有力佐证。他为此感到很得意。

“小雪橇，”第一位官员说，“就是平底雪橇。”

“我有不同的看法，”另一个官员摇着头，“我必须再一次提出反对意见。平底雪橇和小雪橇有很大的区别。平底雪橇是在加拿大用平板做的。小雪橇是装有滑板的普通雪橇。强调精确还是很重要的。”

“我们可以乘平底雪橇吗?”我问。

“当然可以,”第一个官员说,“你们完全可以乘平底雪橇。在蒙特勒,就有加拿大人制作的质量很好的平底雪橇在出售。奥克斯兄弟公司便经营这种雪橇。他们自己从国外进口平底雪橇。”

第二个官员显出不屑的神情。“乘平底雪橇,”他说,“得有特别的滑雪道。你不能在蒙特勒的街道上乘平底雪橇。你们打算在这儿的什么地方住呢?”

“还不知道,”我说,“我们刚刚从布里萨戈过来。出租马车还等在门外。”

“你们去蒙特勒不会有错,”第一个官员说,“你们会发现那里的气候非常宜人,非常美好。出门不远就能做冬季运动。”

“如果你们真的想进行冬季运动,”第二个官员说,“你们就该去恩加丁或是缪伦。我还是反对你们受人鼓动,到蒙特勒去搞冬季运动。”

“在蒙特勒北边的莱萨旺,就有各种很好的冬季运动。”一直赞同去蒙特勒的这位官员恨恨地瞧着他的同事。

“先生们,”我说,“恐怕我们得走了。我表妹已经很累了。我们暂时先去往蒙特勒吧。”

“我对你的这个决定表示祝贺。”第一位官员握着我的手说。

“你一定会后悔离开洛迦诺的,”第二个官员说,“不管怎么说,你们要先去蒙特勒的警察局报到。”

“那里的警察也会友好地待你们的,”第一位官员对我肯定地说,“你将发现那里的居民都非常友好,非常有礼貌。”

“十分感谢你们二位,”我说,“你们给我们的建议都非常好。”

“再见,”凯瑟琳说,“非常感谢你们二位。”

他们送我们到门口,劝说我们留在洛迦诺的那一位显得有些冷淡。我们走下台阶,上了出租马车。

“天啊,”凯瑟琳说,“亲爱的,我们刚才就不能早一点儿离开吗?”我把一位官员推荐给我们的旅店名称告诉了车夫。车夫拉起马的缰绳。

“你忘了那位士兵了。”凯瑟琳说。那个士兵正站在马车旁边。我给了他一张十里拉的纸币。“我还没有换下瑞士货币。”我说。他谢了我，敬了个军礼走了。马车拉着我们去往旅店。

“你怎么会碰巧想到蒙特勒这个地方呢?”我问凯瑟琳，“你真的想要去那里吗?”

“这是我能想到的第一个地方，”她说，“那儿挺不错的。我们可以在那里的山中找个地方住下来。”

“你困吗?”

“我此刻就很困。”

“我们将好好地睡上一觉。可怜的凯特，你度过了一个漫长的糟糕的夜晚。”

“我度过了一个美好的夜晚，”凯瑟琳说，“尤其是在你撑着那把大伞的时候。”

“你能意识到我们已经在瑞士了吗?”

“还不行，我担心一觉醒来，这一切都不是真的。”

“我也是。”

“这都是真的，不是吗，亲爱的? 我现在不是坐着马车到米兰车站，送你回前线吧。”

“但愿不是。”

“不要这么说。你这样说，我又担心起或许我们这是在赶往米兰车站了。”

“我也困得昏昏沉沉的不知道了。”我说。

“让我看看你的手。”

我伸出手来。两只手上都是血泡。

“我肋骨旁可没有钉痕的。”我说。

“不要说亵渎的话。”

我觉得很累，脑子里迷迷糊糊的。那一阵子激奋已经过去。马车沿着街道行驶着。

“看你的手成了什么样子啦。”凯瑟琳说。

“不要摸它们，”我说，“天呀，我不知道这是在去往哪里。车夫，我们这是在去哪里呢?”车夫停下了马车。

“都会大酒店。你不是要去那里吗?”

“是的，”我说，“没事了，凯特。”

“好啦，亲爱的！不要沮丧了，我们将好好地睡上一觉，明天你就不会感到头晕了。”

“我感觉晕晕乎乎的，”我说，“今天的事就像一场滑稽剧，我也许是饿了。”

“你只是太累了，亲爱的。你很快就会好起来的。”马车停在了酒店门前，有人出来帮我们拿东西。

“我没事的。”我说。我们顺着便道走进酒店。

“我知道，你很快就会好的。你只是太累了。你好长时间没有休息了。”

“不管怎么说，我们在瑞士了。”

“是的，我们真的在这里了。”

我们跟着提行李的伙计进了酒店。

# 第五部

# 第三十八章

那年秋天，下雪很晚。我们住在山腰里松树林中一幢褐色的木头房子里，晚上山里有霜冻，所以梳妆台上两个水罐中的水在早晨会结上一层薄薄的冰。古丁根太太一早会来到我们的屋里，帮我们关上窗户，在一个较高的瓷炉子里生起火来。开始时松木在炉里噼啪作响，冒出火星，接着就吐出长长的火舌。古丁根太太第二次来屋时，便会带来烧火用的大块木头和一罐热水。待屋里暖和了，她会给我们送来早餐。坐在床上吃饭时，我们能看到窗外日内瓦湖的湖水和湖那边在法国境内的高山。山顶上覆盖着皑皑白雪，湖水呈钢青色。

在这座木屋前，有一条路通向山顶。道上压下的车辙和路棱冻得像铁一样，公路穿过森林，盘着山一直向上爬去，通往草地，山脊上的林木和草地中的仓房和木屋。山谷很深，谷底有一条河，流向下面的湖泊，当有风吹过山涧时。你能听到河水在岩石间汩汩流淌。

有时我们离开公路，沿着一条小道，穿过松树林。森林中的泥土踩上去很软和；霜冻未能把它冻得像路面那么坚硬。不过，我们并不在意这结实的路面，因为我们的靴底和靴跟上都钉着钉子，后跟上的钉子能扎进冰冻的车辙，穿着带钉子的靴子，走在这样的路上，觉得蛮舒服、蛮带劲的。当然，林子里的散步会更惬意一些。

在我们住的房子前面，山很陡峭地耸立着，在山底是一小片临湖的平原，我们坐在能照进阳光的门廊里，眺望沿着山坡蜿蜒的公路和大山低处梯田状的葡萄园，冬天葡萄藤都掉了叶子，田野被石头墙分割成一块一块的，在葡萄园下面，便是镇上的房屋，镇子就建在靠湖岸的一片狭长的平原上。湖中有一个小岛，岛上的两棵树宛如一艘渔船上的双帆。在湖对面的山峰巍峨，险峻，在湖的尽头是罗纳河河谷，是两大山脉之间的一片平地；在河谷上游被山峰切断的地方是南牙峰。那是一座终年被积雪覆盖的山峰，它巍然俯瞰着河谷，只是它离这里太远了，山的影子投不到这里。

阳光明媚时我们在门廊吃午饭，其他的时候我们都是在楼上的一间小屋子里用餐，这间小屋的墙壁是木头的，墙角放着一个大火炉。我们从镇子上买回书籍、杂志和《霍伊尔牌系大全》，学会了许多两人玩的牌系。这间有火炉的小屋也是我们的起居间。屋子里有两把很舒适的椅子和放书跟杂志的桌子，在餐桌上的碗筷收拾掉以后，我们就在餐桌上玩扑克牌。古丁根夫妇住在楼下，在傍晚我们有时能听到他们谈话，像我们一样，他们在一起也很幸福。他从前是个侍者领班，她也在同一家旅店当服务员，他们攒钱买下了这块地方。这夫妇俩有个儿子，在苏黎世的一家旅馆学着做侍者领班。楼下有一个客厅，他们在那里卖葡萄酒和啤酒，在傍晚我们有时能听到有马车停在了路边，人们走上台阶进到大厅里来喝酒。

在起居间外面的走廊里，有一个放木柴的箱子，我从这里拿木头烧火取暖。不过，我们晚上并不待到很晚。在我们的大卧室里，我们摸着黑上床，脱掉衣服后，我打开窗户，望一会儿夜色，冰冷的星星和窗下的松树林，然后尽快上床。躺在床上，有这么清凉的空气和窗外美好的夜色陪伴，心里觉得十分美好。我们睡得很香，如果我晚上醒了，那只有一个原因，我会取下被子上面的羽绒套，当然是轻轻地，以免吵醒了凯瑟琳，暖暖地盖着更轻了一些的被子，很快就又睡着了。战争已离开我们很远，就像在别的学校里举行的足球赛。然而，我从报纸上得知，山里仍在打仗，因为还没有下雪。

有时候，我们顺着山路走到蒙特勒去。有一条下山的小道，但是坡很陡，所以我们常常是走大路，沿着硬邦邦、两边是田野的宽阔大道，走过砌着石墙的葡萄园和街道两边村子里的房屋。路上有三个村子：切尔尼科斯、丰塔尼凡，还有个村子我记不起名字了。我们还会经过一座古老的方形石头城堡，城堡就耸立在山坡边的一个岩脊上，周围是种着葡萄树的层层梯田，每株葡萄藤都拴在一根棍子上，以便它们向上生长，褐色的藤条显得干枯，土壤也在等着雪的浇灌，再下面是像镜子一样的湖泊呈钢铁那样的灰色。过了城堡后，还要走很大一截子坡路，然后拐向了右边，这儿的路是用卵石铺成，陡陡地通向蒙特勒。

我们在蒙特勒谁也不认识。我们沿着湖泊散步，观赏天鹅、海鸥和燕鸥，它们见你走近时就会飞起来，在它们飞过水面时会发出尖尖的叫声。在湖中有一群群的䴙䴘，又小又黑，在水中浮游时后面划出一条条波纹。在城里，我们沿着主街道漫步，瞧着路边商店外面的橱窗。有许多大酒店都停业了，可大多数的商店还开着，那里的人们见了我们都很友好、热情。看到一家不错的发廊，凯瑟琳进去做头发。开这家发廊的女子性格十分开朗，是我们在蒙特勒认识的唯一一个人。在凯瑟琳做头发时，我去了一家啤酒店，喝着慕尼黑黑啤酒，看着近期的报纸，意大利的《晚邮报》和从巴黎转过来的英美报纸。所有的广告都被取消了，似乎是为了防止敌人用这种方法进行联络。报纸上没什么好消息。所有地方的情况似乎都很糟糕。我坐在一个角落里，喝着一大杯黑啤酒，吃着一包打开的用光面纸包装的椒盐卷饼（卷饼的咸咸的味道让啤酒的味儿变得更香醇了），看着报上的坏消息。我原以为凯瑟琳会来找我，可她没有过来，于是我把报纸放回到报架上，付了啤酒的钱，走到街上去找她。那天很冷，阴沉沉的，已像是冬天的天气，连房墙上的石头看上去都是凉冰冰的。凯瑟琳还在发廊里。这位女美发师正在给她烫头发。我坐在这小隔间里看着她。这样望着她让我心里很激动，凯瑟琳冲我笑着，跟我说着话，因为激动我的声音变得有些沙哑。卷发钳发出悦耳的哒哒声，我可以在周围的三面镜子里看见凯瑟琳，我在隔间里觉得又舒适又暖和。临了，女美发师把凯瑟琳的头发梳拢起来，凯瑟琳照着镜子，把头发稍稍做了些调整，这里拿掉几个卡子，又在那里别上几个，弄好后，她站了起来。“抱歉，亲爱的，让你等了这么长的时间。”

“你的先生很感兴趣的。不是吗，先生？”女美发师笑着问。

“是的。”我说。

我们出来，到了街上。外面很冷，刮着凛冽的风。“噢，亲爱的，我太爱你啦。”我说。

“我们过得不是很快活吗？”凯瑟琳说，“哦，让我们找个地儿，去喝点儿啤酒，而不是喝茶。这对小凯瑟琳有好处，可以让她在体内长得小一点儿。”

“小凯瑟琳，”我说，“那个小懒虫吗？”

“她表现得一直很好，”凯瑟琳说，“很少给我找麻烦。医生说喝点儿啤酒对我有好处，可以不让胎儿长得太大。”

“要是你能做到让她小一点儿，生下时又是个男孩儿，或许他将来能成为一名骑士。”

“我想，如果我们真的要这个孩子的话，我们应该结婚。”凯瑟琳说。我们在啤酒店靠角落的一张桌子旁坐着。外面夜幕正在降临。时间还早，可天色已经暗下来，傍晚到来的越来越早了。

“让我们现在就结婚。”我说。

“不行，”凯瑟琳说，“现在结太难堪了。我的肚子已经很明显了。我不愿意这个样子出现在前来参加我们的婚礼的人面前。”

“我们要是早点儿结婚就好了。”

“我也这样认为。可是我们有过那样的机会吗，亲爱的？”

“我不知道。”

“有一点我知道。我不准备在我的肚子已经这样明显的情况下结婚。”

“你并不像孕妇。”

“噢，我是，亲爱的。美发师问我，这是不是我们的第一个孩子。我说谎了，我说不是，我们已经有了两个男孩儿，两个女孩儿。”

“那么,我们什么时候结婚呢?”

“等我的身子再瘦下来的时候。我们将举行一场盛大的婚礼,让到场的每个人都羡慕我们,这是一对多么漂亮多么年轻的新婚夫妇呀。”

“你不担心吗?”

“亲爱的,我为什么要担心呢?唯一一次让我感觉有点儿不好受的,就是在米兰的那一次,我觉得自己像个妓女,不过,这样的感觉只持续了几分钟,何况,那也是怪酒店屋子的陈设太俗艳了。难道我不是你的好妻子吗?”

“你是一个很可爱的妻子。”

“那么,我们就不要太讲究形式了,亲爱的。等我一瘦下来,我就嫁给你。”

“好吧。”

“你不觉得我应该再喝一杯吗?医生说我的骨盆窄,让小凯瑟琳在体内长得小一点儿好。”

“他还说什么了?”我担心地问。

“没说什么啦。我的血压很稳定,亲爱的。他对我的血压大为赞赏。”

“关于你的骨盆太窄,他怎么说?”

“他没说什么。他只是说我不应该滑雪。”

“说得对。”

“他说如果我以前从未滑过雪的话,现在开始学有点儿太晚了。他说,如果我不摔跤就可以滑。”

“他是个很会开玩笑的好心人。”

“他真的是个很好的人。临产时我们就找他吧。”

“你有没有问过他,我们是否应该结婚呢?”

“没有。我告诉他我们结婚已经四年了。你知道,亲爱的,如果我嫁了你,我就是个美国人啦,无论我们何时依照美国的法律结婚,我们的孩子都是合法的。”

“你这是从哪儿了解到的?”

“从图书馆的纽约《世界年鉴》上。”

“你真是个了不起的女孩儿。”

“我很高兴能做个美国人,我们将去到美国,是吗,亲爱的?我想看看尼亚加拉大瀑布。”

“你是个有见识的女孩儿。”

“我还有些地方想看,可一下子记不起来了。”

“是芝加哥的屠宰场吗?”

“不是。我想不起来了。”

“是伍尔沃斯大厦①?”

“不是。”

“是大峡谷?”

“不是。不过,我倒是想去那里看看。”

“那是什么呢?”

“是金门②!那是我想看的地方。金门在哪里呢?”

“在旧金山。”

“那么,我们就去那儿。我也想看看旧金山。”

“好的。我们就去那里。”

“现在,让我们回山上去吧。我们该回去了,是吗?我们能乘蒙特勒到伯尔尼高地的火车吗?”

“过了五点有趟火车。”

“我们就坐那趟车。”

“好的。让我先再喝上一杯。”

我们出来沿着街道朝前走,爬上了去往车站的台阶,天气很冷,一股刺骨的寒风从罗纳河谷吹来。街道上的商店橱窗里都亮起了灯,我们先是爬了一段陡峭的石头台阶,上到更高一些的街道

---

① 纽约市的一家百货公司,当时世界上最高的大厦。

② 金门是美国加州西面圣弗兰西斯科湾的湾口,后修成金门大桥。

上,然后又登上了一截台阶,才到了车站。电动火车已经等在那里,所有的灯都亮了起来。有一个钟盘显示着火车离开的时间。钟表的指针指向五点十分,现在是五点五分。当我们上了火车时,我看到司机兼列车长从车站的酒吧间出来了。我们坐到座位上,打开了车窗。火车是用电取暖的,车内空气窒闷,一股清新的冷风从窗子上吹进来。

“你觉得累吗,凯特?”我问。

“不。我感觉好极了。”

“我们坐不了多久的。”

“没事,我喜欢乘火车,”她说,“不要担心我,亲爱的。我感觉挺好的。”

直到圣诞节的前三天,才下来一场雪。一天早晨我们醒来,发现下雪啦。我们待在床上,炉子里烧着旺旺的火,看着雪花飘落。古丁根太太已端走了盛早饭的托盘,在火炉里加上了更多的木头。这是一场很大的暴风雪。古丁根太太说雪是半夜下起来的。我走到窗前,望着外面,可连马路对面都看不见。风卷着雪花到处飞舞。我回到床上,和凯瑟琳躺着聊天。

“我要是能滑雪就好了,”凯瑟琳说,“不能滑雪,可真让人懊恼。”

“我们找个连撬,到公路上跑跑吧。这不会比你乘车更糟的。”

“路上会颠吗?”

“我们去试试看。”

“我希望不要颠得太厉害了。”

“等会儿,我们在雪地里走一走。”

“午饭之前吧,”凯瑟琳说,“这样的话,我们的午饭就能吃得更香。”

“我总是觉得肚子里饿。”

“我也是。”

我们来到雪地里，可风席卷着雪片，刮得我们无法走远。我走在前面，踏出一条去往车站的足印，可在我们到了那里后，才意识到我们走出来得太远了。雪下得越来越大，路面上几乎什么也看不清了，我们进到车站旁边的小酒店里，用笤帚把彼此身上的雪扫干净，然后坐在一条长凳上，要了味美思酒。

“这场雪下得真大啊。”酒店女侍说。

“是的。”

“今年雪下得可够晚的。”

“是啊。”

“我能吃一块巧克力吗？”凯瑟琳问，“你是不是觉得已快到吃午饭的时间了？我总是觉得饿。”

“买一块吃吧。”我说。

“给我来一块榛子巧克力。”凯瑟琳说。

“这种很好吃的，”那个女孩儿说，“我最喜欢吃它了。”

“再给我来杯味美思。”我说。

在我们出来沿着公路往回走时，我们来时走下的印迹已被雪盖上了。只是原先下脚的地方的雪稍微显得低一点儿。雪花直往我们的脸上扑，我们几乎什么也看不见。我们拍打掉身上的雪，进屋吃午饭。古丁根先生给我们把饭端了进来。

“明天可以滑雪，”他说，“你会滑雪吗，亨利先生？”

“不会。不过，我愿意学。”

“你很快就能学会的。我儿子将回来过圣诞节，他会教你的。”

“太好了。他多会儿回来？”

“明天晚上。”

吃完午饭，我和凯瑟琳坐在小屋里的炉火旁，望着窗外正在落下的雪花，这个时候，凯瑟琳说：“你不想自己一个人出去转转吗，亲爱的，跟男人们一块去滑滑雪？”

“不想。为什么我要去呢？”

“我在想,除了我,你有时也会想见见其他人的。”

“你想见其他的人吗?”

“不想。”

“我也不想。”

“我知道。可是,你和我不同。我现在怀着孩子,能安下心来什么也不做。我知道我现在唠唠叨叨的,变得话多了,我想你该出去调剂调剂,那样你就不会嫌我烦了。”

“你想让我出去吗?”

“不。我想让你跟我待着。”

“这正是我打算做的。”

“到这里来,”她说,“我想摸摸你头上的那个肿块。这是个很大的包。”她用手指摩挲着它。“亲爱的,你想过留胡子吗?”

“你想让我留吗?”

“那也许很有趣的。我喜欢看见你留胡子的样子。”

“好吧。我从现在起就开始让它长。这是个好主意。这样,我起码有点儿事情做了。”

“你没有事情做,是不是感到很不安?”

“没有的。我喜欢这样。我生活得很开心,很快乐。你不是吗?”

“我过得很快活。不过,我担心我的肚子现在大起来了,或许你会觉得我烦。”

“噢,凯特。你不知道我爱你爱得有多疯狂。”

“像我这样吗?”

“正是像你那样。我过得很快活。我们生活得不是很幸福吗?”

“是的,可我原以为你也许会有些腻味的。”

“不会的。有时候我想知道前线的情况,想知道战友们的情况,不过,我并没有为此而担心。我对任何事情也不过多地去想。”

“你想知道谁的情况?”

"利纳尔迪、牧师,还有我认识的许多人。可我也没有太多地去想他们。我不去想这场战争。我已经跟它没有关系了。"

"此刻,你在想什么呢?"

"什么也没有。"

"不,你刚才在想事。告诉我。"

"我刚才在想,利纳尔迪染上梅毒了没有。"

"你只是在想这个吗?"

"是的。"

"他有梅毒病吗?"

"我不知道。"

"我很庆幸你没有。你有过任何类似的病吗?"

"我有过淋病。"

"这我可不想听。很疼吗,亲爱的?"

"很疼。"

"我希望我也得过它。"

"不,你不希望。"

"我希望。我希望和你一样也得过这种病。跟你有过关系的女孩儿,我都想结识,这样我就能当着你取笑她们了。"

"很好的想法。"

"可你得过淋病并不好。"

"这我知道。看外面的雪还在下。"

"我宁愿看着你。亲爱的,你为什么不把你的头发留得长一些呢?"

"留多长?"

"比现在的长一点儿嘛。"

"已经够长的了。"

"不长,留得再长些,我可以把我的剪短,这样一来,我们俩就相像了,只是其中的一个是金发,另一个是黑发。"

"我不愿意让你剪短头发。"

“那会很有趣的。我已经有些厌倦这长发了。晚上睡在床上，乱糟糟的一团。”

“我喜欢你的长发。”

“你不喜欢它短点儿吗？”

“也许会的。可我还是喜欢你现在的样子。”

“剪短了，兴许也很好看。那时，我们两个人就一样了。噢，亲爱的，我真的离不开你了，我想也变成你。”

“你是的。我们是同一个人。”

“这我知道。在晚上，我们是。”

“夜晚太伟大了。”

“我想让我们俩完全融为一体。我不想让你走开一下。我刚才已经说过了。你要是想去滑雪，你就去吧。不过，滑完就赶快回来。哦，亲爱的，你不和我在一起时，我简直就活不下去。”

“我多会儿也不离开你，”我说，“当你不在我身边时，我就无所适从，我的生活就不再有任何意义。”

“我想让你过有意义的生活，快乐的生活。不过，是我们俩一起过，对吗？”

“现在，你是让我留胡子还是不留？”

“留。让它往长了长。那会令人有一种新奇感。也许到圣诞节，就留好了。”

“你现在想下棋吗？”

“我想跟你玩。”

“不。还是让我们下棋吧。”

“那么，下完棋，我俩玩？”

“行。”

“好的。”

我拿出棋盘，摆好棋子。外面还在下着鹅毛般的大雪。

有天晚上，我醒了，发现凯瑟琳还没有睡着。月光从窗户上泻进来，把窗户框的影子投在了床上。

“你醒着吗，宝贝？”

“是的。你睡不着吗？”

“我刚醒来，我在想我第一次遇见你时，我那几近于疯癫的样子。你还记得吗？”

“你那时只是有一点儿疯。”

“我以后再也没有那么鲁莽过。我现在很棒。你说很棒说得真好听。你说很棒。”

“很棒。”

“噢，你真好。我现在不疯了。我只是非常非常非常幸福。”

“接着睡吧。”我说。

“好吧。让我们在同一时刻里一块儿睡着。”

“好的。”

可是，我们没有。我醒了很长的时间，想着一些事情，看着凯瑟琳睡觉，看着月光照在她的脸上。临了，我也睡着了。

# 第三十九章

到一月中旬的时候,我留好了胡子,现在的冬日白天和夜晚都是晴冷的天气。我们又能到公路上散步了。路上的积雪被运草和运柴的雪橇,还有被拖下山去的木头,压得又结实又光滑。白雪覆盖了整个乡野,几乎延伸到蒙特勒。湖泊对面的大山和罗纳河谷的平原上都是银装素裹。我们在山的另一边散步,常常走得很远,一直走到阿里亚兹温泉。凯瑟琳穿着斗篷和钉有平头钉的靴子,拄着一根前面带钢尖的棍子。穿着斗篷,凯瑟琳的肚子并不明显,我们走得不快,当她累了时,我们就停下来,坐在路边的木头上休息。

在阿里亚兹温泉的树林里有一家小酒店,伐木工常在那儿歇脚,喝酒,店里烧着炉子,暖暖的,我们坐在里面,喝着放有香料和柠檬的加热过的红酒。他们叫这种酒是格鲁怀因,用来暖身子和搞庆祝蛮好的。酒店里面昏暗,烟雾缭绕,等喝完酒出来一呼吸,凛冽的冷空气直灌入你的肺中,你的鼻孔、鼻尖都冻得发木。我们回头去望,有灯光从酒店的窗子上泻出来,屋外伐木者的马匹都踏着蹄子,甩着马头,以抵御寒冷。它们的口鼻上都结着冰霜,不断地呼出团团的白气。沿着公路回去时,有一段路很光滑,冰雪被马儿践踏成了橙黄色,直到托运木材的路拐了弯之后,道上才又成了碾压过的洁净的白雪,在傍晚顺着这条路穿越过树林回家时,我们有两次看见了狐狸。

这真是一片迷人的乡野,每次出去,都尽兴而归。

“你的胡子现在长得真棒,”凯瑟琳说,“看上去跟伐木工的一模一样。你刚才看见那个戴小金耳环的男子了吗?”

“他是一个打小羚羊的猎人，”我说，“他们说，他们之所以戴那种耳环，是因为这能使他们听得更清楚。”

“是真的吗？我不相信。我认为他们之所以戴它们，是想让人知道他们是小羚羊的猎人。这附近有小羚羊吗？”

“有的，在牙山那边。”

“我们看见了狐狸，真不错。”

“在狐狸睡觉时，它会用它那毛茸茸的尾巴卷住自己来御寒。”

“那种感觉一定很美。”

“我总想有一个像狐狸那样的尾巴。如果我们真长上一条那样的尾巴，会不会很有趣？”

“那样的话，穿衣服会很困难的。”

“我们会做特制的衣服，或者去生活在一个非常自由、不受任何拘束的国度。”

“我们现在就生活在一个没有什么拘束的国家。我们没有见到过任何的熟人，这难道不是很好吗？你并不想见人，是吗，亲爱的？”

“是的。”

“我们在这里坐一坐好吗？我有点儿累了。”

我们依偎着坐在了一根木头上。路在前面穿过森林。

“她不会让我们俩之间产生隔阂的，对吗？这个小调皮鬼。”

“不会。我们不允许她这么做。”

“我们的钱够吗？”

“很充裕的。他们给兑现了最近的那张即期汇票。”

“既然你的家人现在知道你在瑞士了，难道他们不会试图来找到你吗？”

“或许会的。我将给他们写封信。”

“你给他们写过信吗？”

“没有。只是开了即期汇票。”

"感谢上帝,幸亏我不是你的家人。"

"我将给他们发个电报。"

"难道你就不挂念他们吗?"

"挂念,但是我们经常吵架,把这份挂念给冲淡了。"

"我想我会喜欢他们的。我也许会非常喜爱他们的。"

"让我们不要谈他们了,否则的话,我该开始担心他们啦。"又过了一会儿后,我说,"如果休息好了,我们就走吧。"

"我休息好了。"

我们沿着公路往回走。现在天已经黑了,雪在我们脚下咯吱咯吱地作响。夜晚干冷干冷的,很少有云层。

"我喜欢你留的胡子,"凯瑟琳说,"你做得很成功。它看上去很硬,很扎,可其实很软,很好看。"

"你更喜欢我留着胡子,是吗?"

"我想是的。你知道,亲爱的,我在产前不打算剪掉头发了。我现在肚子很大,也很胖。等生下她、我的身子变瘦以后,再剪短头发,那时候,我在你面前又是一个新的,不同的,帅气的女孩儿了。我们一块儿去把它剪掉,或是我一个人去也可以,回来给你个惊喜。"

我没有吭声。

"你不至于说我不能剪吧?"

"不会。我想那会给人惊喜的。"

"噢,你太好啦。也许,剪短了很好看的,亲爱的;那么苗条,那么神采奕奕,你会再一次深深地爱上我的。"

"天呀,"我说,"我现在就爱你爱得发狂了。你想要干什么呀? 毁掉我吗?"

"是的。我想毁掉你。"

"好的,"我说,"这也是我想要的。"

# 第四十章

我们过得很开心。我们一起度过了一月和二月,那年冬天都是晴好的天气,我们无论在户外还是家里都非常快活。在暖风吹来时,雪会有短暂的融化,会变软,空气中似乎也有了春天的气息,可没过几天总又刮起清冷凛冽的寒风,冬天重新归来。到了三月,天气才会第一次真正地变暖。晚上会下起雨来。下上整整的一个上午,把雪都变成了水或是烂泥,使山坡看上去污秽不堪。湖上和河谷上空每每聚集着乌云。山上也正在下雨。凯瑟琳穿着笨重的套鞋,我穿着古丁根先生的高筒雨鞋,我们打着雨伞,到火车站那边去散步,我们涉过烂泥和冲干净了路面冰层的流水,于午饭前在车站的酒吧喝上一杯味美思。我们能听到酒店外面的雨声。

"你看我们是不是该搬到城里去了?"

"你觉得呢?"凯瑟琳问。

"既然冬天过去了,雨天来了,那么待在山上也就没多大乐趣了。离小凯瑟琳出生大约还有多长时间?"

"一个月左右。也许一个月多一点儿。"

"我们不如下山待在蒙特勒吧。"

"我们为什么不去洛桑呢? 我们要去的那家医院在洛桑。"

"好的。不过,我想那个城市或许有点儿太大了。"

"在大城市里,我们也能够有自己的清静。洛桑也许还蛮好的呢。"

"我们什么时候走?"

"多会儿也行。在你想走的时候,亲爱的。如果你还不想离开,我就不想着走。"

"让我们看看天气怎么变化吧。"

连着下了三天雨。火车站那边山坡上的雪现在都融化了。道路上全是泥水在流淌。外面太湿太泥泞了,不好出去。在下雨的第三天早晨,我们决定住到下面的城里去。

"好的,这没什么,亨利先生,"古丁根说,"你不必事先跟我们打招呼的。我觉得既然雨季来了,你们也就不想再待在这里了。"

"不管怎么说,因为我妻子的产期临近了,我们得住到离医院近的地方去了。"我说。

"我明白,"他说,"将来有时间,你们愿意带着出生的孩子一起再来吗?"

"好的,只要到时候你有空着的房间。"

"等春季天气好了,你们也可以来看看这里的春色。我们可以把你们的孩子和保姆安排在眼下锁着的那间大房子里,你和夫人还住这间临湖的屋子。"

"来时我写信告诉你。"我说。我们整理好行李,动身去赶午后的那趟火车。古丁根夫妇用雪橇拉着我们的行李,涉过路上的雪水,送我们到车站。他们站在车站旁边,于雨中跟我们挥手告别。

"他们夫妻两人真好。"凯瑟琳说。

"他们对我们真的不错。"

我们坐上了从蒙特勒到洛桑的火车。从车窗上眺望我们住过的地方,却因为有云层遮挡着,让我们无法看到那边的山。火车在沃韦停了一下,然后继续前行,它所经过的地方一边是湖泊,一边是光秃秃的树木,湿漉漉的房屋和褐色的田野。我们到达洛桑后,住进一家中型旅馆。在我们乘车穿过街道、来到这家旅馆的车马入口处时,雨还在下着。衣襟上挂着铜钥匙的门房,里面的电梯,地板上铺着的地毯,装有亮晶晶附属装置的白色盥洗盆,铜铸的床,又宽敞又舒适的卧室,所有这一切,对刚刚住过古丁根夫妇山上木屋的我们来说,似乎都显得太奢华了。屋子的窗户外面是一个湿漉漉的花园，花园的围墙上面装着铁栅栏。在坡度很陡的街道对面是另一家旅店，建有相似的花园和围墙。我看着雨点落在窗外花园的喷水池里。

凯瑟琳打开了屋里所有的灯，开始整理行李。我要了一杯苏打威士忌，躺在床上读着我在车站买的报纸。那是 1918 年 3 月，德国人在法国开始展开进攻。我喝着苏打威士忌，读着报，凯瑟琳忙东忙西地收拾着东西。

“你知道我必须要准备什么吗，亲爱的。”她说。

“什么？”

“婴孩的东西。女人到了像我这样快要临产时，大多都备好孩子用的东西了。”

“你可以去买下它们。”

“我知道。这就是我明天要做的事。我先看看我短的哪些必需品。”

“你应该知道的。你曾是个护士。”

“但是，在医院里士兵生小孩儿的实在太少了。”

“我是一个。”

她抛过枕头来打我，弄翻了苏打威士忌。

“我再给你要一杯，”她说，“抱歉，我把它弄洒了。”

“杯里本来就剩下不多了。来，到床上来。”

“不，我得先把这间屋子收拾得像个样。”

“像什么样？”

“像我们自己的家。”

“那就挂上协约国的旗帜①。”

“噢，住嘴。”

“你再说一遍。”

“住嘴。”

---

① 第一次世界大战的协约国包括英、法、俄，还有意大利和美国。

"你说这个词时,说得那么小心翼翼,"我说,"就好像你并不想得罪任何人似的。"

"我是不想。"

"那么,你就到床上来。"

"好吧。"她过来坐到了床边,"我知道我现在对你没有那么大的吸引力了,亲爱的。我现在就像个面粉桶。"

"不,你不像。你又漂亮又可爱。"

"我就是你娶的一个丑婆娘。"

"不,你不是。你多会儿都是最漂亮的。"

"不过,我还会变苗条的,亲爱的。"

"你现在就苗条。"

"我看你是喝多了。"

"只不过是苏打威士忌。"

"另一杯也快来了,"她说,"然后,我们就吩咐把饭送上来吃好吗?"

"好的。"

"我们今天就不出去了,行吗?"凯瑟琳说,"我们整个傍晚和晚上就待在家里。"

"待在屋子里玩。"我说。

"我喝点儿葡萄酒,"凯瑟琳说,"这不会对我有害处的。或许,我们可以喝点儿卡普里白葡萄酒。"

"我知道这里能有,"我说,"像这样规模的酒店,一般都有意大利葡萄酒的。"

侍者在敲门。他用托盘端来了一杯放冰块的威士忌酒,在杯子旁边是一小瓶苏打水。

"谢谢你,"我说,"就放在这里好了。请你送上来两个人的晚饭,外加两瓶冰镇的干卡普里白葡萄酒。"

"你希望在饭前先来点儿汤吗?"

"你要汤吗,凯特?"

"要。"

"来一碗汤吧。"

"好的,先生。"侍者走出去,关上了门。我又读着报纸,读着报上有关战争的消息,一边慢慢地把苏打水从冰块上面倒进威士忌里。我本该告诉他们不要将冰块放进威士忌中的。该叫他们把冰块分开放。这样你便能知道杯子里的威士忌实际上有多少,不至于在倒苏打水时倒多,而一下子冲淡了威士忌。那是一种明智的做法。好的威士忌酒喝起来很爽,很醇的,是人生的一大享受。

"你在想什么,亲爱的?"

"在想威士忌。"

"想它的什么?"

"想它有多好喝。"

凯瑟琳做了个鬼脸。"好的,你想吧。"她说。

我们在那个酒店住了三个星期。住得还是比较舒适的;饭厅里一般很少有人光顾,夜晚我们常常是在自己的屋子里吃饭。我们在城里散步。坐着铁路上的齿轮车到乌希,沿着湖边散步。天气变得十分暖和,真的像是春天来了。我们希望我们回到山里去,可这样的好天气只持续了几天,接着,残冬的寒冷再度莅临。

凯瑟琳在市里买回了婴儿需要的物品。我到拱廊街上的一家健身房,去练习拳击。我常常在凯瑟琳早晨还没有起床的时候,到那里练习。在像是春天的好天气里,打完拳击,冲个淋浴,沿着街道走一走,吮吸着春天的气息,在咖啡店里坐一会儿,看看人们,读读报纸,喝上一杯味美思,所有这一切都挺美好的;临了,回到旅馆,跟凯瑟琳一起吃午饭。拳击房的教练留着胡子,他出拳迅速,准确,可在你真跟他打时,他就不堪一击了。不过,在健身房里还是很愉快的。那里的空气和灯光都好,我锻炼得很刻苦,跳绳,打假想拳,躺在有阳光从开着的窗户上照进来的地板上,做腹部运动,跟教练打拳时,有时能打得他胆战心惊。一开始我不能对着那面又长又窄的镜子打假想拳,因为看到镜子里一个留着胡子的人在打拳，觉得怪怪的。但到后来我只是觉得很好笑而已。我一开始练习拳击时就想刮掉胡子，可凯瑟琳不让我这么做。

有时候，我和凯瑟琳乘着马车到乡下去兜风。在天气怡人时，乘车游逛还是很开心的，我们发现了两处乘车郊游时吃饭的好地方。凯瑟琳现在走不了远路了，我喜欢跟她坐着马车，沿着乡间的公路，观览风光。天气好的时候，我们玩得非常尽兴，我们从来都没有不高兴的时候。我们知道孩子就要降临，这让我们觉得好像有什么东西在催逼着我们，使我们格外珍惜我们在一起的每一分钟。

# 第四十一章

有天早晨,我三点钟的时候醒了,听到凯瑟琳在床上翻动。

“你好吗,凯特?”

“我感觉痛起来了,亲爱的。”

“痛得有规律吗?”

“没有,还不明显。”

“要是你痛的间隔差不多是同样的时间,我们就去医院。”

我很困,接着睡了。过了一会儿,我又醒了。

“你还是给大夫打个电话吧,”凯瑟琳说,“我想我快要生了。”

我到电话那儿,接通了大夫。“痛多长时间来一次?”他问。

“多长时间痛一次,凯特?”

“一刻钟吧。”

“那么,就该来医院了,”大夫说,“我自己也穿衣服,即刻赶到医院。”

我接着又给车站附近的那个车行拨电话,让他们派辆出租车过来。可是,那边好长时间没有人接电话。后来,总算有个人接了,答应马上派车过来。凯瑟琳在穿衣服。她的包里装满了她在医院要用的东西和婴孩用品。在屋外的走廊里,我按了要电梯的铃。可没人应答。我走下楼,发现楼下除了值夜员,一个人也没有,我自己乘电梯上来,把凯瑟琳的包拿到电梯里,凯瑟琳走进来,我们一起到了楼下。值夜员为我们打开大门,我们坐在车道台阶旁边的石板上,等着出租车。夜空很清澈,布满了星星。凯瑟琳非常激动。

“我真高兴,终于开始了,”她说,“再有一会儿,这一切就都度过去了。”

"你是个勇敢的好女孩儿。"

"我不怕。不过,我希望出租车快点儿来。"

我们听到出租车沿着街道驶来,看到了车前灯的灯光。出租车拐到车道上,我扶凯瑟琳上去,司机把包放在了前面的座位上。

"去医院。"我说。

我们驱车出了车道,开始向一座小山那边驶去。

到了医院,我提着包和凯瑟琳一起走了进去。有个女人坐在服务台前,她在一个簿子上写下了凯瑟琳的名字,年龄、地址、亲戚关系和宗教信仰。凯瑟琳说她不信教,那个女人在宗教一栏里画了个横杠。在说名字时,她告诉对方她是凯瑟琳·亨利。

"我领你去你的房间。"她说。我们乘电梯上去。从电梯出来,我们跟着她走过一道长廊。凯瑟琳紧紧地拽着我的胳膊。

"就是这间,"那个女人说,"请你脱掉衣服,睡到床上。这是为你准备的睡衣。"

"我有睡衣的。"凯瑟琳说。

"你最好还是穿上这一件。"那个女人说。

我出来,坐到走廊里的一个椅子上。

"你可以进来了。"那女人站在门口说。凯瑟琳躺在一个很窄的床上,穿上了一件前面是方领的、极普通的睡衣,就好像是用一块粗糙的床单布改做的一样。她冲我笑着。

"我现在痛得很有规律啦。"她说。那个女人握着凯瑟琳的手腕,用手表测着阵痛的时间。

"刚才痛得很厉害。"凯瑟琳说。我从她的脸上看出她的痛。

"医生在哪里?"我问那个女人。

"他在躺着休息。一旦需要,他就来了。"

"我现在要给夫人做一些处置,"护士说,"你先出去一下好吗?"

我到了走廊里。这是一个空荡荡的走廊,只有两扇窗户,沿走廊两边的门都紧闭着。长廊里一股医院的味道。我坐在一把椅子里，眼睛看着地板，为凯瑟琳祈祷。

“你可以进来了。”护士说。我走了进去。

“喂，亲爱的。”凯瑟琳说。

“你怎么样？”

“它们现在来得更频繁了。”她的脸绷了起来。一会儿后，她笑了。

“刚才的这一次来得更猛。你能把手再放到我的背上吗，护士？”

“好的。”护士说。

“你出去转转吧，亲爱的，”凯瑟琳说，“到外面买点儿东西吃。护士说，我这痛可能还要持续好长的时间呢。”

“第一次分娩通常都会拖得比较久。”护士说。

“你去吧，到外面吃点儿东西，”凯瑟琳说，“我真的没事。”

“我要再待一会儿。”我说。

痛来得很频繁了，临了，又减缓下来。凯瑟琳变得很激动。当疼痛来得剧烈时，她为它们叫好。当疼痛开始减弱了时，她又变得沮丧，感到难为情。

“你去吧，亲爱的，”她说，“我觉得，你在只能叫我感到局促。”她的脸又绷紧了起来。“亲爱的，我真的希望做个好妻子，好好地顺顺利利地生下这个孩子。去吧，到外面吃点儿早饭，完了再回来。我不会想你的。护士对我很好。”

“你有充足的时间吃早饭。”护士说。

“那我去了。再见，宝贝。”

“再见，”凯瑟琳说，“也替我好好地吃顿早餐。”

“这儿哪里有吃早饭的地方？”我问护士。

“顺着街道走到广场，那里有一个咖啡馆，”她说，“现在应该开门了。”

外面天渐渐地亮起来。我在空荡荡的街道上，走向咖啡馆。咖啡馆的窗子里透出灯光，我进去站在镀锌的吧台前，一位年长的男子递给我一杯白酒和奶油蛋卷。这奶油蛋卷是昨天做的,我把它在酒里蘸着吃,又要了一杯咖啡。

"你干吗这么早就出来了?"老人问。

"我的妻子在医院生孩子。"

"哦,原来是这样。祝你好运。"

"再给我来杯葡萄酒吧。"

他从瓶子往杯子里倒,瓶口倾斜得过了点儿,有一些酒落在吧台上。我喝完这一杯,付了账,走了出来。外面街道上的住户门前都放着垃圾桶,等着倒垃圾的来清理。有条狗在一个垃圾桶里嗅着什么。

"你想找什么?"我问,一边看进垃圾桶里,看看里面是否有什么东西能刨出来给它吃;可摊在最上面的只有一些咖啡渣、灰土和凋谢了的花儿。

"这桶里什么东西也没有,狗儿。"我说。狗横穿过马路走了。我从医院的楼梯,上到凯瑟琳在的那一层,顺着走廊到了凯瑟琳在的那一间。我敲门,可没人应答。我自己打开了门;屋里没有人,只有凯瑟琳的包放在椅子里,她的睡衣挂在衣钩上。我出来,在走廊里找到一位护士。

"亨利夫人去哪儿了?"

"有一位女士刚刚进了产房。"

"产房在哪儿?"

"我领你去吧。"

她把我带到走廊的尽头。房间的门半开着。我看见凯瑟琳躺在一张台子上,身上盖着一个单子。台子的一边站着护士,另一边站着那个医生,医生旁边放置着一些圆桶。医生手里拿着一个橡胶面罩,面罩跟一根管子连着。

"我给你拿件罩衣,你就能进去了,"护士说,"请到这边来。"

她帮我穿上一件白罩衣,用一个别针把脖子后面的罩衣别住。

"现在你可以进去了。"她说。我进到里面的屋子。

“哦,亲爱的,”凯瑟琳用一种发紧的嗓音说,“我的情况没什么进展。”

“你就是亨利先生?”医生问。

“是的。情况怎么样,大夫?”

“一切顺利,”医生说,“我们到这儿来,是因为这里用麻醉气体方便些。”

“我现在要用了。”凯瑟琳说。医生把橡胶面罩放在她的脸上,转动着一个刻度盘上的指针,我看见凯瑟琳先是深呼吸,然后呼吸就变得急促起来。临了,她把面罩推到了一边。医生关上了气阀。

“这一次痛得不算厉害。刚才的那一次才痛呢。大夫使我完全失去了知觉,不是吗,大夫?”她的声音听上去有些怪,在最后说到大夫那个词时,调子一下子升得很高。

医生笑了笑。

“我又要用它了。”凯瑟琳说。她把面罩紧紧地摁在脸上,急促地呼吸着。我隐约听到了她的呻吟声。末了,她拿掉面罩,笑了。

“这一次非常痛,”她说,“非常痛。你不要担心,亲爱的。你去吧。再去吃上一顿早餐。”

“我要留下来。”我说。

我们大约是凌晨三点钟来的医院。到中午的时候,凯瑟琳还在产房里。阵痛再一次减缓下来。她现在看上去非常疲惫和虚弱,但她的心情仍然是欢悦的。

“我太不中用了,亲爱的,”她说,“真的对不起。我原以为我会很顺利就生下来的。现在——哦,又痛起来啦——”她伸手拿过面罩,捂在了脸上。医生转动着刻度盘,注视着她的情况。过了一会儿,疼痛过去了。

“这一次不是太痛。”凯瑟琳说。她笑了。“我用这麻醉气是用上瘾了。这东西挺神奇的。”

“我们买一些带回去。”我说。

“又痛起来了。”凯瑟琳急促地说。医生转动着刻度盘，看着手表。

“现在阵痛的间隔是多少？”我问。

“一分钟左右。”

“你不要吃午饭吗？”

“我一会儿就去。”医生说。

“你必须吃点儿东西，大夫，”凯瑟琳说，“真对不起，叫我拖累了你这么长的时间。让我的丈夫来给我用麻醉气吧？”

“如果你们愿意的话，”医生说，“你把它拨到数字‘二’上。”

“我明白。”我说。刻度盘上有个指针，要用手柄来转动。

“我现在又需要了。”凯瑟琳说。她把面罩紧紧地摁在脸上。我把指针转到‘二’上，在凯瑟琳拿掉面罩之后，我关掉了气阀。这位好心的医生给我机会，让我也能为凯瑟琳做点儿事情。

“是你在做吗，亲爱的？”凯瑟琳抚摸着我的手腕问。

“当然是了。”

“你真可爱。”这麻醉气体弄得她有点儿晕乎了。

“我在隔壁的房间吃点儿东西，”医生说，“有事随时喊我。”我看见他在隔壁的屋里吃了点儿东西后，躺下来抽着一根烟。凯瑟琳已经累得体力不支了。

“你觉得我还能生下这个孩子吗？”她问。

“能，当然能了。”

“我尽自己最大的力了。我使劲地往下挤它，可它一下就溜开了。又疼起来了，把面罩递给我。”

下午两点时我出来吃午饭。咖啡馆里有几人，正坐在餐桌前喝着咖啡和樱桃白兰地或是苹果白兰地。我坐在了一张桌子旁。“有什么吃的吗？”我问侍者。

“已经过了午饭的时间了。”

“有没有二十四小时都提供的食物？”

“有泡菜。”

“给我来份泡菜和一杯啤酒。”

“是小杯的还是大杯的？”

“一小杯淡点儿的。”

侍者端来了一盘泡菜，它上面有一片火腿，还有一根香肠夹在酒浸过的辣白菜里。我吃着泡菜，喝着啤酒。我很饿。我注视着坐在桌前的这些人们。有一张桌子上的人在玩纸牌。在我旁边这桌的两个人在聊天和抽烟。咖啡馆里烟雾腾腾。在镀锌的吧台（我站在那里吃的早饭）后面现在有了三个人：那位老者，一个穿着一身黑衣服长得很丰满的女人，她坐在柜台后面，记录着端送到桌子上的水酒等，还有一个系着围裙的男孩儿。我不知道这个女人生了几个孩子，是怎么生下来的。

我吃完泡菜后，就赶紧回医院。街道上现在已经清理干净。便道上的垃圾桶都不在了。天阴着，可太阳正试图从云层里钻出来。我乘电梯上了楼，从电梯里出来后，顺着走廊来到凯瑟琳的房间，我前面穿的那个白大褂放在这里。我又穿上它，把脖子后面用别针别起来。我照着镜子，看见自己像个留胡子的江湖医生。我穿过走廊来到产房。门关着，我敲门，可没有人应答，我转动把手，推开门进来。医生坐在凯瑟琳的旁边。护士正在屋子的另一头忙乎着什么。

“你丈夫回来了。”医生说。

“噢，亲爱的，我遇上一位最了不起的大夫，”凯瑟琳的声音听上去怪怪的，“他给我讲最奇妙的故事，在我痛得厉害时，他就让我失去知觉。他真棒。大夫，你真棒。”

“你被麻醉气给弄醉了。”我说。

“我知道，”凯瑟琳说，“可你不要把它说出来嘛。”她紧接着又喊，“快给我，快给我。”她紧紧地摁着面罩，呼吸急迫、短促，带着喘息，把面罩也弄得吱吱地响。后来，她长长地吁了一口气，医生伸出左手，拿掉了面罩。

“这一次太痛了。”凯瑟琳说。她的声音变得非常奇怪。“我现在不会死的,亲爱的。我已经度过了鬼门关。你不为我高兴吗?"

"你再也不要去那个地方了。"

"我不去了。尽管我并不害怕那个地方。我不会死的,亲爱的。"

"你不会做这种傻事,"医生说,"你是不会死去留下你丈夫一个人的。"

"噢,不。我不要死。我不会死的。想到死才傻呢。噢,又疼起来了。快给我面罩。"

过了一会儿后,医生说:"你先出去一下吧,亨利先生,我得给她做个检查。"

"他担心我,想在这里看着我,"凯瑟琳说,"你一会儿再回来,亲爱的,可以吗,大夫?"

"当然可以,"大夫说,"能进来时,我会让人告诉你丈夫的。"

我出来,顺着走廊,来到凯瑟琳产后会待的那个房间。我坐在那儿的一把椅子上,看着这间屋子。我的外套里有中午吃饭时买下的报纸,我拿出来读了起来。外面渐渐地黑下来,我打开灯继续读了一会儿。然后,我关灭了灯,望着外面夜幕的降临。我不知道医生为什么不让人来叫我。或许我不在旁边,情况要好一些。他可能是想让我离开一会儿。我看了看手表。如果他再有十分钟还不来叫我,我就自己过去。

可怜的,可怜的凯特,亲爱的凯特。这就是你为我们一起睡觉付出的代价。这就是陷阱所造成的结局。是人们彼此相爱的结果。不管怎么说,还得感谢上帝,有了麻醉气。在还没有麻醉剂之前,是一种什么样的情况呢?一旦疼痛起来,女人就像掉进推动水车转动的水流里,身不由己了。在怀孕期间,凯瑟琳过得很快活,很好,她几乎没有呕吐过。一直到住院之前,从不曾有过什么特别不舒服的感觉。可现在命运最终还是没有放过她。你永远逃脱不了的。绝对是这样!即便我们结上五十次婚,结果还是一样的。

要是她死了，怎么办？不，她不会死。现在生小孩儿是不会死人的。这都是做丈夫的在瞎担心。是的，可她要真的死了怎么办？她不会死的。她只是难产。初次分娩通常会时间比较长。她仅仅是难产。到时候，我们就会说当时有多痛苦啊，凯瑟琳会说其实还不算太糟。可她要真的死了，怎么办？她不能死。是的，可要是死了怎么办？她不会，我告诉你。不要胡思乱想了。她只是难产。这是自然在让她受罪。这是她的第一次分娩，第一胎几乎总是要拖长时间的。是的，可她要死了怎么办？她不能死。为什么她就会死呢？有什么理由要让她死呢？这只是有个孩子要出生，这是在米兰所度过的许多个欢欣夜晚的副产品。临产前它叫你受些煎熬，疼痛过后它出生，然后你照料它，或许还会喜欢上它。可她要是死了怎么办？她不会死。可要是死了怎么办？她不会的。她会好起来的。可要是她死了怎么办？她不能死。可要是死了怎么办？嘿，那可怎么办呢？她要是死了可怎么办？

医生来到了我在的房间。

"情况怎么样，大夫？"

"不怎么样。"他说。

"你这话是什么意思？"

"就是这个意思。我给她做了检查——"他详细告诉了我检查的结果。"自那以后，我一直进行着观察。但是，没有进展。"

"你有什么建议呢？"

"有两个办法。一个是高位产钳分娩，这可能会导致肌肉撕裂，十分危险，而且对婴儿也不好，另外一个办法是剖宫产。"

"剖宫产的危险是什么呢？"要她死了可怎么办！

"剖宫产的危险应该不会比正常分娩的危险大。"

"是你亲自给做手术吗？"

"是的。我可能需要一个小时做准备，还要找几个助手。或许用不了一小时。"

"你怎么认为？"

“我建议做剖宫产手术。如果是我的妻子，我就会做剖宫产。”

“它有什么后遗症吗？”

“没有。只是留下了一道疤痕。”

“会感染吗？”

“感染的概率比高位产钳分娩的小。”

“如果什么也不做，就这样等下去怎么样？”

“你最终总得采取些措施的，亨利夫人已经快要耗尽她的力气了。我们越快做手术，她越安全。”

“那就尽快做手术吧。”我说。

“我这就去准备，吩咐下去。”

我去到产房里。有护士跟凯瑟琳在一起，凯瑟琳躺在台子上，盖着被单的她显得肚子很大，她面色苍白，身体非常虚弱。

“你说让他给做手术了吗？”她问。

“说了。”

“太好了。那么，再有一小时，这一切痛苦就都结束了。我已经没有力气了，亲爱的。我就要垮了。哟，给我面罩。这面罩也不顶用了。哦，不顶用了！”

“做深呼吸。”

“我在做。哦，它不灵了。不顶用了！”

“再拿一筒气来。”

“这是刚换的一筒。”

“我真够丢人现眼的，亲爱的，”凯瑟琳说，“可它的确不再顶用了。”她哭了起来，“噢，我想好好地、顺利地生下这个孩子，现在我用尽力气了，我垮了，面罩也不顶事了。哦，亲爱的，它一点儿作用也不起了。只要能不痛了，就是让我死，我也不再在乎。哦，让它，亲爱的，让它停下来。它又来了，噢噢噢！”她在面罩里急促地呼吸、抽泣着，“不顶用了。不顶用了。不顶用了。不要在意我，亲爱的，不要哭。不要在意我。我是彻底地垮了。亲爱的，我也为你难过，我是那么爱你，我要好好地挺住。看我这一次的。他们不能为我做点儿什么吗？只要做点儿什么能减轻我的痛。”

“我要让它起作用。我会把它一直开下去。”

“现在就给我吧。”

我一直转动起刻度盘的手柄，在她急促地困难地喘息了一会儿以后，她摁着面罩的手松了下来。我关掉麻醉气，拿开凯瑟琳脸上的面罩。她好像是从一个遥远的梦境中慢慢地醒了过来。

“我刚才感觉好舒服，亲爱的。噢，你对我真好。”

“你要勇敢点儿，我不能总这么做。那样会要了你的命的。”

“我再也勇敢不起来了，亲爱的。我已经垮了。我被打垮了。我现在明白这一点了。”

“人人都是这样的。”

“可这太让人难堪了。就这样一直折磨你，让你痛苦，直到完全搞垮你。”

“再有一小时，这一切就都过去了。”

“那不是很好吗？亲爱的，我不会死，对吗？”

“不会。我保管你不会死。”

“因为我不想死，不想离开你，可是这痛把我煎熬坏了，我觉得我就要死了。”

“瞎说。每个人都是这么感觉的。”

“有时我知道自己要死了。”

“你不会的。你不能死。”

“但是万一我死了呢？”

“我不会让你死的。”

“快给我。给我！”

过了一会儿，她说：“我不想死。我不会让我自己死掉的。”

“当然不会。”

“你会一直陪着我吗？”

“会的，只是不看你做手术。”

“不用，你只要在这儿就好了。”

“那是一定的。我会一直待在这儿。”

“你对我太好了。哟，再把它给我。多一点儿。它不再起作用了！”

我把刻度盘上的指针转到“三”，然后转到了“四”。我期盼着医生快点儿回来。我害怕“二”以上的数字。

终于来了一位医生和两个护士，他们把凯瑟琳抬到病床车上，我们开始顺着走廊，快速地把病床车推到电梯口，进电梯时，里面的人都贴紧墙，给我们腾地方；电梯开上去后，我们出来沿着走廊，把这橡胶滚轮的病床车推往手术室。医生戴着帽子和口罩，我没有认出他来。另外还有一位医生和几个护士。

“他们得为我做点儿什么，”凯瑟琳说，“他们得给我做点儿什么。噢，大夫，给我再开得大一点儿，好顶用！”

一位医生把面罩放在凯瑟琳的脸上，我从门外看到里面有一个视线很好的、是阶梯形座位的小看台。

“你可以从另一扇门进来，坐在那里看做手术。”一个护士跟我说。

在一道栏杆后面有几排长凳，坐在那里能俯看到白色的手术台和手术台上方的灯光。我望着凯瑟琳。她的脸上带着面罩，现在已经安静下来了。他们把病床车往里面推。我转身来到走廊里。两个护士匆匆地赶往看台的入口处。

“这是一例剖宫产手术，”其中的一个说，“他们准备做剖宫产。”

另一个笑着说，“让我们正巧赶上啦。我们的运气真不错。”

他们进了通向看台的那扇门。

另一个护士走了过来，也是一副急匆匆的样子。

“你可以进来的，进来吧。”她说。

“我还是待在外面吧。”

她赶忙进去了。我在走廊里来回地踱着步。我害怕进去。我看了看窗外，天已经黑了，不过借着窗户上的灯光，我能看见外面下起了雨。我走到走廊尽头的一个屋子里，看着放在一个玻璃柜里的瓶子上的标签。随后，我又出来，站在空空的走廊里，望着手术室的门。

一位医生出来了，后面跟着一个护士。他用手抱着一个什么东西（像是一只刚剥了皮的兔子），匆匆穿过走廊，进了另一个房间。我走到他刚进去的那扇门前，看见他们正在处置一个新生儿。医生举起他来让我看。他抓着他的两只脚，拍着他。

"他好吗？"

"挺好，他有五公斤重。"

我对他没有感觉。他似乎跟我没有任何关系。我一点儿也没有做了父亲的那种感觉。

"你不为你有了个儿子感到骄傲吗？"护士问。他们给他做着清洗，然后用什么把他包了起来。我看见一张黑黑的小脸和黑黑的手，可没有见他动，也没有听到他哭。医生又在给他做着什么。他看上去很不安的样子。

"不，"我说，"他几乎害死了他的母亲。"

"那不是这个小东西的错。你不想要个儿子吗？"

"不想。"我说。医生正忙着对婴孩进行处置。他倒提着他的脚，拍打他。我没有再看下去。我出来到了走廊里。我现在能进去看看了。我进了那扇门，往看台下面走了几步。坐在栏杆那边的护士跟我招手，让我坐到她们那里去。我摇了摇头，我在现在的地方就能看得很清楚。

我以为凯瑟琳死了。她看上去像已经死了。我能看到的她的那一部分脸是灰白色的。在手术台上方的灯光下面，医生正在缝合一道又深又长的上面布满钳子的刀口，另一个戴着口罩的医生在给凯瑟琳上麻药，有两个戴口罩的护士在递着刀剪，这场面就像是一幅宗教审判的图画。在看的中间，我想到我本可以看着他们切开的，但我很庆幸我没有。我不认为自己能忍心看着他们把她的肚子划开。不过,我倒可以望着他们把伤口缝合成一道有点儿拱起的褶子,像一个熟练的鞋匠在快速用线缝合着鞋上的破口一样,我心里舒了一口气。在伤口缝好以后,我到了外面的走廊里,又来回地踱着步。过了一会儿,医生出来了。

"她怎么样了?"

"她挺好。你看我做手术了吗?"

他看上去很疲惫。

"我看你往一起缝合了。那切口挺长的。"

"你是这样认为的吗?"

"是的。那条刀痕还能长平吗?"

"噢,可以的。"

不一会儿,他们推出了病床车,急速地穿过走廊,到了电梯那里。我跟着也进了电梯。凯瑟琳不断地呻吟着。到了楼下,他们把她放在她原来那个房间的一张床上。我坐在床角的一把椅子里。房间里有一个护士在。我站起来,到了床边。屋子里很暗。凯瑟琳伸出了她的手。"喂,亲爱的。"她说。她的声音显得非常虚弱和疲惫。

"嘿,宝贝。"

"是男孩儿还是女孩儿?"

"嘘——不要说话。"护士说。

"是个男孩儿。他长得很长,很宽,黑黑的。"

"他好吗?"

"是的,"我说,"他挺好。"

我看见护士奇怪地望了望我。

"我累极了,"凯瑟琳说,"产前的疼痛把我搞垮了。你好吗,亲爱的?"

"我没事。不要说话了。"

"你对我真好。噢,亲爱的,我的身体怕是很难恢复了。他长得什么样?"

“他长得像个刚剥了皮的兔子，一张皱巴巴的脸像个老头的。”

“你必须得出去了，”护士说，“亨利夫人不能再说话了。”

“我这就出去。”

“去吧，买点儿吃的。”

“不。我就在屋外。”我吻了凯瑟琳。她脸色苍白，十分虚弱。

“我能跟你说几句话吗？”我跟护士说。她随我一起到了走廊。在走廊里我又往前走了走。

“那个孩子怎么了？”我问。

“你不知道吗？”

“不知道。”

“他没有活了。”

“他死了？”

“他们没能叫他有呼吸。可能是脐带缠住了他的脖子。”

“那么，他死了。”

“是的。太可惜了。那么好的一个男孩儿。我以为你知道的。”

“不知道，”我说，“你最好还是进去陪凯瑟琳吧。”

我坐在走廊里的一把椅子上，这把椅子后面是一张桌子，桌子的一边用夹子夹着一些护士们写的报告，我把目光投向了窗外。外面一片漆黑，什么也看不见，只有雨丝落进从窗户上透出去的灯光里。噢，原来是这样。这个孩子死了。这就是医生看上去为什么那么疲惫的原因。可他们为什么在屋子里还要对孩子进行那样的处置呢？他们想着他也许还能活过来，有了呼吸。我不信奉任何宗教，不过，我知道他该接受洗礼的。但是，要是他从来就没有过呼吸呢。他没有。他压根就没有活过。除了在凯瑟琳的肚子里。我曾多次感觉到他在凯瑟琳的肚子里踢腾。可是这一个星期以来，我再没有感觉到过。或许他一直被窒息着。可怜的孩子。我真希望我也经受过那样的窒息。不，我没有。这一场死亡还没有结束。现在,凯瑟琳要死了。这都是你干的事。你死了。你压根就不懂这一切。你[1]从未能得到学习的机会。他们把你[2]抛到这个世界上来,告诉你(游戏的)规则,在他们第一次看到你不在垒上时,就把你杀死。或者毫无缘由地杀死你,像艾莫那样。或者像利纳尔迪那样,让你染上梅毒。不管怎么说,到头来,他们总归会杀了你。事情就是这样。不信,你等着瞧,他们会杀了你的。

有一次在营地,我把一根木头放在火上,木头上爬满了蚂蚁。木头开始燃烧,蚂蚁纷纷逃离,起初是往着火的木头中央爬,然后踅了回来往木头的末端去。在末端挤不下时,它们就掉入火中。有一些爬了出来,身体被烧得又焦又扁,在不知所措地四下逃窜。可大多数都是奔向火那边,然后踅回到木头的两端,簇拥在那里,最终落入火中。记着我当时在想:这多像是世界的末日,这也是做个救世主的绝佳时机,我只要把这根木头从火上拿开,把它扔到没有火的地方,蚂蚁就可以逃生。但是我没有这么做,我只是把锡罐里的水泼在木头上,好腾空了它,倒上威士忌酒然后再往它里面掺水。我想那杯浇在燃烧的木头上的水只会把蚂蚁蒸死。

现在,我就是怀着这样的一种心情坐在走廊里,等着听到凯瑟琳的消息。护士没有出来,所以过了一会儿后,我去到门口,轻轻地推开门,往里面瞧。一开始我的眼睛看不清楚,因为走廊里明亮的灯光和屋子里的昏暗形成强烈的反差。少顷后,我看见护士坐在床边,凯瑟琳的头睡在枕头上,躺在被单下面的身体显得又扁又平。护士把手指放在唇上,示意我不要讲话,随后站起来,到了门口。

"她怎么样了?"

"她没事,"护士说,"你该先去吃晚饭,完了你想回来再回来。"

我穿过走廊,下了楼梯,出了医院的门,在雨中沿着黑暗的街

---

① 这四个"你"指这个刚出生就死了的孩子。

② 这后来的几个"你"都是泛指。

道去往咖啡馆。咖啡馆里灯火通明,桌前坐着许多人。我一时看不到有空座,一个侍者走上前来,接过我的湿外套和帽子,领我到了一张桌子前面,一位老者坐在对面,正喝着啤酒,读着晚报。我坐下来,问侍者当天有什么推荐菜。

“炖小牛肉——不过,已经卖完了。”

“还有什么可以吃的?”

“火腿鸡蛋、干酪鸡蛋和泡菜。”

“今天中午我已吃过泡菜了。”我说。

“是的,”他说,“的确你今天中午已经吃过了泡菜。”这是一位中年男子,头顶上已经秃了,拿旁边的头发遮挡在上面。他长着一张和善的面孔。

“你想要什么?火腿鸡蛋还是干酪鸡蛋?”

“火腿鸡蛋吧,”我说,“再来杯啤酒。”

“一小杯淡点儿的吗?”

“对。”我说。

“我记得,”他说,“你今天中午要了杯淡点儿的。”

我吃着火腿鸡蛋,喝着啤酒。火腿鸡蛋盛在一个圆盘子里——下面是火腿,上面是鸡蛋。鸡蛋很烫,我吃了一口后,不得不喝了一口啤酒来凉凉我的嗓子。我肚子很饿,跟侍者又要了一份饭菜,喝了好几杯啤酒。我什么也不去想,只是读着我对面那位男子手中的报纸。那一段讲的是英国人的防线被突破的事。在他意识到我读着他背面的报纸时,他把报纸叠了起来。我想跟侍者要份报,可我无法集中起我的注意力。咖啡馆里很热,空气也不好。桌上吃饭的人大都彼此认识。有几张桌子上打起了扑克牌。侍者们都忙着从酒吧往桌子上端酒。有两个人进来,找不到座位。他们站到了我在的桌子对面。我又要了一杯啤酒。因为我还不打算离开。现在回医院还太早。我试着什么也不去想,保持完全的平静。那两个人站了一会儿见没有人离开便出去了。我面前的桌子上已经堆了不少的盘子。在我对面的男子已经摘下眼镜,装到眼镜盒里,叠好报纸放进兜里,现在正手里拿着酒杯,环顾着四周。我突然意识到我该回去了。我叫来侍者,付了账,穿好外套,戴上帽子,走出门外,冒雨赶回医院。

在楼上,我碰到了从走廊那边过来的护士。

“我刚给你住的旅馆打了电话。”她说。我的心里猛地咯噔了一下。

“怎么啦?”

“亨利夫人刚才大出血了。”

“我现在能进去吗?”

“不,还不行。医生和她在一起。”

“她有生命危险吗?”

“非常危险。”

护士回了病房,关上了门。我坐在走廊里。我的一切希望都消失了。我什么也不想,也不能想。我知道她就要死了,我向苍天祈祷她不要死去。不要让她死去。噢,上帝啊,请不要让她死。如果你让她活下来,我愿意为你做任何事情。亲爱的上帝,求求你,求求你,求求你不要让她死去。亲爱的上帝,不要让她死。求求你,求求你,求求你不要让她死。上帝啊,求求你让她活着,我愿意为你做任何事情,只要你不要让她死掉。你已经夺走了孩子的生命,你不要再让她死去。孩子死就死了,但是你不要再让她死。求求你,求求你,亲爱的上帝,不要让她死去。

护士打开门,用手示意叫我进来。我跟着她到了屋里。我进来时凯瑟琳并没有抬起头来。我走到床边。医生站在床铺的另一边。凯瑟琳看着我笑了。我伏在床前,开始哭了起来。

“可怜的人儿。”凯瑟琳用非常低弱的声音柔和地说。她的脸色十分苍白。

“你没事的,凯特,”我说,“过几天就会好的。”

“我要死了。”她说。停了一会儿后,她又说:“我憎恨死亡。”

我握住了她的手。

“不要碰我。”她说。我松开她的手。她笑了:“可怜的宝贝,你想怎么抚摸,就怎么抚摸我吧。”

“你会好起来,凯特,我知道你会好起来的。”

“我原想着给你写封信,留作纪念,以防不测,可我却未能把它写出来。”

“你想让我给你找个牧师或者其他什么人来吗?”

“我只要你。”她说。一会儿后又说:“我并不害怕,我只是憎恨死亡。”

“你一定不要多讲话。”医生说。

“好吧。”凯瑟琳说。

“你想让我为你做什么吗,凯特?有什么要我给你拿来的东西吗?”

凯瑟琳笑了。“没有。”少顷,她说:“你不会跟别的女孩儿做我们做过的事,或者跟她们说同样的话吧?”

“绝不会。”

“不过,我并不反对你再有别的女孩儿。”

“我并不想要她们。”

“你说话太多了,”医生说,“亨利先生必须出去了。他可以过一段时间后再进来。你不会死的。你不要瞎想。”

“好吧,”凯瑟琳说,“我会回来,再跟你一起度过许多个夜晚的。”她说。她已经没有力气说话了。

“请离开病房,”医生说,“你不能再说话了。”凯瑟琳向我眨了眨眼睛,她的脸像纸一样白。“我就在病房外面。”我说。

“不要为我担心,亲爱的,”凯瑟琳说,“我一点儿也不怕。这只是对人生的一个肮脏龌龊的玩弄。”

“你真是个可爱、勇敢的宝贝。”

我等在走廊外面。等了很长的时间。护士从病房出来,走到我这里。“恐怕亨利夫人已病得非常重了,”她说,“我怕她是不行了。”

“她死了吗?”

“没有,不过,她已经失去知觉了。”

她的大出血似乎是一次跟着一次。他们无法给她止住出血。我进了病房,待在凯瑟琳身边,直到她停止呼吸。她没能再醒过来,昏迷不久,便死去了。

在病房外面的走廊里,我跟医生说:“今晚有我能做的事情吗?”

“没有。没有事情可做了。我送你回旅馆吧?”

“谢谢你,不用。我想在这里再待上一会儿。”

“我知道说什么也没有用了。我安慰不了你——”

“不用,”我说,“我会节哀顺变的。”

“晚安,”他说,“不用我送你回旅店吗?”

“不用,谢谢你。”

“这是唯一能采取的方案,”他说,“手术证明是——”

“我不想再谈这件事了。”我说。

“让我送你回去吧。”

“不用,谢谢你。”

他从走廊走了,我到了病房门口。

“你现在还不能进来。”其中的一个护士说。

“不,我能。”我说。

“你还不能进来。”

“你出去,”我说,“另外的那个也出去。”

然而,在我把她们撵出去、关上门并灭掉了灯以后,我才知道这一切都没有任何意义了。我就像是跟一尊石像在告别。不一会儿,我走了出来,离开医院,在雨中赶回旅店。

(全文完)